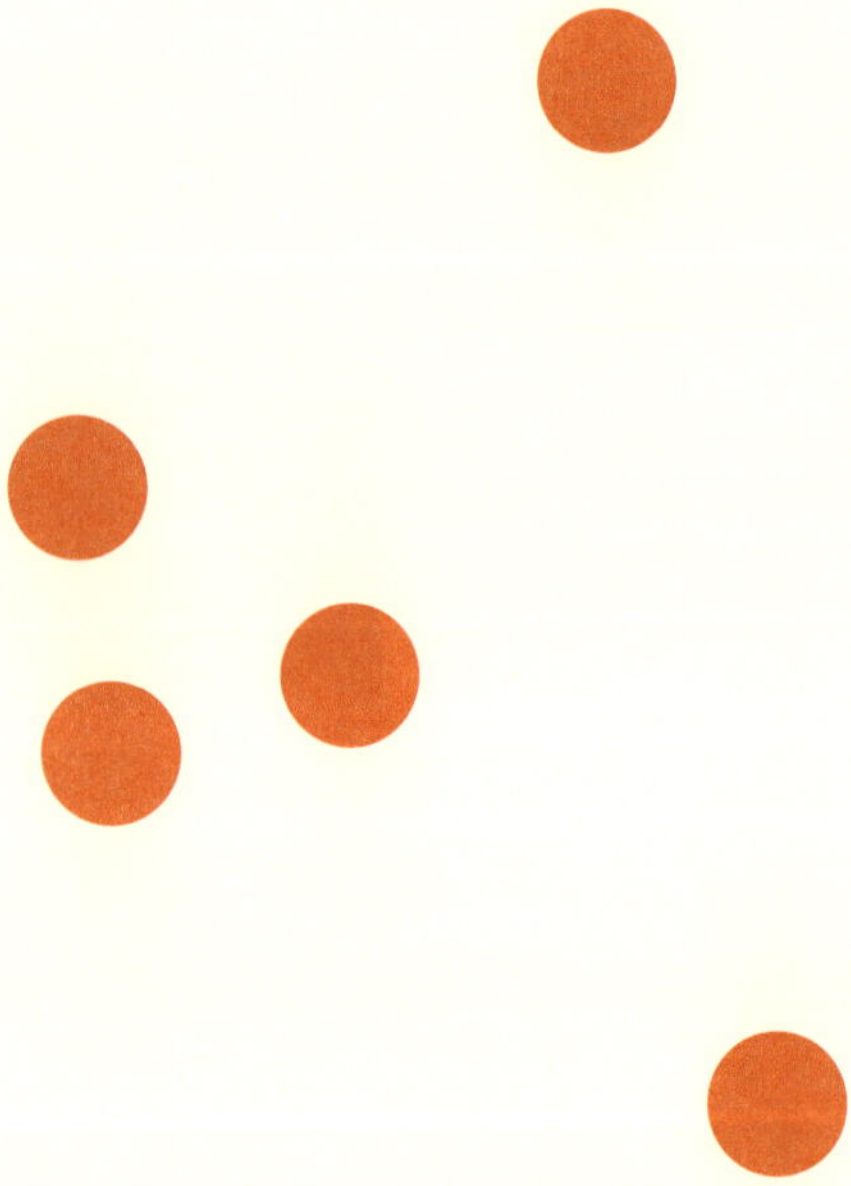

自選戯曲集

竹内銃一郎集成

Juichiro Takeuchi Compilation Book

Volume V

コスモス狂

cosmos kyo

松本工房

目次

凡例

1 本書は竹内銃一郎集成全五巻の最終巻（Volume V）である。集成全体の構成および各巻の編輯は著者自身によるものである。

2 作中における別作者作品からの引用は当該箇所に注番号を付し戯曲の最後に注記した。また、参考文献および参考作品についても戯曲の最後に列記した。

3 三点リーダー（…）の使用方法および前後の空白は、著者独自の台詞の間合いの表現であるが、読解および解釈は読者ないし演者に委ねられる。

チュニジアの歌姫

登場人物

K（カール）……………………自称・二十世紀最後の映画監督
マルグリット……………………往年の世界的アイドル歌手
マリア……………………マルグリット家の女中
オワール……………………マルグリット家の料理番
ダーク……………………マルグリットの主治医
テオ……………………マリアの元恋人
ナディーヌ……………………マルグリットの娘

これから読まれる物語は、かのパウル・クレーの絵と、そして言葉にインスパイアされて構想されたものである。

舞台になっているチュニジアは、クレーが色彩を発見した場所であるらしい。ならばとわたしは我田引水する。チュニジアとは、なにかが発見される場所の仮名ではないか、と。従って、これから書かれる・読まれる〈チュニジア〉は、現実のチュニジアをモデルとしているが、時にその〈現実〉から逸脱するはずである。そのことをわたしは躊躇わない。

「厳密であること。しかし、非合法たることを恐れないこと」

クレーは自らの創作の核心をこう記すのだが、わたし（達）の歩みもまた、この言葉の指し示す方向を目指していることとは、改めて記すまでもなかろう。

希望とユーモア。クレーの絵とはなにかと考えて、わたしはこのふたつの言葉を思い浮かべたのだった。希望とは勇気の同義語で、ユーモアこそが発見を促す源泉なのだ。

「正しい道は険しい」とは、W・ベンヤミンの言葉だが、彼もまた、クレーの《新しい天使》に幾度となく励まされながら、苦難の道を歩んだのだった。

そうだ、クレーは別のところで次のようにも語っている。このお芝居に参加される俳優・スタッフ諸兄、そして、希少にして賢明なる読者の方々に宛て、最後にそれを記してわたし（達）の旅＝物語を始めよう。

定義するのではなく、喚起すること
規定するのではなく、暗示すること
限定するのではなく、解放すること

プロローグ　母と子

マルグリット邸の客間。大きく開かれた窓の向こうに、青い空と海、庭の木々が見える。下手のドアは玄関に、上手のドアは台所に通じている。中央にソファ。二階への階段もほしいが、それはありうべからざるところにあっても構わない。

「非合法的」たることを恐れてはいけない。

舞台には次なる三人。慎重に言葉を選びながら、しかし熱を帯びた口調で語り続けるKと、ソファに座って黙ってそれを聞いているマルグリット。いや、本当に聞いているのかどうか、外観からは推し量れない。だからこそカール（K）は不安のあまり熱弁をふるう羽目に陥っているのだ。そして、出窓に置かれた花瓶に赤いバラの花束を飾るべく、空しい格闘を繰り返しているマリアと。

カールとマルグリットは実の母子だが、この時点ではふたりはそれを知らない。

まだ始まったばかりだというのに、物語の核心の種明かしとは実も蓋もない、などという勿れ。これがいわゆるヒッチコック流。ああ、なんと古典的な衣裳をまとった、悲劇（喜劇？）であろうか。

それにしても。

いまは昼なのか夜なのか。確かに窓の向こうには青空が広がっているのだが、どこかあやしい。それは、現実の時間の流れからぽっかり浮いた、思い起こせば懐かしい、いや、記憶の片隅にさえない、ふたりの再会の時だからこそ……？

K

その翌日、ということはジルベールが亡くなって三日目ということになりますが、家族たちは遅い朝食をとるために食堂に集まります。食事の用意を待つ間、沈鬱な面持ちの大人たちをよそにアントワーヌは小さく、例の『鳥の歌』のメロディをハミングしています。彼は、こういった場面で子どもが果たすべき役割とはなにかを知っているのです。あえて無邪気さをよそおうというのでしょうか、わざと音程を外して大人たちの苦笑を誘います。彼の奮闘はそれだけでは終わりません。カーテンを開けようとしている女中を押しとどめ、ぼくがぼくがと叫びながら勢いよく席を立ったかと思う間もなく、床に滑って転びます。もちろんこれも計算です。

アントワーヌが膝をさすりながら窓に近づきカーテンを開けると、外はいつの間にか緑に染められていて、穏やかな春の日差しの中をゆっくりと、そこにいる家族のだれもが懐かしい感情を抱かずにはいられないような、けれども対面するのは初めてのはずの、新しい、ひとりの大柄な若者がゆっくりと、庭を横切ってこちらにやって来るのです。

ここでひと息。しかしマルグリット（以下、マルグと記す）がなにも言わないので、カールはさらに言葉を続けなければならない。

K

こんな風に話すと、宗教的な、奇蹟をめぐる重苦しい映画であるかのように思われるかもしれませんが決してそうではなく、わたしとしてはもう少しささやかな、と言いますか……、もともとこんなストーリーを考えついたのも、新聞の片隅に載っていた、なんとも慎ましい贋札作りの男の記事を目にしたからなんです。

犯人はガソリンスタンドで働く三十過ぎの独身男で、手抜きをしない日頃の仕事ぶりから、上司・同僚・お客、誰もが信頼を寄せる存在だったらしいのです。なぜそんな真面目な男が贋札作りに手を出したのか。当人はお金に困っていたからだと言っているようですが、本当はそうではなく、贋札を作ることに尋常ならざる歓びを感じていたのではないか、とわたしは考えているのです。

彼の贋札作りは手が込んでいて。まず二百フラン札を十等分に切り刻み、それを繰り返すこと十枚。次に、切り刻んだものからワンパーツずつ抜いて、継ぎ目が分からないよう注意深くそれらを貼り合わせ、十枚の二百フラン札を十一枚に仕立て上げるのです。当然のことながらひどく神経を使う仕事で、徹夜でやっても二枚分をひねり出すのがやっとだったというのですから、犯罪と呼ぶにはなんとも割に合わない仕事だったわけで、つまり、今度の映画では、人間の不可解な情熱について色んな角度からアプローチ出来れば、と考えていて……、確かに、ストーリーはいささか通俗的なところもあるのですが……

マルグ　謙遜なさることないわ、せっかくお考えになったんだもの。

K　いえ。ストーリーなんてものは、思想や哲学と比べたら明らかに知性を欠いたもので、意外性だのなんだのといったところで所詮、選択肢は限られているのです。だからこそ、往々にしてストーリー性の希薄な作品が新しい映画だと誉めそやされたりもするのですが、わたしに言わせれば、それは卑怯な映画です。映画監督は思想家や哲学者とは違うのです。映画は語らなければいけない。わたしたちは常にひとつのストーリーを選ばなければならない。ジョン・フォードもヒッチコックも、そんな凡庸さを躊躇うことなく曝け出したからこそ、両手では数えきれないほどの傑作を次々と世に送ることが出来たのです。

マルグ　ジョン・フォード？

K　『駅馬車』や『黄色いリボン』を撮ったアメリカの

マルグ　ああ、『駅馬車』。タイトルは聞いたことがあるんだけど。映画のことはわたし、よく知らないの、だからあなたのことも……。ごめんなさいね。

K　いえ、それは……

マルグ　あなた、そんなに映画がお好きなの？

K　……

マルグ　失礼だったかしら、世界的な監督さんにこんな質問。

K　映画を好きだとか嫌いだとか、そういう風に考えたことはないので……

マルグ　テーマは人間の不可解な情熱。悪くないと思うわ。でも、ストーリーまで聞かせていただいたのに申し訳ないんだけど、わたし、映画が嫌いなの。向いてないのよ、映画は。いい思い出もないし。たった三本なのに、自分が出た映画のタイトルも憶えてないの。スタジオの中ってどうしてあんなに埃っぽくて、それでいてジメジメしてるのはどうして？　あんなところで歌なんか歌えやしないわ、ナメクジじゃないんだもの。それに、監督はクレーンに乗って上の方から、メガホンでああしろこうしろって、偉そうに。どういう神経してるのかしら。あんまりうるさいから、わたし、まだ子どもで怖いもの知らずだったのね、「あんた何様？」って言い返してやったことがあるの。そしたら彼、なんて言ったと思う？　それだ、いまのその顔がほしかったんだ、ですって。最低でしょ。

K　その監督はバンジャマン・グラック。映画は『乙女の泉』ですね。

マルグ　まあ、どうして知ってるの？

K　あなたについて書かれた本には必ず入ってる、有名なエピソードです。

マルグ　嫌だわ、当人も知らないところでそんな……。どういうのかしら？　いまだに週に四、五通はファンレターが来るのよ、それも世界中から。引退してもう三十年以上経っているのに、こんなチュニジアにまでよ。誕生日には欠かさずお花を送ってくれるオーストラリア人のファンもいるし。そう、あなたみたいに、昔の映画を見た、古いレコードをラジオで聴いたって、若いひとからも。

マリア　ああーっ！（と、苛立ちの声を上げる）

マルグ　どうしたの？

マリア　うまくいかないんです。この花、なんだかご機嫌斜めで。

マルグ　（Kに）ごめんなさいね、せっかく持ってきていただいたのに。（マリアに）それはもういいから、おクスリ用意してくれる？　時間だから。

マリア　はい。（と、花瓶を持って出ていく）

マルグ　なんだかずいぶんお話してしまったわ、初対面なのに。

K　すみません、三十分という約束がつい　…

マルグ　こちらこそ。はるばるパリから来ていただいたのにご期待に添えなくて。

K　…

マルグ　誤解なさらないでね、お断りしたのはあなただけじゃないの。五年越しでわたしを口説いてるアメリカのテレビ局のプロデューサーもいるわ。もちろん、ありがたいと思ってはいるのよ。でも、正直に言えば迷惑。みんなもうよい加減に忘れていただきたいわ、マルグリット・ユニックのことは。

K　もしもお体がご心配でしたら

マルグ　（遮って）よして。病人じゃないのよ、わたしは。

K　すみません。

マルグ　…こちらにはいつまで？

K　ローマで子役のオーディションがあるので、明後日には　…

マルグ　そう。可愛い子が見つかるといいわね。

K　そっちの方はあまり心配していないんですが　…

マルグ　ダメよ、いくらそんな目をしたって。大丈夫。世界にはあなたの映画にふさわしい、情熱的でお上手な女優さんはいっぱいいるんですもの。マリア、お客さまがお帰りよ。

マリアの声　（台所から）ハーイ。

カール、右手を差し出す。

マルグ　なに？　この手は。

K　記念に握手を。

マルグ　握手だけでいいの？

K　ええ。

マルグ　案外ね。見損なったわ。

マルグリット、カールの手を握る。

マルグ　ずいぶん冷たい手をしているのね。
Ｋ　きっと心臓が止まっているんです、感激のあまり。
マルグ　…いつまでこうしていればいいのかしら？
Ｋ　夢のようです。このまま時間が止まってくれたら……
マルグ　最低ね、あなたも。お断りしてよかったわ。

（と、笑いながら手を離す）

クスリと水差しをのせたトレイを手に、オワールが現れる。

マルグ　マリアは？
オワール　台所で泣いてます。
マルグ　泣いてる？
オワール　花束をかかえて。

マルグリット、いかにも楽しそうに笑う。

オワール　分からねえ女だ、まったく。（と、出ていこうとする）
マルグ　オワール。悪いけど、こちらの方を車でホテルまで送ってあげて。
オワール　承知しました。
マルグ　お名前、なんておっしゃったかしら？
Ｋ　カールです。カール・フレッシュ。
マルグ　覚えておくわ。こちらはオワール。うちの口うるさい料理人よ。昔はピアノを弾いていて、一緒にステージに立ったこともあるって言うんだけど、わたしは全然覚えてないの。（と、笑って）

オワール、Ｋに軽く会釈する。

マルグ　どちら？　お泊りは。
Ｋ　それが。とにかくあなたとお会いしたくて、それだけしか頭になかったものですから実はまだ……
マルグ　（笑って）子どもみたい。

遠くから《アザーン》が聞こえる。

K　あれは？

マルグ　アザーンよ。

K　アザーン？

マルグ　お祈りの呼びかけ。そろそろイスラームのお祈りの時間なの。だからああやって　…

などと言いながら、三人は玄関の方に消える。

少し間。

台所からマリアが現れる、花束を挿した、さっきとは別の花瓶を抱えて。それを再び出窓に置くが、どうにも気に入らない。再びの格闘！

マリア　ああ！　…幸せはいつも束の間で、束の間だからこそひとは幸せを感じることが出来ると言うけれど、わたしにはついぞその束の間と呼ばれるもののやって来たためしがない。旅行となるときまってお腹が痛くなり、洗濯物を干せば雨降り、夢にはうなされ、走れば転び、石橋を叩かず渡って失敗し、叩きすぎてまた失敗。ああ、それにしてもこの花束ったら、なんて忌々しい！（と、床に花束を叩きつける）

暗くなる。

第一章　浮遊するもの

それから一週間後の昼下がり。前章と同じマルグリット邸・客間。
ソファに座って、ダークとテオ。

ダーク　この、われわれの顔の筋肉というものは自分の意志で動かせる、いわゆる随意筋で出来てるんですが、トカゲの類《たぐい》には、爬虫類、つまり、ヘビ、カメ、トカゲの類には、ご承知のように、全然表情というものがありませんでしょ。何故か。彼らの顔の皮膚の下には筋肉がないからなんです。

テオ　ホー。

ダーク　これが哺乳類にまで進化すると、顔はたんなる目鼻の置き場所ではなく、いわゆるコミュニケーションのための道具になっていくんです。つまり、表情が豊かになると。だからわれわれは以心伝心といいますか、表情を見ただけで相手がいまなにを考えているのか、おおよその見当がつくわけです。ヘビ、カメ、トカゲの類をなんとなく気味悪く思うのは、表情の読み取りが難しいからで、同様に、死体を怖いと思うのもなにを考えているのか分からないからです。なにも考えていないことは誰にも分かってるはずなんですが。

テオ　ハ、ハ、ハ。（と、笑う）

ダーク　（遮るように）死体といえば、初めて解剖をするとき、誰もが怖がるのはどのパーツだと思います？

テオ　（首をかしげて）……心臓？

ダーク　目なんですよ。目にもの言わせるなんて表現もあるように、顔の中で目というのはいちばん表情が豊かなんです。感情に訴えかける力が強いといいますか。だから死体から目を取り出すのはひどく勇気がいって、それからまた、取り出したものを置いておくのが、目だけが独立してそこにあるというのがたまらないわけです。なにか自分が見透かされているような感じがして。どこを見られているのか分からないからそれがまた薄気味悪いといいますか……

テオ　なるほど。

ダーク　それと、あとは手ですか。

テオ　手？

ダーク　この手というのも、われわれ人間にとっては重要なコミュニケーションの手段になってるわけでしょ、つまり、握手をするとか、話している時もこうして

テオ　はいはい。

ダーク　よく言われるように、人間が直立し、手が歩行の道具であることから解放されて以来、人類の文明は飛躍的に進化したわけですが、それと同時に、世界に向けて、例えば愛するものに向けて差し出された手というものは、時には言葉以上になにかを伝えることがあるわけで

テオ　確かに。

ダーク　え？　ちょっと待って。

テオ　なにか？

ダーク　？　どうしてこんな話をしているんですか、わたしたちは。

テオ　ですから、以前にどこかでお見かけしたような、なんてことをわたしが言ったら、そもそも人間の顔というものはと先生が講義を始められて

ダーク　ああ、そうでしたね、いやいやこれは……

テオ　（笑いながら窓辺に移動し）……ああ、いい天気ですなあ、今日は。こんなに晴れ渡った空の下にいると、なにかこの、生きる勇気ってヤツがわいてきますすな。

マリアが現れる。

ダーク　どうだい、お嬢サマのご機嫌は？

マリア　まあ、あれだけおっしゃれば……

ダーク　なるほど。気分転換の早いところも母親に似てるわけだ。しかし、さっきは驚いたよ。だ

って、わたしの顔を見るなり頭ごなしに雨あられだろ、こっちは挨拶する間もなかったんだから。やっぱり血は争えないっていうのか、母親とはまったく別の道を選んだはずなのに、ナディーヌはどんどん彼女に近づいてるような気がする。マルグリットは世界にひとりいればそれで充分なんだが。

マリア　おふたりは違っているように見えて、本当は鏡のあっちとこっちで、根っこはひとつなんですよ。

ダーク　それにしてもマルグリットには困ったものだよ。この季節、日中は体のことを考えてあまり出歩かない方がいいって、ずいぶんきつく言ったのに……

マリア　奥様はお歳をめした駄々っ子ですもの。

ダーク　今朝は八時に出かけたっていうんだろ、あんなに朝は苦手なマルグリットが。どうなってるんだ、いったい。

マリア　やっぱり、久しぶりにお仕事出来るというのが……

ダーク　仕事？

マリア　ですから映画の

ダーク　だって出るつもりなんかないんだろ。そう言ったんだよ、わたしには。

マリア　確かに、お口ではそうおっしゃってますけど

ダーク　（遮るように）なにを考えてるんだ。

マリア　カールさんは、撮影中はずっと医者をスタンバイさせるからって……

ダーク　そういうことじゃない。わたしが言いたいのはそういうことではなくてだね。なんでマルグリットともあろう大スターがあんな男の映画になんか……

テオ　（ダークに）あのう、お話し中のところ誠に申し訳ないんですが

マリア　なによ。

テオ　（無視して）ちょっとの間で結構です、マリアとふたりだけにしていただけませんか。

マリア　失礼ね。失礼でしょ、そんな

ダーク　ああ、いや、わたしもそろそろ診療所に帰らなきゃいけない時間だから。

マリア　だって奥様にお話がおありに（なるんでしょ）。
ダーク　（被せて）出直すよ。
マリア　すぐにお帰りになりますから　…（と、ダークをソファに追いやる）
ダーク　ああ　…（と、ため息をつき、ソファに座る）
マリア　（テオに）なによ、話って。
テオ　このあいだ出した手紙の
マリア　手紙？
テオ　出しただろ、二週間前に。
マリア　それで？
テオ　ええっ？
マリア　なんて書いたの？
テオ　読んでないのか。
マリア　忙しいの、わたしは。
テオ　だから、お互い冷静になって、その　…
マリア　勘違いしないで。わたしはいたって冷静よ。冷静じゃなかったのは、あんたとあんな約束をしてしまったあの時よ。恥ずかしいわ、あの時の自分の若さが。若いときは誰もが溌溂としてる。だけどその溌溂さはなにもものを考えないところからきてるの。もしかしたら、溌溂さがなにも考えさせないようにさせてるのかも知れないけど。
テオ　おまえの言う通りだよ。わたしも若かった。だからいろいろ失敗もしたが、もう大丈夫。新しい仕事を見つけたんだ。うまく転がれば三年以内に借金も返せる。もうわたしたちふたりの前にはなんの障害もないんだ。

「ただいま」と声がして、マルグリットが現れる。
カメラを手にしたカールも一緒だ。

マリア　お帰りなさいませ。
マルグ　あら、ダーク先生がいらっしゃってるわ。
ダーク　ずいぶんお元気そうで。
マルグ　ああ、疲れた。（と、ソファに）
ダーク　（笑って）なによ、一昨日会ったばかりでしょ。当然でしょう。普段はお昼過ぎまでベッドにいらっしゃるお方が、朝からお出かけになってたんだから。

マルグ　今日は六時起き。それもひとりで起きたのよ。信じられる？
ダーク　それが事実なら、明日あたり天地がひっくり返るかもしれない。
マルグ　もうダークったら。（と、まるで子どものように笑う）
Ｋ　ああ、その笑顔！　最高だ。（と、マルグリットを連写する）

オワール、マルグリットが買ってきた靴、帽子等を抱えて現れる。

オワール　お荷物はお部屋の方で？
マルグ　ありがとう。そうしてくれる？

オワール、階段から二階に消える。

マルグ　そうそう。ねえ、ダーク、あなた知ってた？スースにカタコンブがあるの。グランド・モスクがスースにあるのは知ってたんだけど、まさかスースにカタコンブがあるなんて。こっちにきてもう二年になるっていうのに、わたし今までなにしてたのかしら。
ダーク　しょうがないでしょう。こちらへは遊びや仕事のためでなく、静養のために来られてるんですから。
マルグ　そうね。しっかり体を治して、今年こそ夏になったらあそこへ、ええっとなんて言ったかしら、ほら、夏になると蜃気楼が見える……
ダーク　ジョリド・エル・ショット。
マルグ　そう、そのジョリド・エル・ショットへみんなで行かなくっちゃ。
ダーク　だからそのためにも
Ｋ　逆じゃないかな。
マルグ　え？
Ｋ　蜃気楼が見えるので有名な湖は、ジョリド・エル・ショットではなく……
マルグ　そうだわ。ショット・エル・ジョリドよ。道理で言いにくいと思った。もうダークったら。

ダーク　（と、笑って）……

K　ちょっと電話、お借りしていいですか？

マルグ　どこへかけるの？

K　言えません。

マルグ　だったら貸さない。

K　パリの事務所ですよ。

マルグ　ああ、まだダークに紹介してなかったわね。こちらが……

K　初めまして。カール・フレッシュです。（と、手を差し出す）

マルグ　自称、今世紀最後の映画監督よ。

K　自称は余計だよ。

マルグ　こちらはダーク。わたしの怖い主治医の先生よ、獣医さんなんだけど。

K　それはいい。往年の世界の歌姫も先生にかかったら犬猫同然ってわけだ。

マルグ　往年は余計よ。（と、笑って）今日はこんなに難しいお顔をなさってるけど、いつもはもっとお茶目なのよ、動物の物まねがとってもお上手で。

ダーク　（握手して）マルグリットの主治医として、ひとことあなたに申し上げたいことがあるんですが。

マルグ　ダーク。わたしはあなたが思ってるほど愚かしくないつもりよ。別に長生きしたいとは思わないけれど、でも、自分で自分の命を縮めるようなことはしないわ。だからちゃんとこの通り、日のある時間に帰って来たし、お薬だって……（と、バッグから薬を取り出し）、マリア、お水持ってきてくれる？　先生がお薬飲むところをご覧になりたいんですって。

ダーク　……

カール、電話へ。テオはさきほどからずっとKを注視している。

マリア　あの……

マルグ　なに？

マリア　お嬢様がいらっしゃってますけど。

マルグ　ナディーヌが？　こっちに来るのは金曜日のはずでしょ。
マリア　試験がレポートの提出に変わったとかで。
マルグ　どうしてそれを早く言ってくれないの？
マリア　すみません。
マルグ　どこにいるの？
マリア　お部屋に。お呼びしてまいります。
マルグ　いい、わたしが行くから。
K　ジャクリーヌか？　わたしだ。うん、まだチュニジアなんだ。

マルグリット、カールの電話が気になって、立ち止まる。

K　分かってる。だから来週には帰るよ。ちょっとマルセルに代わってくれるかな。
テオ　（マルグリットの前に立ちふさがるようにして）どうも。
マルグ　（驚いて）……
テオ　ご無沙汰しております。

マリア　テオ！　なにしてるの。
テオ　だからご挨拶を。
マリア　帰って。挨拶なんかいらないから。
テオ　そんな失礼なこと
マリア　失礼なのはあんたがここにいることなの。
K　ああ、マルセル。どうだい、神経痛の具合は。
マルグ　（マリアに）こちらは？
テオ　お忘れですか。二年ほど前に一度、パリのご自宅で
K　（以下、テオ等のやりとりにかぶる）そうか、今年の冬は寒いからな。で、例の子役のオーディションの件なんだが。ああ、昨日、ローマから電話があって、そう、一応クロードに十人ほど選んでもらって来週その十人に会うことにしたんだが、どうも女の子の方に
マリア　テオ！
テオ　なんだよ。
マリア　もう、何度言ったら分かるの。（マルグに）申し訳ありません。お留守の間にズカズカと、誰も呼びもしないのに勝手に上がり込んできて。

テオ　よせよ、そんな泥棒みたいな　…誤解される
じゃないか。

K　（前に続けて）そう、芳しくないらしいんだ。
だからやっぱり、パンテオンの屋上で写真を
撮ったあの子でいいんじゃないかと思って。
そう、左目の下にほくろのある。名前、なん
て言ったっけ？　ああ、そう、テレーズ。苗
字は？（と言いながら、台所の方に消える）

マリア　そうよ、あんたは誤解のかたまり。さあ、帰
って帰って。（と、テオの背中を押しながら）

テオ　だってまだお前との話が

マリア　はいはい、それはまたの機会に。

マリアとテオ、玄関の方に消える。マルグリット
も二階へ行こうとすると。

ダーク　マルグリット。

マルグ　ダーク。あなたがわたしの体のことを心配し
てくれるのは、ありがたいと思ってるの。で
もよく見て、わたしを。こんなことだって出
来るのよ。（と、軽くステップを踏んで）これで
も病人？　ほら、こんなことだって、ホラホ
ラ　…（と、笑いながらさらに軽々と）

二階から眼帯をしたナディーヌが現れる。背後に
オワール。

マルグ　（振り返り）ナディーヌ！　どうしたの、その
眼。

ナディ　なんでもないわ。ただの疲れ目。

マルグ　怒ってるのね。だってあなたが来るのは明日
だと思っていたから。今日来るって知ってた
らちゃんと空港に出迎えだって

ナディ　（遮って）そんなことに怒ってるんじゃないの。

マルグ　だったらなにに？

ナディ　ママはなんのためにここに来てるの？　遊ぶ
ため？　仕事をするため？　そうじゃないで
しょ？　病気の静養のために来てるんでしょ。
それなのに、朝から出歩いて、帰ってきたら
踊りまで踊って。

マルグリット、笑う。

ナディ　なにがおかしいの？
マルグ　だって、ダークと同じことを言うから。
ナディ　みんな心配してるからでしょ。だから先生はいつまで経ってもパリに帰れないし、オワールやマリアはなにも言わないかもしれないけど、心の中ではママの体調の変化に一喜一憂、ハラハラしながら毎日を過ごしてるの。
マルグ　あなたの言うとおり。みんなママが悪いの。オワールの頭が白いのも、チュニスの空が青いのも、マリアの仕事が遅いのもダークの脚が悪いのも、みんなママのせい。ごめんなさい。これでいいでしょ？　オワール、今夜はナディーヌが来たから帆立のタルタル、忘れないでね。
オワール　かしこまりました。
ダーク　（オワールに）じゃ、明日の十時に。
オワール　ああ、いつものところで。
マルグ　帰るの？
ダーク　あなたと違って従順な、わたしを必要としてくれてるひとたちが待っているんです。
マルグ　ひとじゃないでしょ、待っているのは。
ダーク　人間は必ず失敗する。おまけに、同じ失敗を何度も繰り返す。それが人間と犬や猫との違いです。あなたのような患者に接すると、つくづく自分は獣医を選んでよかったと思いますよ。
ナディ　先生、さっきはごめんなさい。
ダーク　（苦笑して）いや。きみに同情するよ。子どもは親を選べない。世の中のなにが理不尽といって、これ以上のものはないからね。

台所から。

オワールの声　なにしてるんだ、そんなところで！
Kの声　ああ、いや、お腹がすいてたんでちょっと……（と、出てきて）怒られちまった。
マルグ　なに？　つまみ食いしてたの？

K　大根に生ハムが乗っかってるのがあんまり美味しそうだったんでつい……

マルグ　（笑って）おバカさんね。やるならオワールに見つからないようにやらないと。

ダーク　ナディーヌ、よく見ておくといい、あれが人間だ。

ナディ　いつかまた同じ失敗を繰り返すのね。

K　（マルグリットに）こちらは……？

マルグ　ナディーヌよ。わたしの可愛い……

ナディ　カールさんですね。

K　初めまして。

ナディ　あなたの映画、一度だけですけど見ています。『感じやすい雨』。

K　ありがとう。

ナディ　ストーリーが入り組んでいて正直よく分からないところもあったんですけど、主人公の女の子が父親ほど年の離れた男性と別れるシーンで、雨に打たれながら手を振って、眼は笑ってるんです、でも、彼女の着ていたセーターの、振られていない、だらんと下げた左手の袖口から、ポタポタと落ちる雫がまるで涙のように見えて、あそこはとても……

K　握手を。

ナディ　え？

K　感激です。握手をしていただけますか。（と、手を差し出す）

マリア　（戻って来て）どこに置いたのよ、あいつときたらもう……

マルグ　探し物？

マリア　すみません、さっきの男が鞄を、ああ、ありました。（と、ソファにあった鞄を手にする）

テオ　失礼します。（と、戻ってくる）

マリア　ちょっと！　わたしが持ってくって言ったでしょ。

テオ　挨拶するだけだよ。

マリア　いいんだって、奥様はお忙しいんだから。あちらのカールさんにはひとことご挨拶申し上げなきゃいけないんだよ。（と、カールに近づき）初めまして、わたしがテオです。テオ・ムルージ。生まれたのはギリシャのスパルタですが、五つの時にイタリアのパレルモに引っ越しまして、八つの時にはナポリからジェノバ、それからはもうリボルノ、サッサリ、フランスに渡ってマルセイユと、地中海のアッチコッチで親父が海の仕事をしていたもんですからね。

マリア　テオ！　誰があんたの半生を語れって言った？

テオ　まいったな、こりゃ。ハ、ハ、ハ。（と、笑って）、まあ、そんなわけでひとつよろしく。（と、差し出したままになっていたKの右手を両手で包む）

K　いや、こちらこそ　…

テオ　これでよし。（と、手を離し）さあ、頑張るぞ。今日からテオ・ムルージの新しい人生が始まるんだ。

K　（思わず自分の手を鼻先に持っていき）なぜだろう？　不吉な匂いが　…（と、呟く）

暗くなる。

第二章　傷ついたもの

それからまた一週間が経過して。マルグリット邸の庭。テーブルに椅子が二脚。
テーブルの上には、食事あとの皿、カップ等。
お昼近く。
カールが電話をかけている。

K　だからわたしも、てっきり昨日のうちに振り込まれているものだとばかり思って、さっき銀行の方に確認の電話を入れたら　…、分かりません。気持ちが変わったとかそういうことではなく、ただ単に忘れて　…、いやいや、それはわたしを信用していただくしか　…、だからなんとかしますよ。しなきゃしょうがないでしょう。わたしだって、チュニジアくんだりまで来て手ぶらで帰るわけにはいかない…、もちろん今日中に、ええ、もしかしたら全額というわけにはいかないかもしれませんが。

マリアが現れる。カールはそれに気づいて。

K　ええっと、また連絡します。ええ、吉報を心待ちにしていただいて。じゃ。

カール、電話を切る。

マリア　お下げしてよろしいでしょうか。
K　マルグリットはまだ…？
マリア　はい。もうずいぶん前にお目覚めになってはいるんですが。
K　なにをしてるんだ？
マリア　奥様になにかお急ぎの御用でも？
K　いろいろとね。疲れさせてくれるよ、まったく。
マリア　生活を追い生活に追われ。これが人生の真実だ。確かに、夢は生活の一部に過ぎない。
K　なんだい、それは。
マリア　三日前から書き始めたわたしの新しい小説の書き出しです。
K　きみが小説を？
マリア　あ、鼻で笑いましたね。
K　口は食べたり喋ったりなにかと忙しいからね、たまには鼻にも仕事を回してやらないと。わたしは博愛主義者なんだ。
マリア　フン。
K　でも、きみの唇の形を見ると…
マリア　なんですか？
K　唇の形はその人間の生い立ちを表してるんだ。生まれたばかりの授乳期に、母親の愛情を体いっぱい受けて育った子どもはぽってりと、いかにも幸せそうな、たっぷりお乳をいただきましたと言いたげな、見るからに柔らかそうな唇をしている、誰でも触れてみたくなるようなな。だからキスというのは、単なる性的衝動からというより、相手の生い立ちを確認したいという好奇心に促されてするものなんだ。

だ。でも、小説を書こうなんて人間は、エラ呼吸でもしてるんじゃないかと思わせるような、そんな唇の持ち主じゃないと。

マリア　魚みたいな、ということですか？

K　いかにも不幸せそうな、というか。だって、幸福な人間は小説を書いたり映画を撮ったりはしないからね。平穏に暮らしてるフツーの市民は、今日会社でこんなことがあった、電車でこんなひとに出くわしたなんて、家族や友人相手に話が出来ればそれで十分満足なんだ。哀れなのは、どこの馬の骨とも分からない連中の前で、歌ったり踊ったり芝居をしてる輩さ、そうでもしないと満足が得られないというのは、どう考えたって不幸の申し子としか思えないよ。まあ、魚が不幸かどうか確かめたことはないけど、歌を歌う魚なんて聞いたことがないからな。

マリア　でも、跳ねたり踊ったりはしますから。

K　じゃ、あいつらも不幸なんだ、きっと。

マリア　よくよく見れば、カールさんの唇は　…

K　これが生まれついての芸術家の唇さ。触ってごらん。キスしてもらっても構わないが。

マリア　メ、滅相もない。…（自分の唇を指で触れ）魚の唇　…？

テオが現れる。

テオ　（Kに）ああ、やっぱりこちらにいらっし

マリア　（皆まで言わせず）テオ！　どうして来るの？　もう話なんかないはずよ。

テオ　ご挨拶だな。

マリア　挨拶してもらえるだけでもありがたいと思ってほしいわ。

テオ　前はこんな女じゃなかったんですよ。わたしが腰に手を回しただけで、首筋あたりをピンク色に染めて

マリア　よして、そんな昔話は。

テオ　昔ったってほんの一年前の話なんですよ。それがあなた、わたしの商売がうまくいかなくなった途端に

マリア　だからそれは関係ないって言ったでしょ。
テオ　だったらどうして
マリア　なんべん同じ話をさせたら気が済むの？
テオ　なんべん聞いても分からないから聞いてるんだ。
マリア　だから閃いたの、目覚めたの。自分にはなにも見えていないってことが分かったのよ。これはいけない、このままじゃいけない、だからわたしは変わらなきゃって。
テオ　分かります？　こやつの理屈が。
K　ひとは目覚めると夢の中にいた時よりも必要以上に厳しくなるんだ、とりわけ近くの他人に。
テオ　？　それはどういう？
K　きみは彼女にとってなにひとつ良いことを告げない、雨上がりの虹のようなものだってことさ。
テオ　なるほど。？　てことはつまり？
K　早い話が、きみにとって彼女は、吹きすさぶ風に耳を切られてもなお雪原をひた走る、トナカイのようなものだってことだよ。或いは、太陽の鼓動にあわせて閉じたり開いたりする、棺桶の蓋のような、とでも言えばいいのか。
テオ　なんだか額に冷や汗が　…。ということはつまり？
K　考えたって無駄だよ。自分にだって分からないことを思いつくまま適当に口走ってるだけなんだから。
テオ　ということはつまり？
マリア　からかわれてるのよ、あんた。
テオ　いやいや、これは。ハ、ハ、ハ。（と、笑って）ウーー。（と、唸る）
K　ああ、気持ちのいい風だ。
テオ　まあ、いいさ。確かに、昨日のお前と今日のお前は違うんだろう。とすればだ、今日のお前と明日のお前も違うはずなんだ。もちろん、わたしもね。
マリア　あんたは変わらないわ。
テオ　変わるさ、石じゃないんだから。
マリア　石は転がりながら形を変えるわ。だけどあんたは一度転んだらもう二度と逆風ばかりが風じゃない。いつかまたおまえはわたしになびくんだ。わたしはいったい誰なのか、それが分かればね。

マリア　それだけ喋れば十分でしょ。未練たらしい男は腐ったこんにゃく玉と同じよ、豚のえさにもならないわ。とっとと家に帰って、パリの寒空の下で自分の来し方行く末を、一度じっくり考え直してみるがいいんだわ。

テオ　ご忠告はありがたいが、とりあえずおまえはここから消えてくれないか。わたしはこちらのカールさんに相談が。おまえがいると邪魔なんだ。

マリア　なによ、カールさんに相談って。

テオ　関係ないだろ、おまえには。

マリア　関係なくないわ。だってこちらはうちの奥様の

テオ　casse-toi《カス　トワ》！　失せろ！

マリア　もう！　こんな男と同じベッドで過ごした夜が幾度もあっただなんて。出来るものならフタコブラクダの背中に乗せて、砂漠の向こうに捨ててやりたいわ、自分の過去を。口惜しい！

と、マリアはテーブルの上の食器を片付けて、消える。

K　空を飛ぶ鳥たちは色彩を失ってから形を失う。

テオ　？　それはどういう？

K　その椅子の脚のように人生は軽率だってことさ。

テオ　（笑って）なるほどなるほど。じゃ、ちょっと、この軽率な椅子ってやつに座らせていただいて、と（と、座って）。やっとふたりきりになれましたね。

K　わたしになにか？

テオ　映画のお仕事をなさってるそうで。

K　…

テオ　うらやましいですな。わたしらみたいに客の顔をうかがいながら日銭稼ぎに追われてる者

から見ると、夢のある仕事っていうか……

K　仕事となればなんでも同じだよ。だからなるべく仕事とは考えないようにしてるんだ。

テオ　そこそこ。やっぱりわたしらこんにゃく屋とはそこが違うんですよ。ご存知ですか？　こんにゃく。もともとはあっちの、中国人たちの食べ物なんですが、ダイエットにいいからってアメリカ人の間に広まって。わたしの友人で、そのこんにゃく作りを日本で修業してきたステファーノって男がおりましてね。ちょうど五年前ですか。こいつが一緒にこんにゃく屋をやらないかって声をかけてきたんですよ。そんなに元手もかからないからって言うんで始めたんですが、うまく出来ないんですよ、肝心のこんにゃく作りが。材料はわざわざ日本から取り寄せて。こんにゃく玉っていうのがありましてね。これを乾燥して粉にしたのがこんにゃく粉。まず、このこんにゃく粉を三十倍のお湯で溶かして糊状にするんですが、このお湯の温度の加減が難しい。こんにゃく作りのポイントそのイチですよ。それからそこに

K　ちょっと待って。

テオ　なにか？

K　とりあえず、あくまでもとりあえずなんだが、いまのところ、こんにゃく作りを映画化する企画はないんだ、せっかくだけど。

テオ　わたしは別にそんなつもりで

K　どういうつもりなんだ、じゃ！（と、テーブルを叩いて怒鳴る）

テオ　なんでも、今度お作りになる映画にはこちらのマルグリットさんがお出になるとか聞きましたが……

K　（喋りたくないので）……

テオ　もちろん、わたしはそっちの方は素人なんですよ、よく存じ上げないんですが、映画を作るとなると、やっぱりお金も相当……

K　……

テオ　なんだかすっかりご機嫌をそこねてしまったようで……

テオ、ポケットからタバコを取り出す。

K　葉緑素を抜かれた木の葉みたいな男だな、きみは。

テオ　またまた。（と、笑って）すみません、火を貸して貰えますか。

K　タバコは吸わないんだ。

テオ　じゃあ、お金を少し。

K　え？

テオ　今度お作りになる映画の資金ってヤツを、少しばかりこっちに回して貰えませんか。困ってるんですよ。原因はさっきお話ししたこんにゃく屋なんですがね。借金が相当かさんでしまって。

K　実はわたしの知り合いで、知り合いと言ってもあまり知り合いたくなかったその筋なんですが、あなたのことをよく存じ上げてるらしい連中がいるんですよ。

K　それで？

テオ　駄目ですよ、とぼけたって。あなたのことはわたし、み～んな知ってるんですから。

K　みんな？

テオ　ええ、なにからなにまで。

K　恐れ入ったな。自分だって知らないことはいっぱいあるのに。

テオ　だからたとえば、こちらの奥様にあなたはいったい誰なのか、なんて話をわたしがしたら……

K　ひょっとしてきみ、わたしを脅迫してる？

テオ　これでも一応、穏便に話してるつもりなんですが。

K　わたしを誰かと間違えてるんじゃないのかい？

テオ　（笑いながら）またそんなことを仰って。

K　困ったな。

テオ　困ってるんです、わたしも。だからこういうご相談を

K　いくら考えても、マルグリットに話されて困るようなことは思い当たらないんだが……

テオ　…まいったな。どうしよう…

K　男がふたり、向かい合ってお互い困ったマイッタと頭を抱えてる。うん、悪くないカットだ、これは。

　　テオ、テーブルを叩いて怒鳴る。

テオ　いい加減にしろ！

K　オッと。びっくりしたな、もう！

テオ　ネタは上がってンだ。あんたは映画監督でもなんでもないじゃないか。いつ撮ったんだ、映画を。

K　この三年の間に企画が四本流れてしまって、時々、自分は映画監督を名乗っていいものなのかどうか、不安に襲われることもあるんだ。そうか、『感じやすい雨』を撮ってからもう四年になるんだ。

テオ　それはカール・フレッシュの話だろ。

K　そう、カール・フレッシュ。つまりわたしの…

テオ　なに言ってンだ、あんたはカール・ロスマン。半年前までモンパルナスでクレープ屋をやってた、俺と同じ穴のムジナじゃないか。

K　確かに、半年前までクレープ屋をやってた女と暮らしていたが

テオ　いつまでとぼけてンだ！

K　よせよ、テレビの刑事ものみたいな芝居は。

テオ　（コロッと低姿勢になり）お願いしますよ、カールさん、助けて下さいよ。早い話が、ここであんたの正体をばらしたところでわたしは一銭の得にもなりゃしないんだ。だから、誰にも話しゃしません。話しゃしませんから一万でも二万でも。それだけあればなんとか格好がつくんです。あなたがなんとかしてくれないとわたしはその…

K　きみが首をくくったところでわたしは痛くも痒くもないんだが。

テオ　そういうことではなくて…。ハッキリ申し上げましょう。実はわたし、あなたを殺すように言われてここに

K　わたしを殺す？
テオ　あなたをうまく殺せばあなたの入ってる生命保険がその筋におりるんで、わたしにもその一部が仕事の報酬として　…
K　マイッタなあ。
テオ　でしょ。出来ればわたしもそんなことはしたくないんです、うまく殺せる自信もないし。だからこうしてお願いを
K　もしもわたしが殺されるとしたら
テオ　やめましょうよ。殺すとか殺されるとか、そんな縁起でもない。
K　だから仮定の話だよ。もしもわたしが殺されるとしたら、映画監督のカール・フレッシュとして殺されるのかい？　それとも、半年前までモンパルナスでクレープ屋をやっていたという
テオ　いいじゃないですか、そんなことはどうだって。
K　よくないよ。わたしはそんな、モンパルナスのクレープ屋じゃないんだ、きみに殺されなきゃいけない謂われはないんだから。
テオ　だから、わたしはあなたを殺すつもりなんかないって言ってるじゃないですか。
K　だってきみはわたしを殺さないと

ナディーヌが現れる。それに気づいたふたりは思わずストップモーション！

ナディ　ママがもう少し待っててほしいって。
K　なにしてるんだ。
ナディ　朝の体操よ。もうお昼を過ぎているのに。
テオ　うらやましいご身分だ。
K　きみのような庶民とは違うんだよ、チュニジアの歌姫は。
ナディ　じゃ、わたし　…（と、去ろうとする）
K　ナディーヌ、写真が出来たんだ、この間みんなで撮った　…

カール、ポケットから数枚の写真を取り出す。

K　（テオに）きみが写ってるのも何枚か。笑うよ。どれも目をつむってる。

テオ　子どものころからなんですよ。癖というより、要するに間が悪いんですな。一事が万事だ。ハ、ハ、ハ。お邪魔なようなんでわたしはこれで。（と、立ち上がる）

K　これ、持ってってっていいんだぜ。

テオ　折角ですが。目を閉じて写真の中におさまってる自分を見ると、なんだか切なくなるんで。じゃ、さっきの話、よくご検討いただいて。失礼します。

テオ、消える。

ナディ　（写真を手にして）本当だわ。あのひと、どの写真もみんな目を閉じてる。

K　あいつはきっと見る必要のないものばかりに目をつけて、逆に、肝心なところはいつも見逃してきたんだ。だからあんなバカなこと……

ナディ　バカなこと？

K　わたしを殺さなきゃいけないって言うんだよ。……驚かないのかい？

ナディ　だってあなたは、一秒ごとに二十四回の嘘をつく、映画の監督でしょ。

K　マルグリットに聞いたの？

ナディ　やっぱりあなたね、そうじゃないかと思ってたんだけど。昨日の夜よ。食事をしてたらいきなり、「あなた、映画ってどういうものだか知ってる？」ってわたしに聞くの。分からないって答えると、「映画は一秒の間に二十四コマのフィルムが流れるの。そもそも映画は現実を捏造するものだから、てことはよ、映画は一秒ごとに二十四回繰り返される嘘ってことなのよ」って。いかにも自分で考えたみたいに。

K　（微笑んで）……

ナディ　母には自分というものがないの。だから、ひとの言葉をすぐに信じて振り回されて、それでいつも最後は傷つくの。

K　振り回してなんかいないよ、わたしは。

ナディ　あなたにそんなつもりはなくてもあのひとは……。わたしは機嫌のいい母が怖いの。母の笑い声を聞くたびにドキドキするの。母は笑うとほんとに可愛いわ。アイドルだった頃の写真を見るとほんとに可愛くて。いまでもそうよ。笑ってる母を見ると時々、自分の子どもみたいに、抱き上げて頬ずりしたい衝動にかられるの。でも、そんな笑顔はいつまでも続かないし、笑い声が明るければ明るいほど、その後にはその分、深くて大きい苛立ちや悲しみや絶望が必ずやってきて……

K　本で読んだよ。マルグリットのご主人が亡くなった後、遺産の相続をめぐって彼の親族たちと泥仕合になり、その心労から彼女はクスリやアルコールに走って長い間、入退院をくりかえしていたことを。きみはまだ小さかったんだろ。多分、子どもの頃のそんな暗く悲しい思い出が忘れられなくてきみは

ナディ　（遮って）よして。そんな精神分析なんて、下らない。

K　程度の差はあれ、ひとは誰も傷ついて倒れるように出来てるんだ。でも、またいつの間にか立ち上がる。傷ついて倒れて、傷ついて倒れて立ち上がる、起き上がりこぼしのように。マルグリットの場合は、その傷つき方倒れ方が人並外れているんだろうが、でも、彼女の歌声からはそんな人生の深淵なんて微塵もうかがえない。そこがマルグリット・ユニックの凄いところさ。あの軽薄さ！　ちょうど一年前だよ。なにもすることがなくて、トイレに立つのも面倒でわたしはじっと、まるで冬眠中のハリモグラみたいにベッドの中で丸くなってた、幾日も幾日も。起きてるんだか眠っているんだか自分でもよく分からないような、そんな文字通りの夢うつつの中で、マルグリットの、ラジオから流れるあの『乙女の泉』を聴いたんだ。それまで他の歌手のカバーで何度も聴いたことはあったが、マルグリットが歌う『乙女の泉』はまるで違ってた。

総毛だつと言ったら大げさになるが、思わず身震いがしたんだ。

活躍してた当時は天使の声なんて言われたらしいが、この一途な軽薄さはただごとじゃない、これは天使ではなく悪魔の囁きだとわたしは思った。なんだろう？　自暴自棄になってた自分を許してくれるような気がしたのかな。あんなノー天気な歌なのに震えながら泣いてしまったよ。おまけに、これもよく分からないんだが、妙に懐かしい気持ちにもなって……。

本当は映画なんてどうでもよかったんだ。ただ無性に、昔あんな歌を歌ってたマルグリット・ユニックがいまどうしているのか、それを自分のこの目で確かめたくて、わざわざこんなチュニジアのチュニスまで……。

ナディ　それで、どうだったの？　実際に会って。

K　驚いたよ。きみが言うようにいまだに可愛くてね、おまけに軽薄だった。

ナディ　でも、なぜ？

K　なにが？

ナディ　なぜまだチュニスに？　映画に出るって母との約束もとりつけたんでしょ。ここへ来た目的はもう十分果たされたはずなのに。マリアも不思議がってるわ。最初は三、四日で帰るって言ってたのにもう二週間。どうしてまだいらっしゃるんでしょうって。

K　理由は二つある。マルグリットがわたしを離さない、これが一つ目の理由。もうひとつは、きみと離れたくないからさ。

ナディ　……どういうこと？

K　きみを愛してる。

ナディーヌは黙って、写真を見ている。

K　……返事はいいんだ。もちろん、したって構わないんだが。……こんな風に、自分の軽薄さを噛みしめながら……、黙って、きみとふたりで、時間をやり過ごしているいまが、……とてもいとおしい。

ナディーヌ、立ち上がる。

K　ナディーヌ。

ナディ　わたしは母とは違うの。一度傷ついたらきっともう立ち上がれない。だからいまのあなたの言葉も信じない。ごめんなさい。

ナディーヌ、去る。

あたかもナディーヌがまだ目の前にいるかのように、カールは静かに語りかける。

K　この、過ぎていくいまをいとおしく思う感情。多分これは、この町に来てから覚えたものだ。一日に何度か、町のそこかしこで祈る人々。沈む夕日とともに膝を折り、尻を上げ、額を大地につけて、神に祈りを捧げる人々を見ていると、わたしも、自分が今日一日を生き延びられた奇跡に驚き、感謝の気持ちでいっぱいになるんだ。そうか。これもこの町から離れられない理由の、ひとつかもしれない。

マルグリットが現れる。

マルグ　ごめんなさい、待った？

K　いや……

マルグ　やっぱり汗をかくのって気持ちがいいわ。あら、この間の写真ね。（と、手にした写真を見ながら）……なにを話してたの、いかにも親密そうにナディーヌと。わたし見てたの、二階の窓から。ダメよ、あの子に手なんか出したら。

K　……

マルグ　（笑って）ダークったらこんな難しい顔をして。……でも、心配だわ。考古学だかなんだか知らないけど勉強勉強で。あの子、あの歳でまだボーイフレンドもいないのよ。たまには男の子と息抜きくらいしたらって言うんだけど

K　……

してますよ。だって、あなたの目の届かない

パリにいるんだから。

マルグ　これでも母親よ。娘に男がいるかどうかくらい一目見れば分かるわ。あなたがどういうタイプの女性をお好みなのかも。

K　息子でもないのに？

マルグ　唇の形を見れば。マリアにそう言ったんでしょ、唇の形を見ればなんでも分かるって。

K　なんでもなんて言ってないけど。

マルグ　どう？　わたしは。幸福を呼ぶ唇なの？　それとも不幸せな、歌を歌うのにふさわしい魚の唇？

K　魚に唇なんてないんだ、本当は。唇は哺乳類特有のものだからね。そう、あなたやマリアの頭文字、子どもが母親の乳首を吸うように、唇を重ねて発するMという音は、哺乳類を象徴する音だってことになってる。猫はミャーと鳴き、羊はメェーと鳴き、牛はモーと鳴き、人間の子どもは「ママー」という呼びかけから言葉を始めるのは、その分かりやすい事例だよ。じゃ、唇を持たない、例えば鳥や爬虫類はどう鳴くかというと、喉を震わせて、カラスはカーと鳴き、ゴジラはガオーと吠える。だからわたしのように、Kで始まる名前の持ち主は、鳥だのカメだのといった類に近い、下等な人種だと思って間違いないんだ。

マルグ　わたしはわたしの唇のことを聞いてるのよ。

K　そんなこと、ご自分の胸に手を当てて考えれば分かるでしょ、それなりの年輪を重ねていらっしゃるんだから。

マルグ　それは？　皮肉？

K　どうなってるんですか。さっき銀行に行ったら、お願いしてあったものがまだ振り込まれていなかったんだけど。

マルグ　ああ。アレね。この間も話したように、お金のことは全部オワールに任せてあるんだけど、この話、彼にどう切り出していいか難しくって

K　どうしたらいいんだ、もう！

マルグ　(カールの大声に顔をそむけて)……

K　さっきも電話でプロデューサーと話してたん

だけど、こちらにもある程度まとまった資金があるってところを見せないと、スポンサーもなかなかのってこないんだ。

マルグ　この間、聞いたわ。

K　じゃ、これも話したと思うけど、予定では来月ロケハンということになってるんだ。だから

マルグ　お金を作ればいいんでしょ。ほかには？　話ってそれだけ？

K　……

マルグ　なければわたし……（と、立ち上がる）

K　ナディーヌを……

マルグ　なにかしたの？　あの子が。

K　愛してる。

マルグ　……誰が？

K　さっき彼女にそう言ったんだ。

マルグ　嘘よ。

K　彼女にも信じないって言われた。

マルグ　あの子はまだ子どもよ。

《アザーン》が聞こえる。

K　ああ、またお祈りの時間がやって来た。……どうなんだろう？　ぼくのような異教徒でもお祈り出来るのだろうか、彼らと一緒に。膝を折り、尻を上げ、大地に額をこすりつけ……。聞いてみよう。（と、去る）

急速に日が落ちて、呆然と立ち尽くしているマルグリットは、残照の中でシルエットとなり、そして、ゆっくりと夜の帳に包まれて……

同じ日の夜。ワイングラスを手に椅子に座っているマルグリット。背後からダークがそっと現れ、ふくろうの鳴き真似をする。

マルグ　（振り向いて）遅いわ。すぐに来てって言ったでしょ。

ダーク　急患があったんだ。驚いたよ。あんな患者は初めてだ、犬が舌を噛み切ったんだ、犬がだよ、自分で自分の舌をガブっと。

マルグ　なにか辛いことがあったのよ、きっと。
ダーク　きみ、それ　…（と、ワイングラスを指して）
マルグ　大丈夫よ、お酒じゃないわ。
ダーク　なにかあったのかい？
マルグ　座って。ひとに見下ろされるのは嫌いなの。
ダーク　声の調子からすると、体の方に問題はなさそうだが　…（と言いながら座る）
マルグ　お髭が伸びてる。
ダーク　今日は朝から忙しくってね、剃るひまがなかったんだ。
マルグ　結構ね、商売繁盛で。
ダーク　今日は特別さ。一昨日なんか待てど暮らせど誰も来やしない。仕方がないから午後は半日、釣り道具の手入れと靴磨きだよ。だからほら、ピカピカだ。（と、履いてる靴を見せ）
マルグ　そんなにお暇だったらうちに来ればよかったのに。
ダーク　そうもいかんだろ。最近はあなたもなにかと忙しそうだし。
マルグ　あなたはわたしの主治医よ、なにを遠慮してるの。ついこの間までは、どんなに忙しくても三日に一度は顔を出してくれたのに。そうよ、今日は会いたくないって断ったのに、ノックもしないでいきなり寝室に入って来るなり、わたしの腕をつかんで無理矢理注射をうったことだって。
ダーク　よせよ、そんな、ひとを強姦魔みたいな。
マルグ　憶えてないの？
ダーク　覚えてるさ。だけどそれはきみの体がそうしなきゃいけない状態だったたから
マルグ　いまは？　もう治ってるの？　放っておいても構わない体になっているわけ？
ダーク　…
マルグ　寂しいわ、あなたに見捨てられたみたいで。
ダーク　もちろん完治はしてないさ。でも、二年前に比べたら　…。正直な話、ここで初めて会った時、きみはもうそんなに長くは生きられないだろうと思った。いや、生きているのが不思議な感じさえしたよ。顔はまるで蝋細工のように青白くて、視線は定まらず、体全体が

なにか燃え尽きた後の灰みたいで……。なんでこんな女性を自分に預けたのかって、ニコルのことをずいぶん恨んだものさ。

マルグ　あのパリの藪医者、ほんとにひどいやつ。いくら行き先がアフリカだからって、なにも獣医になんかわたしを押し付けなくても。

ダーク　それがいまはこうして……。特にこの二週間。カールが来てからのきみの変わりようといったら、まさに劇的と言ってもいいくらいだ。やっぱり人間は、生きる目的が見つかると強くなるんだ。なんだか自分の無力を感じるよ。

マルグ　ダーク。わたしがここまでこれたのは、いつもあなたが傍にいてくれたからよ。あなたの声を耳にして、あなたの顔を目にするとその日はわたし、安心して眠ることが出来るの。

ダーク　きみにとって睡眠薬みたいな存在なんだ、わたしは。

マルグ　でも……

ダーク　うん？

マルグ　…

ダーク　やっぱり心配事があるんだ。

マルグ　カールがね、もうじきこの別荘は戦場になるって言うの。

ダーク　ここが戦場に？

マルグ　パリに帰って、今度の彼の映画にわたしが三十年ぶりにカムバックするってニュースを流したら、世界中のプレスやテレビ関係者がここに押し寄せてきて

ダーク　だったらストップをかければいいだろ、自分のことは映画が完成するまで公にしないでくれって。

マルグ　そうじゃないの。わたしが不安に思っているのはそういうことじゃなくって

ダーク　だってヤツはきみを自分の映画の広告塔に使おうと思ってるんだろ。

マルグ　多分。だから怖いの。ダーク、そんな彼の期待にこのわたしが応えられると思う？

ダーク　…どうしたんだ、いったい。世界の歌姫ともあろうものが……

マルグ　わたしはこれまで愛に溺れたことなんてなか

ったの、たった一度の例外を除いては。　…あれから四十年近くになるわ。その頃、カルロ・バローネってイタリアのサッカー選手がいたの、知ってる？

ダーク　いや、そっち方面にはとんと興味がないんで…

マルグ　初めて会ったのはわたしが十八の時。グランドでボールを追いかけるカルロは、まるで豹のようにしなやかで獰猛なのに、ふたりっきりになるととても優しくて、子猫のようにわたしにじゃれつくの。その変身ぶりがまた可愛くて。『天使のひとりごと』が大ヒットして、世界の歌姫なんて呼ばれるようになったのはその頃だけど、わたしはカルロに夢中で、頭の中は彼のことだけでいっぱい、仕事に穴をあけたのも二度や三度じゃなかったわ。でも、そんな幸せは長くは続かなかった。寒い冬の朝、彼が運転してた車が凍った道路でスリップして　…。妊娠してることに気づいたのは、カルロが亡くなった一ヶ月後。わたしはなんとしても産みたかった、だって、カルロの子どもなんだもの。周囲の猛反対を押し切ってわたしはスイスの、窓の向こうに湖が見える病院でその子を産んだの。

ダーク　ナディーヌの他にも子どもがいたんだ。

マルグ　でも、すぐにいなくなったの。

ダーク　いなくなった？

マルグ　わたしが眠っている間に。生まれて五日目よ。あとで聞いたわ、どこかへ里子に出したって。

ダーク　…

マルグ　それからはなにもする気がなくなってしまって。どんなに歌がヒットしたって、ヒットすればするほど空しさがつのるの。二十五の時にアンリと結婚して、それを機に仕事もやめて、十年後にナディーヌが生まれて　…。アンリは優しくて、ナディーヌももちろん可愛くなかったわけではないけれど、心の中にぽっかり空いた風穴は、なにをしたって誰の力でも埋めることは出来なかった。それが、カールと会って

ダーク　もういい、分かった。
マルグ　なにが分かったの？
ダーク　風も冷たくなってきたし。
マルグ　ダメ。まだわたしの話は終わっちゃいないわ。
ダーク　仕事がしたいんだろ。だったら節制を心掛けないと
マルグ　わたし、カールを愛してるの。
ダーク　そんな話を聞かせてわたしにどうしろって言うんだ！
マルグ　ダーク　……
ダーク　すまない、大きな声を出したりして。わたしはきみの睡眠薬にならなきゃいけないはずなのに　……

マリアが現れる。電話の受話器とマルグリットの肩掛けを手に。

マリア　先生、パリのご自宅からお電話です。
ダーク　ありがとう。（と、受話器を受け取る）
マルグ　（立ち上がって）詰らない話をしてしまったわ。おやすみなさい。

マルグリットは肩掛けを羽織り、マリアとともに去る。

ダーク　おやすみ。　……（電話の相手に）もしもし。もう終わったよ。大丈夫だ、診察してたわけじゃないし。ああ、元気だ、変わりないよ。そっちは？　そう。シャルロットは？　いいよ、寝てるんなら寝かせておけば　…ああ、今朝のテレビのニュースで見た。郊外の方は二十センチも積もったんだって？　こっち？　もちろん雪なんか降っちゃいないが、いまくらいの時間になるとやっぱり冷え込むんだ。それで？　なにか話があるから電話したんだろ？　いや、いま話してるよ、確かに話してるけど、普通こういうのは話って言わないんじゃないのか？

オワールが現れる。ダークはそれに気づかない。

ダーク　怒ってないよ、怒ってないけど。なにか？　ないよ、不愉快なことはあっても面白いことなんてなにも。え？　きみに話したってしょうがないことさ。いいじゃないか、なんだって。大したことじゃないよ。だから、怒ってないって。それとこれとどういう関係があるんだ、いったい！　…なにもないんだったら悪い、切る。…（と、受話器を切り、オワールがいることに気づく）いつからいたんだ。

オワール　立ち聞きするつもりはなかったんだが、あんな大声出したら、多分、チュニス中に聞こえてる。

ダーク　女房からだよ。まいった。女ってやつはまったくもって分からんよ。

オワール　分からないのは女だけじゃない。例えば、あそこに浮かんでる月にいったいどういう意味があるのか。頭でものを考えようとするからいけないんだ。頭は帽子を乗せたり、喧嘩相手に頭突きを食らわせるためにあるんだから。

ダーク　「酒と女と歌を愛さぬ者は」って言葉、知ってるかい？

オワール　自慢じゃないが、俺の教養は貧弱なんだ。

ダーク　酒と女と歌を愛さぬ者は、生涯の痴《し》れ者。その哀れな痴れ者大バカ者がここにいる。酒は飲めない、女は分からない、歌を歌えば笑われる。なんて退屈な男なんだ。

オワール　女と歌と酒瓶に囲まれた日々を過ごしたからといって、必ずしもそいつが利口だとは限らない。この俺がいい例だ。フン　…（と苦笑する）

ダーク　なんだよ。

オワール　ああ、いや　…

ダーク　思い出し笑いか？

オワール　バカなことをした、いい歳をして。

ダーク　バカなこと？

オワール　シモーヌと寝たんだ。

ダーク　シモーヌって、あの?!

オワール　ついさっき。やっぱり男だった。

ダーク　やっぱりって

オワール　そうじゃないかと思ってたんだが

ダーク　男だよ、あれは。あんな格好してるけど、見れば分かるじゃないか。

オワール　見るだけじゃ分からないところがバカのバカたる所以《ゆえん》さ。釣りをしてたってよくあるじゃないか。当たりや引きの具合からどんな大物がと胸躍らせて、釣り上げてみたらサメの子だったなんてことが。

ダーク　あんたって男は……（と、苦笑して）

オワール　チョコレート。食べるかい？

ダーク　ああ。

オワール　（チョコレートを差し出し）シモーヌの手作りだ。ああ見えて結構女らしいところもあるんだ。

ダーク　？　男なんだろ。

オワール　確かに男なんだけどね。なんだか疑似餌に引っかかった魚にでもなった気分だよ。しかし、見てくれの悪いやつほど食べたらうまいというのは、魚も人間も同じだよ。

ダーク　ああ、子どもだなあ、まだまだわたしは。

オワール　どんな大物釣りの名人だって、船を釣り上げたって話は聞いたことがないから。

ダーク　うん？

オワール　とんでもない大物を釣り落とした後みたいな顔をしてるからさ。

ダーク　釣りを始めてよかったと思うことがひとつある。自分という人間の程度が分かったことさ。一時間二時間三時間。どれだけ待っても当たりさえない時だよ。普段は押し隠してる、妄想、絶望、怒り、嫉妬、邪推、卑劣、下劣、おぞましい感情が次々頭をもたげて体中を駆け巡り、なんて見下げ果てた野郎だと、われながら情けなくなるんだ。そう、自分はその程度の人間だと分かってはいたんだが……

マリアが現れる。

オワール　（気づいて）なんだ、まだ起きてたのか。

マリア　奥様がお呼びです。なにか相談したいことがあるって。

ダーク　（オワールに）ありがとう。いつもは無口なあんたが今夜はわたしのために……
オワール　シモーヌのお陰さ。お喋りな釣り師は外道だが……(と、去る)
ダーク　さて、わたしもお暇《いとま》するか。
マリア　先生、ひとつお訊ねしたいことが。
ダーク　うん？
マリア　先生は娼婦をお買いになったことはありますか？
ダーク　なんだよ、いきなり。
マリア　フローベールは、彼の愛人だったルイーズ・コレへの手紙に、こんなことを書いているんです。売春という行為は複雑な交差点のようなものだ。淫乱、ほろ苦さ、ひととひととの空しい関係、激しい筋肉の運動、ちゃりんと鳴る金貨、そんなものたちが交錯しあっている、だからそこをずっと深くまで覗き込むと、めまいを覚えるほどだ。ひどくもの哀しくて、けれどもなぜか、愛を夢見ることが出来るのだ、と。それに続けてこんなふうにも。こういうことをやったことのない男には、なにかが欠けている。名も知らぬ女のベッドの上で目覚め、自分の枕のかたわらに二度と会うことのない寝顔を見る。明け方にそこを出て橋を渡りかけると、げっぷのように、人生というものが胸から頭の方にこみあげてきて、このまま水に飛び込んでしまいたいという誘惑にとらわれる……
ダーク　幸か不幸か、そういう経験はないんだ。見て分からないかい？　きっとわたしはいたずらに歳を重ねてきたんだね。情けない話だが、そのフローベールだってさすがに名前は知ってるが、彼の小説を読んだことはないんだ、まったく。でも、どうしてそんな話をわたしに？
マリア　愛しているんです。
ダーク　？　誰を？
マリア　先生、あなたを。
ダーク　誰が？
マリア　わたしです。

ダーク　きみがわたしを？
マリア　愛してるんです。だからって愛してくれとは言いません。いいんです。娼婦かなにかのように扱っていただいて。だから、だからわたしを……！
ダーク　よせ、やめたまえ。（と、逃げて）
マリア　先生！
ダーク　今夜はなんて夜だろう。月の軌道でも狂ったのか。いったい誰のせいなのか、誰も彼もがみんなおかしい！

暗くなる。

第三章　制御できない流れ

それからさらにまた一週間後。マルグリット邸・客間。朝。
しんと静まり返っていて、誰もいない。ソファの前のテーブルに新聞が…。
オワールが台所から現れる。

オワール　どこへ行ったんだ、あいつは。（と、テーブルの表面を指でなぞって汚れを確認し）マリア！　マリア！（と怒鳴りながら消える）

再びの静寂。マリアが二階から下りてくる。なにか探し物をしているようだ。
オワールが戻ってくる。

オワール　マリア。
マリア　あっ。

オワール　どこへ行ってたんだ、掃除もしないで。
マリア　ちょっと探し物を。
オワール　なにか落としたのか。
マリア　落としたというより流されて
オワール　なにが？
マリア　わたしです。あふれる思いに流されて　…
オワール　朝っぱらからなに訳の分からないことを言ってるんだ。ちょっと銀行に行ってくる。奥様がお目覚めになったらすぐに朝食を。ミルクを
マリア　はい、吹きこぼさないように。
オワール　（腕時計を見て）やっぱり十日と続かなかったな。今日からは太陽が昇るのとわたしが起きるのとどっちが早いか競争よ、なんて言ってたが、もう十時だ。どこまで可愛いんだ、うちの奥様は。（と言いながら去る）
マリア　お車には気をつけて。（と、見送って、ソファに座る）…いったいどこへ行ってしまったのかしら、わたしというものは。ああ、あの夜！　ふと魔がさして、そうよ、わたしの心の中には魔物が住んでいるんだわ。先生を愛してると言ってみたかっただけなのに、言われた時の先生のその表情が知りたかっただけなのに。言葉は怖い。言った途端に思いが溢れ、思いばかりが溢れかえってあれから一週間。なにも手につかず、いまここでこうして新聞を手にするわたしも、自分であって自分でないような　…。ヤリが降ろうと地が裂けようと、世界のどこでなにが起きようといまのわたしには絵空事。（新聞を読む）…なんですって？　フランスの若手映画監督、暴漢に襲われて　…。ふん、誰が死のうが生きようが　…。ちょっと待って。（と、脇に置いた新聞を慌てて手にして）嘘…！

　二階からナディーヌ、独り言しながら現れる。

ナディ　オワールも歳をとったわ。出かけるのが見えたから、ちょっと待ってって二階から叫んだ

のに振り向きもしないんだから。（マリアに）ちょっと出かけてくる。夕方には帰るから。

マリア　お嬢さま。

ナディ　なに？

マリア　カールさんが……

ナディ　カールさんがどうしたの？

マリア　今朝の新聞は？

ナディ　まだ読んでないけど

マリア　驚かないで下さい。

ナディ　だからなんなの？

マリア　亡くなられました。

ナディ　え？

マリア　昨日の二時ごろ自宅から出たところを拳銃で撃たれてって、ほら、ここにこんなに大きく

ナディーヌ、新聞を奪い取って記事を読む。

マリア　この世の中で起こることの三分の二は予測がつかないって言いますけど、あるんですねえ、こういうことが。ほんのちょっとしたことで人生の歯車が狂うっていうのか。カールさんもパリにお帰りにならなければこんな目にもあわずに

ナディ　（遮って）違う。

マリア　はい？

ナディ　あのひとはパリに帰っちゃいないわ、少なくとも昨日の夜まではチュニスに

マリア　いえ、だって

ナディ　だってわたしは、昨日の夕方に会ってるんだもの。

マリア　カールさんに？

ナディ　そうよ。

マリア　昨日のお昼過ぎにパリの自宅で殺されたはずの男が、夕方にはチュニスにいた、と。どういうことですか？　これは。

ナディ　だから、なにかの間違いなのよ。新聞やテレビだって、人間がやってるんだもの、間違えることはあるわ。

マリア　でも、警察の調べではってここに

ナディ　だから、警察も人間だってことでしょ。

マリア　ということは？　誰かが殺されたことに間違いなければ、殺されたのはカールさんではなく……
ナディ　誰か別のひとなのよ。それを間違えて
マリア　もうひとつ別の切り口が。こんな風に考えられませんか？
ナディ　なに？　昨日わたしが会ったのは幽霊だったとか？
マリア　そんなメルヘンチックなお話ではなくて、この新聞記事にあるように、映画監督のカール・フレッシュは本当に殺されたんですよ。
ナディ　なにが言いたいの？
マリア　だから、わたしたちがカールさんと呼んでるあのひとは
ナディ　（遮って）ストップ。わたし忙しいの。今月中にレポートを提出しなきゃいけないの。あなたの推理は時間に余裕が出来たらゆっくり聞かせてもらうわ。（と、出かけようとして、立ち止まり）ママにはいまの話、内緒よ、余計な心配をさせたくないから。
マリア　愛してらっしゃるんですね。
ナディ　当たり前でしょ、たったひとりの母親ですもの。
マリア　そうじゃなくって、カールさんのこと。
ナディ　どうしてわたしがあのひとを。
マリア　ダメですよ、お隠しになっても。ううん、もしかしたらご自身でもまだお気づきになっていないのかもしれませんけど、恋する女は目を見れば分かります。お嬢さまのそのキラキラと輝く瞳が理性をなくしたなによりの証拠。
ナディ　嘘、嘘よ、そんな……
マリア　あらら、お顔が真っ赤に。（と、笑う）

マルグリットが二階から下りてくる。

マリア　おはようございます。
マルグ　（ナディーヌに）出かけるの？
ナディ　夕方には帰るわ。
マルグ　もう少しなんとかならないの。
ナディ　なにが？

マルグ　それ、その服。どういうセンスをしてるの、いったい。そんなものを着てよく出かけられるわ、どこで誰と会うのか知らないけど。

ナディ　わたしはカルタゴに行くの。国立博物館で調べ物をしなきゃいけないの。遊びに行くんじゃないわ。

マリア　あの、お食事の方はいかがいたしましょう？

マルグ　（皆まで言わせず）起きたばかりよ、食べられるわけないでしょ。

マリア　すみません。（と、新聞を持って台所へ消える）

マルグ　着替えてらっしゃい。もう少しましなのがあるでしょ。

ナディ　なにを着ようとわたしの勝手でしょ。

マルグ　あなたはわたしの娘よ。

ナディ　分かってるわ。

マルグ　分かってないのよ、あなたは。娘にそんな恰好で表を出歩かれたらわたしが困るの、このマルグリット・ユニックが。

ナディ　まだそんなこと。この町でいったい誰が知ってるの？　ママがマルグリット・ユニックだってことを。誰も知らないのよ、知ってるはずないわ。もう誰も覚えちゃいないのよ、昔の世界の歌姫なんか。

マルグ　そうね。もしかしたら、この町のひとたちはわたしが誰なのか知らないのかもしれない。でも、観光客だって大勢いるし、中には、わたしがいるからこの町に来たひとだっていきっといるわ。だって今でも、こんなチュニジアにまで、毎週世界中から四、五通はファンレターが届くんだもの。もう少しして、カールの新しい映画でわたしがカムバックすることが公になれば、マルグリット・ユニックのことを忘れていた健忘症のひとたちだって……

ナディ　かわいそうなひと。

マルグ　誰が？　誰が可哀想なの？

ナディ　もういいでしょ。早く出かけないと夕方までに戻って来られないから。

マルグ　どこへ行くの？

ナディ　だからカルタゴだって。

マルグ　ひとりで？
ナディ　そうよ。ひとりで国立博物館へ行って調べ物をして、時間があればアントニウスの共同浴場跡の方にも行くつもり。
マルグ　昨日は？　お昼過ぎからいなかったでしょ。どこへ行ってたの？
ナディ　そんなことまでいちいち報告しなきゃいけないわけ？
マルグ　いいのよ、言いたくなければ。もうあなたも大人なんだから、外で誰と会ってなにをしたって構わないんだけど。
ナディ　散歩してたのよ。中央市場のお店をあちこちのぞきながら港まで。
マルグ　ひとりで？
ナディ　ひとりよ。
マルグ　誰かと一緒じゃなかった？
ナディ　どうして？　そんなにわたしのことが信用出来ないんだったら、一緒について来ればいいでしょ。
マルグ　そうしたいのは山々だけど、わたしはあなたみたいに、そんな古い昔の遺跡になんか興味はないから。
ナディ　そうね。わざわざカルタゴにまで出かけなくってもママご自身が古い昔の遺跡なんですものね。

言い終わらぬうちに、マルグリットはナディーヌの頬を打つ。

ナディ　（顔をそむけて）……
マルグ　最低だわ、子どもの、それも女の子の頬をぶつなんて。
ナディ　……
マルグ　最低の母親だけど、でもあなたのことは、あなたの幸せはわたしなりにいつだって気にかけてるつもりよ。そうよ、明日のことだって。あなたを驚かせようと思って黙っていたけど、シルヴィーに頼んであるの、誕生日のプレゼント。二十歳になる娘のために、あなたのお店であなたがこれぞと思うものを、何着か送ってって。

ナディ　ごめんなさい、ママ。

マルグ　どうして？　謝らなきゃいけないのはママの方でしょ。昔のことを考えたら、今更母親の真似事なんかしたって取り返せるもんじゃないわ。分かってるの、分かっているんだけどあなたのことが心配で。

ナディ　いいのよ、ママ。わたしなんにも……

マルグ　ナディーヌ。（と、抱きしめる）

Kが現れる。

K　ええっと、もしもお邪魔なら出直しますが。

マルグ　バカねえ、なにを言ってるの。（と、ナディーヌから離れて）

K　シノプシスが出来上がったんで。（と、持っていた原稿をマルグリットに渡し）読んでもらえば分かるけど、最初に話したものよりかなり詳細になってる。

マルグ　前もって目を通しておいた方がいいのかしら。

K　出来れば。

マルグ　どの道、撮影が始まれば変わってしまうんでしょ。

K　前にも話したように、撮影を進行させつつ、俳優やこの映画そのものに対する認識を深めていきたいんだ。だから、台詞は撮影前日、もしくは当日渡しということになると思うけど。

マルグ　大丈夫かしら、わたしにそんな真似……

K　大丈夫。乗りかかった船ってやつですよ。

マルグ　途中で沈まなきゃいいけど。

K　それで、お金の方は？

マルグ　やっとオワールからお許しが出たわ。今日の午前中にはあなたの口座に振り込むって。

K　助かったぁ。今日明日がリミットだったんだ。早速ホテルに帰ってプロデューサーに電話しないと。

マルグ　ここからすれば？

K　ちょっと込み入った話もあるんだ。（ナディーヌに）出かけるのかい？

ナディ　ええ。
K　だったらそこまで一緒に。
マルグ　なによ、もう帰るつもり？
K　早くマルセルのやつを安心させてやりたいんだ。
マルグ　わたしを置き去りにして？　もう用済みだってこと？
K　誰もそんなこと……
マルグ　幾ら急いでたってお茶を飲む時間くらいあるでしょ。マリア！

「はーい」という返事とともに、マリアが現れる。

マルグ　お茶の用意をして。ナディーヌは？　急いでるんならアレだけど。
ナディ　ご一緒するわ、今朝はお食事もしてないし。
マリア　じゃ、ついでにお食事のご用意も？
マルグ　（遮って）いいのよ、食事は。
マリア　承知しました。（と、行きかけるが立ち止まり）あのう……
マルグ　なんなの？
マリア　いえ、カールさんに。
K　なんだい？
マリア　今朝は新聞は？
K　新聞？
マリア　まだお読みには？
K　作品作りにとりかかってる時は基本、ああいうものは読まないんだ。〈今時の問題〉なんかに振り回されたくないから。
マルグ　なにか面白い記事でも載ってるの？
ナディ　マリア、時間がないの。早くしてくれる？
マリア　はい。（と、台所へ）
K　ああ、これでやっと大手をふってパリに帰れる。と言っても、月が替わればロケハンか。スイスのベルンから車で一時間くらい行ったところに、今度の映画にぴったりの場所があるって言うんだ。マルセルの話だからあまり当てにはしてないんだけど、写真を見たら悪くないんだ、これが。
マルグ　どこなのかしら？

K　地図で確認したわけじゃないから詳しくは……

マルグ　そう。

K　気になるの？

マルグ　若い頃に二週間ばかり、ベルンから車でやっぱり一時間くらい行ったところにある、ヌーシャテルって湖のある町にいたことがあるの。湖があるのか。悪くない。行ってみる価値はありそうだ。

K　やめて。あの町にはわたし、あまりいい思い出がないの。

マルグ　大丈夫だよ。きみのシーンをそこで撮るつもりはないから。しかし、なんだか夢を見てるみたいだ。ほんの二、三ヶ月前までは、もう一生自分は映画を撮れないんじゃないかと思ってたのに、それがこの一ヶ月足らずで……。あれもこれもみんなあなたのお陰ですよ。あの日、あなたの『乙女の泉』を聞いていなければ……

K　よして、そんな他人行儀な。

マルグ　時々、世界の歌姫に自分はなんて口の利き方をしてるんだって、反省するんだ。

K　あなたの辞書に「反省」なんて単語があるの？

マルグ　あ、なかった。

K　（笑って）知ってると思うけど、明日はナディーヌの二十回目の誕生日なの。内々だけでちょっとしたパーティをするつもりだから、パリに帰るのは明後日以降にしてね。

マルグ　もちろん出席させてもらうよ。プレゼントも買ってあるし。

K　なんなのかしら。なんでもいいけど指輪はダメよ。

マルグ　どうして？

K　あなたのことだもの、後でぬけぬけと、あれは婚約指輪のつもりだったなんて言い出しかねないでしょ。

マルグリットが言い終わる前に、ナディーヌ、席を立って去ろうとする。

マルグ　どこへ行くの？

ナディ　着替えて来る。（と、二階へ）

K　…どういうつもりだ。どういうつもりであんなこと

マルグ　あなたの方こそ、ナディーヌをどうするつもり？

K　つもりもなにも、ナディーヌを愛してる、ただそれだけさ。

マルグ　そんなきれいごと。昨日、ホテルに電話したのよ。お昼に一度、夕方に二度。例のお金の件、やっとオワールのお許しが出たからって、一秒でも早くあなたを喜ばせてあげたくて電話したのに　…。どこへ行ってたの、お昼過ぎから。

K　どこって別に　…

マルグ　ナディーヌと会ってたんでしょ。

K　…

マルグ　やっぱりそうなのね。どうして？　どうして嘘をつくの？

K　嘘なんか。なにも答えてないじゃないか。

マルグ　ナディーヌよ。あの子はわたしに、昨日はずっとひとりで誰にも会っていないって。

K　ぼくとは街で偶然に会ったんだって言ったって、あなたは信じないって分かってるからだよ。

マルグ　偶然？　いいわね、偶然。恋愛に限らず、物事はなんだって偶然から始まるんだけど。運命のいたずらとも言うわね。あなた達、きっと神様に祝福されているんだわ。でもわたしはダメよ。神様みたいに鷹揚でもなければいたずら好きでもないの。娘の幸せを願うひとりの母親として言わせてもらうわ。二度とあの子に手を出さないで。

K　下らない。

マルグ　なにが？　わたしのどこが下らないの？

K　あなたは世界の歌姫じゃないか。どうしてひとりの母親としてなんて、そんな退屈な場所に自分を押し込めるんだ。あなたのことはひとりのアーティストとしてリスペクトしてる。

マルグ　だからこそ今度の映画になんとか出演してほしいと思ったし、あなたにスポットライトを当てて、もう一度マルグリット・ユニックを世界に送り出すのは、自分の義務だと思ってるんだ。

K　だったらナディーヌのことは忘れることね。帰る。これ以上あなたに幻滅したら映画が撮れなくなってしまう。

マルグ　カール、約束して。お願いだから、ナディーヌには手を出さないって。愛してるの、あなたを。

K　……名前だけなら誰でも知ってる某映画監督が、こんな名言を吐いてる。映画のために女は捨てても女のために映画を捨てたことはないって。でもぼくは違う。カール・フレッシュは映画も女もあきらめないんだ。（と、去ろうとしたところへ）

ダークとオワールが現れる。

ダーク　驚いた、こんなところにまだカール・フレッシュがいようとは。

K　いま帰ろうとしてたところです。マルグリットがあんまりわけの分からないことを言うんでね。ちょうどよかった。あとは心優しい主治医の先生におまかせして。

マリアがお茶の用意をして現れる。

マリア　カールさん、お茶は……？

K　こちらの先生にでも。

ダーク、カールに右手を差し出す。

K　この手は？

ダーク　お別れの挨拶だよ。もう二度ときみと会うこともないだろうから。

K　明日の、ナディーヌの誕生日パーティには出席なさらないんですか？

ダーク　顔を出すつもりなのか、きみは。

K　欠席という選択肢は最初《はな》からないんで。
オワール　ぬけぬけとよくそんなことが。
ダーク　まだ知らないんだよ、多分。ご当人も、いま起きたばかりらしいマルグリットも。
マルグ　なんの話？
ダーク　今朝の新聞に驚きのビッグニュースが載っていたんだ。ビッグといっても扱い自体はそれほどでもないんだが、呆気にとられるというか、とりわけきみには到底信じがたいニュースだよ。
マリア　奥様、新聞ならここに。（と、差し出し、以下はオワールに）銀行に行ったんじゃなかったんですか？
オワール　そこにいる男の口座に振込をしなきゃいけなかったんだが、途中で先生と会ってその必要のないことが分かったんだ。
マルグ　オワール　……！
K　妙なところから横やりが入ったな。（マルグリットに）どうなってるんだ。何度も繰り返し話してるように、今日明日がリミットなんだ。
マルグ　あなたがなんとかしてくれないと……理由を聞かせて。オワール。どういうことなの？
ダーク　その新聞を見れば分かるよ。
マルグリット、さっき手渡された新聞を見る。
K　さっきから新聞新聞って。まさかカール・フレッシュが事件を起こしたなんて記事でも（遮って）逆だよ。
ダーク　逆？
K　カール・フレッシュは昨日、パリの自宅前で殺されたんだ。
ダーク　ふん、なにバカなことを。
K　わたしが言ってるんじゃない。新聞にそう書いてあるんだ。
ダーク　（新聞を指さし）奥様、ほらここに。フランスの若手映画監督のって。
マリア
カール、マルグリットから新聞を奪い取り、読む。

マルグ　（呆然として）……

ダーク　（マルグリットに）よかった。きみはついてる。もしもオワールがわたしの車に気づいて声を掛けなかったら、今頃はもう、そこにいるどこの馬の骨とも分からない男の口座に、きみの大金が振り込まれていたんだからね。いや、それよりなにより、こういう言い方は不謹慎なのかもしれないが、殺されたカール・フレッシュには感謝しないと。

テオ　（現れて）ああ、皆さんお揃いで。

マリア　また来た！

テオ　お前に会いに来たんじゃない。わたしはこちらの映画監督の

マリア　（遮って）違うの。

テオ　なにが？

マリア　あのひとは映画監督じゃないのよ。

テオ　（笑って）この女、低血圧なんで朝はまともに相手してたら……。カールさん、例の件でもう一度その……

マリア　（遮って）このトンカンチン！

テオ　それを言うならトンチンカン。

マリア　知ってて言ってるの！

ダーク　（カールに）何度読み返したって、カール・フレッシュが殺されたって事実はひっくり返らないよ。きみは二十世紀最後の映画監督でもなんでもなくて、金目当ての、ただの薄汚い詐欺師に過ぎないって事実もね。

テオ　カ、カール・フレッシュが殺されたって、それはどういう？

マリア　どうもこうもないの。あんたがこちらになにを頼んでたのか知らないけど、これであんたも一緒にパーってこと。残念でした、

テオ　カールさん……

ダーク　（カールに）どうだろう？　もうお引き取りになった方がいいと思うんだが。

K　なぜ？

ダーク　なにかあるのかい？　きみがこれ以上ここにいなきゃいけない理由が。もしかしたら、なにか言いたいことがあるのかもしれないが、

今更きみの弁明を拝聴しようなんて心優しい暇人は、残念ながらここにはいないんだ。多分、マルグリットもね。違うかい？（と、マルグリットに）

K　分からない。

ダーク　分からない？　なにが？

K　ぼくがここにいる理由、このお邸を訪ねた理由。それは映画を撮りたかったからだ。マルグリットにぼくの新しい映画に出演してほしいと思ったからだ。それをあなたは、あんたたちは、まるで犯罪のように言ってる。

ダーク　だって犯罪じゃないか、犯罪だろ。映画監督でもなんでもないものが、カール・フレッシュだと偽ってマルグリットに接近し、まあ、大金を巻き上げるのには失敗したが、オワールに聞いたら、二週間前からきみのホテル代を立て替えてやってるって言うじゃないか。こりゃもう立派な犯罪だよ。そう思わないのかい？

テオ　そんなホテル代くらい、カールさんが映画をお撮りになれば、後で幾らでも

マリア　（遮って）だから、このひとは映画監督じゃないって言ってるでしょ。

K　あなたたちはなにも分かっちゃいない。確かに、ぼくはカール・フレッシュだと偽った。でも、それが本当に犯罪なんだろうか。ぼくはマルグリットに会いたかったんだ。生身でぶつかって行っても会って貰えないと思ったから嘘をついたんだ。こんなところでラブレーを持ち出すのもナンだが、「退屈な百の真実より美しいひとつの嘘を」という言葉だってある。あなただって患者に、いや、患者の飼い主のためによかれと思って嘘をつくことはあるでしょう。それと同じですよ。

テオ　なるほど。嘘も方便ってやつですな。

K　それに、ホテル代の立て替えだってこっちから頼んだわけじゃない。嘘だと思うんならマルグリットに確かめたらいい。きっと滞在が長引いているんで心配してくれたんだ。彼女がホテル代は大丈夫かって聞くから、大丈夫

じゃないってぼくは答えた。それだけさ、本当にそれだけのやりとりだったんだ。

ダーク　だからそれは、マルグリットがきみのことを著名な映画監督だと思い込まされてたからだろ。

K　そうじゃない、ぼくは映画監督なんだ。もちろん、彼のように有名でもないし、作品だって一度も発表したことはない。でも例えば、獣医であるあなたがマルグリットの主治医であること、以前はピアノ弾きだったオワールが、いまは料理人になってマルグリットの傍にいること、ちょっとした思いつきの羅列に過ぎないものを、マリアは小説と呼んでいること、そういう類の無謀さと、映画を撮ったことがないぼくがマルグリットを使って映画を撮ろうとしている無謀さは、いったいなにがどう違うんだろう？　そう、もしかしたらぼくがしたこと、しようとしていることは法律に触れることなのかもしれない。でも、映画を撮ること、映画作りに関わることそれ自体が、すでに犯罪的なことなんだ。いみじくも、このチュニスで色彩を発見したパウル・クレーは、彼の創作ノートにこんなことを書きつけている。「厳密であること、そして、非合法的であることを恐れないこと」と。

ダーク　きみは夢を語ってる。もちろん誰だって夢見る権利はある。でも夢と現実は区別しなきゃいけない。年端もいかない子どもはともかく、みんなそうやって生きてる。普通の大人はみんな、断念を抱えながら生きてるんだ。人間は、半分は精神で半分は物質なんだ。ちょうどポリープが半分植物で半分動物であるように。つまり、人間とはそういう微妙な境界線上で生きてる危うい生き物なんだが。正直に告白しよう、きみの詭弁を聞きながら、なんて非・人間的だろうとわたしは驚き、嫉妬さえ覚えた。だから、と言っていいだろう、マルグリットはどう考えているか知らないが、わたしはきみをいますぐ警察に突き出すべきだと思った。

法律とは多分、われわれのような一般市民がきみのような特殊な人種に抱く、嫉妬の結晶から出来てる。きみはそんな嫉妬の結晶の権《ごん》化《げ》ともいうべき警察や裁判官を相手に、さっきのような詭弁が通用するものかどうか、自分自身を試してみるべきなんだ。

K　ぼくはカール・フレッシュの映画が好きだった。自分自身よりも彼の映画の方が、と言いたいくらい好きだった。彼の映画に何度励まされたか分からない。そういうぼくが彼の名を騙って映画を撮ることが、どうして許されないんだろう？　自分の好きなものに名誉ある地位を与えてやること、それが彼の映画作りの論理だったんだ。だからぼくも、ぼくの好きなマルグリット・ユニックを使って映画を撮るんだ。映画への愛は法律では裁けない。

テオ　映画への愛！　決まりましたなあ、カールさん。改めてわたし、あなたに惚れ直しましたよ。それだけのことを言える映画監督なんて、きっと世界のどこにもいませんよ。どうでしょう、皆さん。いろいろお考えはおありでしょうがここはひとつ、このカールさんがお作りになろうとしている映画に、みんなで協力をしてですな

オワール　マリア、その目障りな豚を叩き出せ。

テオ　（見回しながら）目障りな豚？　豚なんてどこに……？

マリア　あんたでしょ。（と、テオの腕をとって台所の方へ連れて行こうとする）

テオ　よせよ、まだカールさんに大事な話が

オワール　（テオの襟首を掴み）殺すぞ。

テオ　行きます、すぐに、消えます消えます。（と、台所へ）

マルグ　カール。……カールと呼んでいいのかしら？

K　ええ。カール・フレッシュではなく、カール・ロスマンですが。

マルグ　あなたの言い分はよく分かったわ。でもひとつ、とんでもない勘違いをしてる。わたしはあなたの映画に出るんじゃないの。このマルグリット・ユニックの映画をカール、あなた

が撮るのよ。分かった？

ダーク　マルグリット……！

マルグ　オワール、すぐに銀行に行って。この機会を逃したら、もう二度とマルグリット・ユニックはカムバック出来なくなってしまうわ。

ダーク　マルグリット、きみは間違ってる。冷静になるんだ。きみがそれほどカムバックを熱望してるとは思わなかったが、そのことに反対はしない。しかし、かつては世界の歌姫と呼ばれたほどのきみが、こんな詐欺師まがいの男の映画に出る必要がどこにあるんだ。カムバックの方法なら他にもいろいろあるはずだ。わたしも考える。素人考えだってそうバカにしたもんじゃない。みんなの知恵を集めれば……

マルグ　ダーク、あなたはわたしの体のことだけを考えてくれればいいの。

ダーク　マルグリット！

マルグ　ダーク、わたしを誰だと思っているの？　マルグリット・ユニックなのよ。　わたしがここを海だと言えばこの部屋は海になり、このテーブルは鳥だと言えば、鳥になって空を飛ぶの。わたしの意志とそして言葉は、この家のすべてなの。主治医といえどもあなたの出る幕じゃないのよ。オワール、なにをぐずぐずしてるの。すぐに行ってって言ったでしょ。

電話が鳴る。

マリア　（出て）もしもし。はい、そうです。先生ですか？　いらっしゃいますけど、失礼ですがどちら様で？　ああ……。（ダークに）奥様です。

ダーク　いま手が離せないって。

マリア　いいんですか？

ダーク　いいんだ。

マリア　すみません。ちょっと手が離せないのであとでこちらから……分かりました、そのようにお伝えします。（と切って、ダークに）早くお帰り下さいとのことです。

ダーク　（マルグリットに）昨日から女房が子どもを連

れてこっちに来てるんだ。

マルグ　じゃ、わたしのことなんかほっといて早くお帰りになった方がいいわ。家庭は大事にしないと。マリア、部屋の方に食事を運んでくれる。

マリア　はい。（と、台所へ）

マルグ　なんだか疲れたわ。もうみんな帰って。ひとりになりたいの。珍しいわ、わたしがこんな気分になるなんて。（二階への階段の途中で立ち止まり）あなた、名前なんて言ったかしら？

K　カール？

マルグ　カール・ロスマン。

マルグ　ああ、そうだったわね。カール・ロスマン。あなたにはこっちの方が似合ってるわ。カール・ロスマン。なんだかとっても懐かしい響き……（と、消える）

二階で。（客席からは見えない）

マルグ　なによ、こんなところで。やめなさい、立ち聞きなんてそんな趣味。でも、その服はさっきよりましかしら。ほんの少しだけど。

着替えたナディーヌが二階から下りてくる。

ダーク　ナディーヌ、お聞きの通りだ。理性の中に人間はいて、情熱の中に神はいるっていうが、マルグリットがああなったらもう、われわれ凡人はひたすらひれ伏して、ただただ神のお怒りが鎮まるのを待つしかないんだ。彼女が落ち着いたら電話してくれ。すぐに飛んでくる。

ナディ　オワールは？　出かけるの？

オワール　しょうがないでしょう、神様のご意向とあらば。漂えど沈まずってヤツで。

ダーク　なんだい、それは。

オワール　男の生き方、旅の極意ですよ。まあ、出かけるところは銀行以外にいくらでも。

ダーク　漂《ただよ》えど沈まず、か。なるほど。女の理不尽さに対抗するにはなんとも切ない手段だが……

ふたり、出ていく。

K　…ナディーヌ、ぼくはいま震えてる。こうして立っていられるのが不思議なほどだ。いまあの窓から風が吹き込んできたら、それがたとえ頬を優しく撫でる程度の微風でも、ぼくはきっと倒れてしまうに違いない。

テオ　（現れて）どうやらうまくまとまりましたな。一時はどうなることかと心配しましたが。わたしも応援のしがいがあったというものですよ。よかったよかった。アラ？（ふたりのただならぬ気配を感じ）なんだかわけありのようですな。

K　お察しの通りだ。早く消えてくれ。

テオ　いやいや、わたしとしたことが……

K　早く！　きみがいると気持ちが紛れて言葉が続かないんだ。

テオ　邪魔者は消せってヤツですな。（と笑い）分かりました。表で、お庭の片隅でお待ちしております。まいったまいった。（と出ていく）

K　ナディーヌ、ぼくはいま震えている。さっきよりもっとだ。いまの男にアタマに来てる。それを除けば理由はふたつある。ひとつは、カール・フレッシュが亡くなったからだ。彼の名前を名乗るたび、ぼくは勇気がわいた。彼を騙ることが不遜だとは少しも思わなかった。それどころか、彼が撮りもしなかった映画のタイトルに、マルグリット・ユニックと自分の名前が並んでいるのを発見したら、彼はきっと手を叩いて大喜びするはずだと思ってた。そう、カール・フレッシュを名乗れば、彼に祝福されるような傑作が撮れると確信していたんだ。でも、彼は亡くなってしまった。ぼくはもうカール・フレッシュを騙れない。ぼくはぼくの名前で映画を撮れるだろうか。それを考えると不安でたまらない。怖いんだ。だから震えてる。もうひとつの理由。それは……

マルグリットの朝食の用意をして、マリアが現れる。

マリア　「断念を抱えながら」ですって？　フン。女の溢れる思いも受けきれないヘナチョコが、ちゃんちゃらおかしいわ。ああいう男はきっと、自分の耳の後ろにツバメが巣を作ってるのにも気がつかないで、つつがなく一生を終えるのよ。ああ、忌々しい！（と、二階へ消える）

K　ナディーヌ、ぼくはまだ震えている。さっきより更にもっとだ。あの女、忌々しいと叫びたいのはこっちの方だ！

ナディ　カール、落ち着いて。

K　とり乱すな、カール！　…ぼくはきみを愛してる。それが怖いんだ。愛は恐怖だ。ぼくは本当の両親の顔を知らない。名前も知らない。生まれて間もなく里子に出されたんだ。ぼくは自分の顔が両親とは小指の先ほども似てないことがずっと不思議だった。それを母親に聞くと、確か中学に入った時だ、ちょっと困った顔をしたが、正直に誠実にぼくの疑問に答えてくれた。ぼくはその時、母にとても悪いことをしたような気がして、そして、母の立場に同情をした。そんなぼくに母も同情しているようだった。そう、ぼくら親子は同情と同情とで結ばれていたんだ。言うまでもなく、同情は愛じゃない。ぼくはきっと誰にも愛されたことはなく、誰も愛したことがないんだ。

ナディ　カール　…

K　いや、ぼくは確かにきみを愛してる。でも、それをどうやって伝えたらいいのか。愛してる愛してる愛してる。ああ、こんな言葉がなんになる！　言えば言うほど、きみはどんどん遠くなるんだ。

ナディ　カール、わたしも震えてる。さっきから、二階のドアの向こうであなたの話を聞いてた時からずっと震えてる。まだ震えてる。わたしもあなたを愛しているわ。ここで初めて会った時から、会うたびなんだかとてもドキドキしたわ。あなたが母と親しそうにしていると、それがとても口惜しくて。嫉妬よ、そう、嫉妬。でもそれは、あなたがわたしから母を奪おうとしているからなのか、わたしという娘がいながら母があなたに首ったけになっているからなのか、自分でもよく分からなかった。それが昨日、港であなたとばったり会って、そして行き交う船を見ながら、あなたのあの映画の話を聞きながら、わたしはあなたを愛していることが分かったの。

ギリシャの監督、アンゲロプロスの『霧のなかの風景』。あの、現実にはいもしない幻の父親に会うために、国境を越える幼い姉と弟が、聞いてるうちに、なんだかわたしとあなたのように思えてきたの。そう、冷たい路上で静かに息をひきとる馬を見て、激しく泣きじゃくる弟はあなたで、ゆきずりの醜い男にトラックの荷台でレイプされてしまう哀しい姉がわたし。さっきも、ここでの激しいやりとりを聞きながら、実際には見てもいないあの映画のラストシーンが甦ってきて。これはきっと、あの映画のふたりが乗り越えて来た、幾つもの困難や障害のひとつに違いないって確信したの。深い霧のむこうにぼんやり見える大きな木を目指して、固く手を握り合って駆け出して行ったふたりのように、わたしたちも必ず最後はハッピーエンドになるはずだって。でも、そう信じれば信じるほど、わたしの不安はどんどん大きく重くなって

K　(遮って)ナディーヌ、もう言葉はいらない。口は言葉を吐き出すためだけにあるんじゃない。キスしよう。

ナディ　カール。

二人、ゆっくり近づく。と、いきなりマリアが階段を駆け下りてくる。

マリア　お嬢さま、大変です、奥様が、奥様が!

ナディ　ママがどうしたの?

マリア　お倒れになりました!

ナディーヌ、急いで二階へ。マリアは電話へ。

K　…ナディーヌ、ぼくはまだ震えてる。さっきより更に更にもっとだ。ああ、この体がもどかしい！

マリア　もしもし、丘の上のマルグリットです。急病人です。すぐに救急車を。

K　ブルトンは書いている。愛は、愛は痙攣する！

痙攣するカールをあっという間に闇が包みこむ。

第四章　死と焔

それから更に一週間後。マルグリット邸の客間。明け方。

ナディーヌ、電話をしている。手元に連絡先の電話番号を書いたメモ用紙。

ダークがソファに。テーブルの上に電蓄とレコードが数枚。

ナディ　倒れたのは一週間前です。すみません。隠してたわけじゃないんです。一昨日あたりにはずいぶん持ち直していましたし、叔父様にご連絡して変にご心配をおかけしてはと、…ええ、それが昨日の夕方、軽い食事の後に気分が悪いと言い出してそれで　…。二時間前です。はい、明後日こちらで密葬をして一週間後にパリで本葬を　…、はい、正式な日取りと場所が決まり次第すぐに　…。ありがとうございます。いえ、叔父様の方こそ。はい、はい。どうもお休みのところを……。失礼します。（と、受話器を置き、フーとため息）

ダーク　それで終わりかい？

ナディ　ええ、とりあえず親戚関係は。（と、ソファへ）

ダーク　ずいぶん謝ってたね。誰？　いまの。

ナディ　亡くなったパパの弟。そんなに悪いんなら悪いって、どうしてもっと早く教えなかったんだって電話口で泣いてるの。泣いて怒って。

ダーク　肉親が亡くなったんだからそりゃ……

ナディ　だってママはいまの叔父様のために、ママがお酒やクスリに頼るようになったのはあのひとのせいなのよ、それを！　どうして泣くの？　どうして怒るの？　そんな権利なんかないわ、あの叔父様に。

ダーク、笑う。

ナディ　わたし、間違ってます？

ダーク　いや、なんだかマルグリットが乗り移ったみたいだからね。

ナディ　ママだったらこの程度じゃすまないわ、きっと電話なんか放り投げたりして。

ダーク　ああ、マルグリットならそれくらいは。

ナディ　（レコードを手にして）『乙女の泉』……。信じられないわ、あのママが亡くなっただなんて。

ダーク　いまのきみを彼女に見せてやりたいよ。うちの父親が亡くなったのは、わたしがインターンの時だったから、もう二十五、六になってたはずなんだ。だけど、その直後はただもうショックで呆然としていて、いまのきみみたいにあちこち電話をかけるなんて、とてもそんなことが出来る精神状態じゃなかった。まあ、ああいう親を持った子どもだから、そんじょそこらの若い女の子とは違うと思っていたが、きみのこと、また見直してしまったよ。

ナディ　（苦笑して）喜んだらいいのか、悲しんだらいいのか……

ダーク　（苦笑して）難しいところだね。

ナディ　空が明るくなってきたわ。

ダーク　ああ。　…来ないつもりなのかね、あの男は。
ナディ　…
ダーク　亡くなったって聞いたら、真っ先に駆けつけなきゃいけないのはあの男じゃないか。なにを考えてるんだ、あいつは。分からんねえ。結局見舞いにも来なかったんだろ、一度も。
ナディ　ママが会いたくないって言ってたし。ううん、会いたくなかったわけじゃないの。そうじゃなくって、ママは自分が元気になるのを信じていたし、カールも、ベッドで横になってる病人のマルグリット・ユニックなんか見たくないって。
ダーク　ということは？　亡くなってしまったマルグリット・ユニックなんか尚更見たくないと、そういう理屈になるわけか、なるほど。大した男だ。わたしのような凡人はついていけないよ。
ナディ　…

オワールが現れる。

ダーク　見つかったのかい？
オワール　ああ。蓄音機、針がなければただの箱、と。
ナディ　あ！　ロゼッタ叔母さんに連絡するの、忘れてる。（と、立ち上がり）連絡先、控えてあったかしら　…（と二階へ）

オワールさっきからレコード針を舐めている。

ダーク　おまじないか？　それは。
オワール　こうすると音がクリアになるんだ。
ダーク　ほんとかね。
オワール　さあ　…

二階から。

マリアの声　お嬢さま、すみません。これ、落としてしまって。
ナディの声　いいわよ。接着剤でなんとかなるんでしょ。
マリアの声　はい、なんとかします。

マリアが、大きめの掌サイズの額を手に二階から現れる。

オワール　またなにかやらかしたな。

マリア　奥様とお嬢さまと亡くなったご主人と、三人で写ってるお写真の額をうっかり床に……

ダーク　ちょっと。（と手を差し出して額を受け取り）……ああ、マルグリットの部屋にあったヤツだ。

マリア　接着剤を持ってきます。（と、台所へ）

ダーク　ふん、みんな笑ってる。

オワール　仏頂面の写真なんか誰も自分の部屋に飾っとかないよ。

ダーク　理屈を言うな、理屈を。

二人、笑う。

ダーク　あ、裏にもう一枚写真が……（と、取り出し）これは……？

オワール　（奪い取って、見る）……誰だろう？　マルグリットが抱いてるこの赤ん坊は……

ダーク　（奪い取り）ナディーヌじゃないよ、まだ十代だろ、マルグリットは。

オワール　（奪い取り）やっぱり可愛いな、この頃のマルグリットは。

ダーク　（奪い取り）待てよ、もしかしたらこれがいつか彼女が話してた……

オワール、写真を奪い取るが、すぐさまダークは奪い返し。

ダーク　いや、半月ほど前に、若い頃子どもを産んだことがあるって話を彼女から……

オワール　マルグリットに子どもが！　ナディーヌのほかに？

ナディ　（二階から現れ）呼んだ？

ダーク　ああ、いや……（と、さりげなく手にした写真を隠して）

オワール　隠すことはないだろ、ナディーヌはもう子どもじゃないんだ。

ダーク　確かにそれはそうなんだが　…

ナディ　なに？　どうしたの？（と、近づく）

ダーク　きみたちの家族写真の裏にもう一枚、こんなのがあったんだ。（と、写真を差し出す）

ナディ　（写真を見て）これは？

オワール　男の子みたいだからナディーヌの兄貴になるのか、そのマルグリットが抱いてる赤ん坊は。（ダークに）そういうことなんだろ？

ダーク　まあ　…

ナディ　どういうこと？

ダーク　だからつまり、早い話が　…、そういうことだよ。

ナディ　全然分からない。

ダーク　どう説明したらいいのか　…

　カールが、最初にここマルグリット邸に現れた時と同様、バラの花束を抱いて現れる。

ナディ　カール。

K　（花束を示し）これ、マルグリットに。まだ眠っているのかい？

ナディ　（カールをじっと見詰めて）…

K　そうか　…。（ダーク、オワールに）短い間でしたがおふたりにはいろいろお世話になりました。

オワール　覚えはねえな。

K　こちらにもその記憶はないんですが　…

ダーク　もう来ないのかと思ったよ。

K　実はわたしもそのつもりでいたんです。

ダーク　いったいなにを考えてるんだ、きみは。見舞いにも来ない、危篤の連絡をしても駆けつけない。亡くなったって知らせても今頃のこのこ顔を出して、来るつもりはなかったなんて平然とうそぶく。わたしもこれまでいろんな人間と会ってきたが、きみのようなのは初めてだよ。

K　わたしは多分、みなさんよりも人間が楽天的に出来てるんです。昨日の夜八時ごろ、ナディーヌからマルグリットが危篤だって電話を貰ったときも、わたしはマルグリットがそのまま死んでしまうなんて思ってもみなかったし、亡くなったと聞いた時も、もう少ししたらあれは間違いだったたって、ナディーヌが笑いながら電話してくるんじゃないかと思ってた。だからいままでずっと待ってたんです、その連絡が来るのを。そう、いまでも、マルグリットは再び目覚めて、またいつかどこかで会うことが出来るはずだと信じているんです。

ナディ　ママは二階のお部屋に……

K　まだ眠ってる彼女に会ってぼくにどうしろと言うんだ。泣きもしない、怒りもしない、笑いもしないマルグリットなんて、もうマルグリットでもなんでもないじゃないか！

ナディ　……

オワール　帰る前に聴いてけよ、これ。好きなんだろ、『乙女の泉』。

カール、黙ってレコードを手にしてジャケットを見ている。

マリア　（現れてオワールに）接着剤が見つからないんですけど、どこに？

オワール　いいよ、あとでおれがやるから！

マリア　（テーブルに置かれた写真を手にして）どうしたんですか、この写真。

ダーク　マルグリットの秘められた過去だよ。そのマルグリットが抱いてる赤ん坊は…

マリア　あ、もしかしたらこの子……

ダーク　なにか心当たりがあるのか？

マリア　奥様がお産みになった赤ちゃんでしょ。

ダーク　どうしてそれを？

マリア　ミレーユ叔母さんから聞いてるんです。

オワール　ミレーユって、あのミレーユかい？

マリア　ええ。叔母さんはこちらに来る前に、スイスのヌーシャテルって町の病院で働いててそこで奥様と……

K　（呟く）ヌーシャテル？

オワール　お前がここに来るまで、ミレーユとは何年もひとつ屋根の下で働いていたが、そんな話を聞くのは初めてだ。

マリア　うちの家系は口が堅いんです。

オワール　その口のどこが堅いんだ！

K　ちょっとそれ……（と、写真を受け取る）

ナディ　じゃ、わたしの兄さんがどこかにいるってこと？

ダーク　そういうことになる。でも多分、どこにいるのか分からない。生まれて間もなく、マルグリットが知らない間に里子に出されてしまったらしいんだ。

K　これは……（写真を持つ手が震えている）

ナディ　どうしたの？

K　ぼくだ。このマルグリットに抱かれてる赤ん坊は、ぼくなんだ。

ダーク　またいい加減なことを。

K　嘘じゃない。このマルグリットが着ている水色のワンピース、覚えてる。そうだ、この病院の窓のカーテンも。この窓から差し込んでいる柔らかな光。窓の向こうにはキラキラと光る湖があって、その湖面にはボートが浮かび鳥たちが餌をついばみ、その向こうには森があり、そのまた向こうには青い青い空が広がっているんだ。

ダーク　また夢の話が始まった。

K　本当なんだ。

ダーク　バカも休み休み言え。生まれて間もない赤ん坊に、そんな記憶があるはずないじゃないか！

K　でも確かに覚えてる、嘘じゃないんだ。

オワール　いい加減にしないと、殺すぞ。

ダーク、カールに迫ろうとするオワールをとめる。

K　（ナディーヌに）きみはどう思う？　ぼくのこと、ぼくの言ってること、嘘だと思うかい？

ナディ　あなたのこと、あなたの言うこと、わたしは信じる。あなたはわたしの兄さんだわ。だから初めて会った時、初めて会ったはずなのに、なんだかとても懐かしいひとと会ってるような気がしたんだわ。

K　ナディーヌ！

マリア　ちょ、ちょっとお待ちを。折角の盛り上がりに水を差すようで申し訳ないんですが、おふたりは兄妹《きょうだい》でもなんでもありません。わたしは叔母さんから聞いてるんです。奥様の最初の赤ちゃんは、三つの時に風邪をこじらせ、肺炎になって亡くなってしまったって。

K　嘘だ。確かにぼくは三つの時に風邪をこじらせて死にかかったことがある。でも、生きてるんだ。見ろ、ぼくはこうして生きてるじゃないか。ぼくは信じてた。いつかきっと、生きてさえいれば本当の母親に会えるんだって。だからどんな屈辱にも我慢出来たんだ。……（泣きながら）会ってたんだ。ぼくはこのひと月、毎日のように本当の母親と会って、手をとり、抱きあい、語りあい、笑いあい、時には喧嘩しながら過ぎ行く時を楽しんでいたんだ、お互いなにも知らずに。

ナディ　カール、ママは二階に。

カール、二階へ走る。ナディーヌも彼に続いて。

ダーク　（二人を見送り）……オワール、頼む。いま目の前で起こった事をわたしに分かるように説明してくれないか。

オワール　出来るわけないだろ、このおれに。

と、オワールは蓄音機の針をレコードに落とす。若き日のマルグリットが歌う『乙女の泉』が流れる。

ダーク　……この歌を吹き込んだのは、正確に言うと、子どもを産んだ後なんだろうか、前なんだろうか？

オワール　どうして聞くんだ、そんなことまでおれに。

ダーク　知りたいだろ、きみだって。

オワール　分からない、分からないんだ、人生のことはなにも。だって、シモーヌが男か女か、そんなことだって寝るまで分からなかった男だぞ、おれは。

ダーク　威張るなよ。

マリア　羨ましいわ、なにかを信じられるひとが。あ
　あ、なんて忌々しい！

サングラスをかけたテオが現れる。

マリア　あ、また来た、あの忌々しい豚が。
テオ　カールさんは？　来てるんだろ？
マリア　ダメよ。あのひとは只今哀しい哀しい親子の
　ご対面中なの。出直して一昨日《おととい》おいで。
テオ　そうはいかない、もうリミットなんだ。（と、
　拳銃を抜く）
マリア　な、なによ、それ。
テオ　二階だな。
マリア　テオ！
テオ　近寄るな。今日のおれは危ナイ。（と、二階へ）
オワール　どうしたんだ、あいつ。
ダーク　殺し屋か？
マリア　大丈夫ですよ。
ダーク　だってピストルを……
マリア　あのひとはそんな物騒なタマじゃないから

……

二階から銃声！　二発三発。三人、思わず顔を見
合わせ、そして二階に行こうとすると、テオが階
段を下りてくる。

テオ　（ハンカチで額の汗を拭き）ああ、大変なところ
　に出くわしてしまった。カールさんが亡くな
　ったんだ。マリア、すぐに救急車を。
マリア　テオ……
テオ　よせよ、わたしじゃない。カールさんはわた
　しからピストルを奪って、自分を的に引き金
　を引いたんだ。
マリア　どうして？
テオ　分からん。詳しいことは当人に聞いてくれ。
マリア　当人？　だってカールさんは
テオ　ああ、そうだ。わたしはなにを言ってるんだ。
　でも違う、やったのはわたしじゃない。警察
　に聞かれたらここんとこちゃんと正確に、い
　や、変に勘繰られるのは迷惑だから、わたし

…暗くなる。

のことは伏せてくれ、ここにわたしは来なかったことにして、そうだ、そもそもおまえはわたしに会っていないし、わたしはこの町には来なかったんだ。　…もう忘れてほしい、テオ・ムルージのことは。皆さんもわたしが消えて五秒経ったら、わたしという者がこの世にいたことはもう二度と思い出さないで下さい。例えいつかどこかで会ったとしても、決して声などおかけにならないように。そうしていただけるとわたしはとても助かるんです。

ダーク　ナディーヌは?

テオ　失神されたようです。Adieu《アデュー》。（と、消える）

ダークとオワール、急いで二階へ。

マリア　…朝が来たわ。また一日が始まる。希望と喜びと幸福に満ち満ちた一日が。

若き日のマルグリットの歌声、一段と高まって

エピローグ　快晴

翌年の夏。晴れ渡った昼下がり。蜃気楼が見えるというショット・エル・ジョリドの湖畔。カールとマルグリット、ピクニックにでも来た風情。ふたりが座っているシートには、サンドウィッチ、飲み物等々。

K　だからぼくたちは物体そのものを見ているわけじゃなく、物体に反射した光を見てるわけ。いまあなたが見てるのもぼく自体ではなく、ぼくに反射した光なの。そういう意味ではこの現実も、スクリーンという物体に当たった光の反射である映画も、なんら変わりはないわけだ。ここまではいいよね。

マルグリットは食べることに夢中で、カールの確認に反応しない。

K　光にはそもそも空気密度の大きい方へ曲がる性質があるんだ。つまり、実際には遠くにあるものが近くに見えたり、湖面に浮かんでるボートがまるで空中に浮かんでるように見える、いわゆる蜃気楼という現象は、その空気密度の違いによって生まれてるんだ。分かった？

マルグ　全然。

K　どこが？

マルグ　なによ、空気密度って。空気に密度なんてあるわけ？

K　あるんだよ。だから雨が降ったり雪が降ったりするんだろ。つまり

マルグ　もういい。なんだか頭が痛くなってきちゃった。

K　…頭が痛いわりにはよく食べるねえ、どうでもいいけど。

マルグ　以前はこんなに食べなかったんだけど、やっぱり体質が変わったのかしら。

K　そりゃ死んだんだから体質くらい変わらないと。

マルグ　ちょっと、それ。

K　なに？

マルグ　ポット。

カール、ポットをとって渡そうとする。

マルグ　とったら注ぐの。

K　もう。どうして死んでも変わらないわけ？　そういう偉そうな態度は。

マルグ　不滅なのよ、マルグリット・ユニックは。（と、高らかに笑う）

カール、ため息をついて、マルグリットのカップにお茶を注ぐ。

マルグ　ああ、いいお天気になってよかったわ。

K　これが夢にまで見た本当の母親なんだ。

ダークとオワールが現れる。ダークはカメラを持っている。

ダーク　結婚？　誰が？

オワール　だから、おれだよ。

ダーク　きみが結婚?!

オワール　とうとう年貢の納め時が来ちまった。

ダーク　誰？　相手はまさか……

オワール　シモーヌ。

ダーク　だってシモーヌは男なんだろ。

オワール　実はそれがそうじゃなかったんだ。

ダーク　女？　あのシモーヌが？

オワール　田舎に子どもがいるんだ。女女男と三人いて一番上の子は今年で十八になるらしい。写真を見せてもらったんだが可愛いんだ、これが。ただ、前の女房というのがちょっと面倒な男らしくて、まだ離婚の手続きが

ダーク　ちょっと待って。

オワール　なんだよ。

ダーク　前の女房じゃなくて、前の旦那だろ。

オワール　え？
ダーク　いまきみ、そう言ったよ、前の女房というのがちょっと面倒な男らしいって。
オワール　そうか。それを先に話さなきゃいけないんだ。ええっと、どう説明すればいいのかな、ええっと
ダーク　結構。説明されても多分わたしには理解できないと思うから。

日傘をさしたナディーヌとマリア、現れる。ナディーヌは妊娠しているのか、お腹が大きい。

マリア　わたしは泣いていた。トントンと玉葱を刻みながら。涙はいっこうに止まらない。だからといって、次にじゃがいもの皮を剥かねばならない。理不尽なものである、人生というやつは。
ナディ　それが新しい小説の書き出しなの？
マリア　いかがなもんでしょ。
ナディ　ふん。
マリア　あ、鼻で笑いましたね。
ナディ　わたしじゃないわ、笑ったのはお腹の子どもよ。あ、動いた。
マリア　どれどれ。（と、ナディーヌのお腹に手をあて）ほんとだ、動いてる動いてる。
マルグ　わたしたちのこと、あの子たちには見えないのかしら。
K　あそこここことは空気密度が違うからね。
ダーク　写真を撮ろう。みんな、そこに並んで。もうちょっと後ろに。ああ、それで。

サングラスをかけたテオが通りかかる。

ダーク　すみません、ちょっとシャッターを押して貰えますか。
テオ　ああ、いいですよ。（と、カメラを受け取る）
ダーク　ええっと　…
テオ　なにか？
ダーク　いえ、前にどこかでお会いしたような気がしたもんですからね。

テオ　（笑って）どこにでも転がってるような顔ですから。
マリア　先生、早くこちらへ。みんな待ってるんですから。
ダーク　すまん。（と、みなの列の中へ）

カールとマルグリットも一緒に並んでいる。

テオ　いいですか、シャッター押しますよ。
マリア　ダメですよ、お嬢さま、目をつむっては。
ナディ　大丈夫。誰かさんとは違うから。
テオ　ギクッ。

みんな、笑う、テオも。

K　ああ、人生はなんて映画に似てるんだろう！

テオがシャッターを押す。ガシャ。

ナディ　あ、蜃気楼！（と、指さす）

忽然と蜃気楼が立ち昇り、そして……

おしまい

［主な引用・参考資料］

G・C・リヒテンベルク『リヒテンベルク先生の控え帖』池内紀翻訳（平凡社ライブラリー）
ジャン・ノリ『エディット・ピアフ―「バラ色の人生」挽歌』田口孝吉訳（音楽之友社）
パウル・クレーの日記他、関連書多数
各シーンのタイトルはいずれも、パウル・クレーの作品名を借用したものである。

食卓《てぇぶる》㊙法《まなぁ》・溶ける魚

登場人物

うなぎ壱
うなぎ弐
笑い男

舌にのせると微量のほろ苦さが口中にひろがる、鰻の肝焼きのような音楽が聴こえる。

うなぎ壱・弐が、数枚の大きなパネルを運んでくる。そして、それらを垂直に立て、釘を打ちつける。室内強化を図っているのだ。なんのために？

それはおいおい明らかに　……

ゆっくりと、まるで日が暮れて夜がきたかのように、ふたりを闇が包み込む。

暗転。

暗闇の中に音楽が沁みわたる。金槌の音は途絶えない　……。

静かに、潮がひくように音楽が遠ざかると、それに導かれたかのように、溶明。

そこには部屋らしきモノが出来上がっているが、しかし、これではまるで淀んだ川底だ。中央に食卓。ふたりはまだ大工道具をふるっている。

うなぎ壱　おい、そろそろ飯にしないか。
うなぎ弐　もうそんな時間か？
うなぎ壱　早いとこ済ましちまわないとまた　…

うなぎ弐　ああ、また面倒なことになりかねないからな。
うなぎ壱　まあ、これだけやっておけば大丈夫だとは思うが。
うなぎ弐　心配ないよ、難攻不落さ。
うなぎ壱　多分。
うなぎ弐　おそらく、十中八九　…
うなぎ壱　迷える小鳥は歌いて場所を知る。忙しくともユーモアを忘れず吉。
うなぎ弐　なんだ？　それは。
うなぎ壱　今日の子年の運勢だよ。さてと、今日はなににしようかな。（と、鼻歌しながら、布巾で食卓を拭き始める）
うなぎ弐　どうしたらいいか　…
うなぎ壱　今夜の献立だぞ。
うなぎ弐　分かってるよ。
うなぎ壱　今日はあっさりいきたいな。
うなぎ弐　ああ、口あたりのさっぱりとした　…（と、再び釘を打ち始める。以下、小気味好く金槌をふりながら）
うなぎ壱　それでいて精のつく　…

うなぎ弐　暑い夏を迎える勇気がこんこんと湧き出てくるような……
うなぎ壱　要するに、痛快な真夏の味をわれは欲する。
うなぎ弐　欲する？
うなぎ壱　しょっつる鍋の季節ではなし。
うなぎ弐　そうだ、ヒヤッ汁《ちる》なんぞはどうだろう？
うなぎ壱　ヒヤッチル？
うなぎ弐　熱い麦飯に冷たい汁をドロッとかけてゾロッとすする
ふたり　鹿児島郷土料理「ヒヤッ汁」の作り方！
うなぎ壱　まずは魚屋で、ゼイゴとハラワタを抜いてもらったコアジ五百グラムを、遠火の強火でほどよくこんがり素焼きにしよう。
うなぎ弐　この時ついでに菓子箱の蓋かなにか、ほどよい杉板を見つけて味噌を塗りつけ、これも一緒に丁寧にあぶっておくがよい。
うなぎ壱　そこでスリ鉢を取り出し、煎りたての白ゴマをしっかりとする。
うなぎ弐　そろそろアジが焼けた頃だろう。
うなぎ壱　アジは皮と骨を外して鍋に入れ、残った綺麗な身だけをスリ鉢に入れる。
うなぎ弐　下準備はこれでＯＫ。
うなぎ壱　頭などを入れたお鍋に水をたっぷり入れて、中火で煮る。
うなぎ弐　濃い目のダシを作るのだ。
うなぎ壱　身を入れたスリ鉢の方はスリコギでトントンとつき、
うなぎ弐　アジの身をほぐし、
うなぎ壱　ほぐし終わったら、さきほどあぶった味噌も残らずこの中に加える。
うなぎ弐　味噌・アジ・ゴマの割合はどうするか？
ふたり　どうだっていい！
うなぎ壱　アジと味噌を半々にしゴマを一割くらいのつもりでやってみてごらんなさい。
うなぎ弐　全体をよくすったらスリ鉢の底全部にそのアジゴマ味噌をくっつけ、
うなぎ壱　広げてもう一度、
うなぎ弐　スリ鉢ごと逆さまにしながら金網の上であぶる。
うなぎ壱　あとは、アジの頭と骨と皮から取ったダシでこれをドロドロのトロロ汁ぐらいにのばしてゆくだけ。
うなぎ弐　出来上がったら冷蔵庫に入れ、よおく冷やしておこう。
うなぎ壱　頃はよし、麦・米半々の麦ご飯が炊きあがる。
うなぎ弐　その熱いご飯をお椀に盛って、
うなぎ壱　ネギだの
うなぎ弐　青ジソ
うなぎ壱　ノリだの
うなぎ弐　山椒
うなぎ壱　コンニャクのせん切りなんぞあれば最高だ。
うなぎ弐　思いつくままの薬味を麦ご飯の上にのせて、
ふたり　その上からヒヤッヒヤッ、ヒヤッ汁をぶっかけてすするように食べる、うまい！
うなぎ弐　なにと言っても、暑い時には暑い国の料理が一番だ。［注①］
うなぎ壱　おい、どうでもいいけどもう少し気を使ってやってくれよな、拭いてるそばからホコリが舞い降りてくるんだから。
うなぎ弐　ごめん、つい調子に乗って力が入っちまったんだ。
うなぎ壱　それ、もういいんじゃないのか？
うなぎ弐　いや、あと少し。
うなぎ壱　やり過ぎざれば諸事吉なんだがな。
うなぎ弐　すぐに終わるよ。
うなぎ壱　今日こそ銭湯に行かないと。
うなぎ弐　ああ、脳天から足のつま先までヌルヌルしやがるからな。
うなぎ壱　そのためにも早く飯にしないと。
うなぎ弐　分かってるよ。
うなぎ壱　ヒヤッ汁も、簡単なようだけどあれで案外時間もかかるし。
うなぎ弐　分かってるって言ってるだろ。痛ッ！
うなぎ壱　どうした？
うなぎ弐　ほれみろ。お前があんまり急《せ》かせるから指を叩いちまったじゃないか。
うなぎ壱　今日の運勢ズバリ的中！
うなぎ弐　この野郎、ちょっとここんとこ押さえてろ。
うなぎ壱　だからもういいって。
うなぎ弐　最後の詰めを欠いて泣きを見たくないんだよ。

うなぎ壱　運命に逆らって生きるタイプらしいな、お前は。
うなぎ弐　石橋を叩いて渡る慎重派なんだよ。
うなぎ壱　石橋も叩きすぎれば壊レマス。
うなぎ弐　お前……
うなぎ壱　なんだよ。
うなぎ弐　お前、香水使ってやしないか？
うなぎ壱　オーデコロンだよ、安物の。ちょいと振りかけただけなんだが、匂うか？
うなぎ弐　臭うよ。鼻にツンとくる。
うなぎ壱　バカ、それは一昨日まで腰に貼ってたサロンパスの臭いだろ。よく嗅いでみな。
うなぎ弐　（壱の腰のあたりに鼻を寄せ）……複雑な臭いだ。
うなぎ壱　これが「時の流れ」さ。
うなぎ弐　時の流れ？
うなぎ壱　オーデコロンの名前だよ。どうだい、とうとうと淀みなく時が流れてる感じがするだろ。
うなぎ弐　（もう一度壱の腰のあたりに鼻を寄せ）……どちらかって言うと、時の滞りって感じだが……
うなぎ壱　気にならないのか、お前は。
うなぎ弐　なにが？
うなぎ壱　タイシュウだよ。
うなぎ弐　大衆？
うなぎ壱　からだの臭い。なんだか俺、身体中が生臭いような気がして。
うなぎ弐　しょうがないよ、それは。ここんとこずっと風呂にも入れないような生活を余儀なくさせられてンだから。
うなぎ壱　石鹸で洗い流せば消えるような臭いなら大枚はたいてオーデコロンなんか買いやしないよ。臭うんだぞ、お前も。
うなぎ弐　そうか？
うなぎ壱　まるで「時のゴミタメ」って感じだ。
うなぎ弐　そんな風に大っぴらに顔をしかめられたら、俺だって神経質にならざるをえないが……
うなぎ壱　悪いことは言わない、お前もなにか振りかけた方がいい。
うなぎ弐　分かった。生臭いのはゴメンだからな。
うなぎ壱　ヒヤッ汁もやめた方がいいかもしれないな。
うなぎ弐　うまく味噌を焦がせば大丈夫なんだが……

うなぎ壱　そこに至るまでの手続きが問題なんだよ。
うなぎ弐　モンダイハテツヅキだ。
うなぎ壱　なににしようかな。
うなぎ弐　どうすればいいか。
うなぎ壱　今晩の献立だぜ。
うなぎ弐　分かってるよ。（と、釘を打つ）
うなぎ壱　いい加減にしろ、いつまでやってりゃ気がすむんだ。
うなぎ弐　さっきのは最後の詰め、これは親指の爪。（と、釘を打つ）
うなぎ壱　言うな、駄洒落なんか。
うなぎ弐　ダメを押してンだ、念のために。あ、人差し指の爪はあそこら辺りにあるんだが……
うなぎ壱　届きゃしないよ、あんなとこまで。
うなぎ弐　もちろん、ひとりの力ではな。
うなぎ壱　オ、俺に踏み台になれって言うのか？
うなぎ弐　きみは丑年、わたしは子年。
うなぎ壱　分かったよ。モー（と、鳴き声をあげながら四つん這いになる）
うなぎ弐　悪いな。（と、壱の背中に乗り）重くないか？
うなぎ壱　気にするな。足元はいいから手元に注意して素早くやってくれ。
うなぎ弐　合点承知の助だ。御免、もう少し左に移動してくれないかな。ストップ。悪いな、すぐ終わるから……
うなぎ壱　苦痛もまた快楽の一種なり。俺の神経はわりと融通がきくんだ。
うなぎ弐　それにしても暑いな、今夜は。
うなぎ壱　まるで蒸し風呂だ。辛抱辛抱。
うなぎ弐　風通しをよくするために二つ三つ穴でもあけておこうか。
うなぎ壱　よせよ、野郎につけ入るスキを与えるような真似は。
うなぎ弐　気の小さい男だな、まったく。こんな小さな釘であけるんだぜ、アリンコだって通れるかどうか。
うなぎ壱　大丈夫だろうな。
うなぎ弐　心配ないよ、多分。
うなぎ壱　おそらく十中八九？
うなぎ弐　やめよう。余裕は油断を招きかねないからな。

もう少し左に行ってくれるかな。
うなぎ壱　まだ続けるのか？
うなぎ弐　あと少し。
うなぎ壱　辛抱辛抱。（と、移動する）
うなぎ弐　ストップ。申し訳ない、これで終わりだ。
うなぎ壱　ずいぶん伸びてンだな、人差し指の爪は。
うなぎ弐　そうじゃなくて。
うなぎ壱　うん？
うなぎ弐　今は小指の爪にとりかかってる（ところさ）
うなぎ壱　（遮って）冗談じゃないぞ、お前。（と、立ち上がる）
うなぎ弐　（転がって）なんだよ、急に。危ないじゃないか。
うなぎ壱　ふざけるな。ひとが大人しく縁の下の力持ちに徹していればいい気になって。
うなぎ弐　ああ、痛ェ。
うなぎ壱　自業自得だ。見てみろ、お前のおかげでまたこんなに埃が溜まっちまったじゃないか。
（と、布巾で食卓を拭く）
うなぎ弐　知らない間にずいぶんきれい好きになったもんだな。
うなぎ壱　育ちがいいんだよ俺は、お前と違って。
うなぎ弐　誰も来やしないのに。
うなぎ壱　え？
うなぎ弐　いくら食卓をピカピカに磨きあげて待ってたって、客なんぞ誰も来やしないって言ったんだ。
うなぎ壱　分かってるよ、今夜は完璧。猫の子一匹この部屋には入れやしないさ。
うなぎ弐　多分おそらく十中八九。あそこをガッツリ止めておきさえすればな。（と、跳び上がって金槌を振る）
うなぎ壱　よせって言ってるだろ。
うなぎ弐　気になるんだよ、あそこら辺が。
うなぎ壱　お前、また俺に踏み台に（なれって）
うなぎ弐　（遮って）ものごとには常識というものがある。今度は俺が下になるよ。（と、四つん這いになり）
うなぎ壱　いいのか？　乗っかって。
うなぎ弐　存分にやってくれ。
うなぎ壱　（弐の背に乗り）どこを打てばいいんだ。

うなぎ弐　お好きなように。
うなぎ壱　そんな無責任な、お前……
うなぎ弐　トントンと金槌の音を快く響かせてくれたらいいんだよ。要するにこれは気分の問題なんだから。
うなぎ壱　お前、まさか……
うなぎ弐　なんだよ。
うなぎ壱　（弐の背から降りて）時間稼ぎをしてるんじゃないだろうな。
うなぎ弐　時間稼ぎ？
うなぎ壱　こうやってメシの時間を延ばしに延ばしてあいつが来るのを……
うなぎ弐　待ってるもんか。（と、立ち上がり）ふたりだけで心安らけく夕食の時を過ごしたいと思ってるからこそ、こうやって手間ひまかけてるんじゃないか、待ってやしないよ。
うなぎ壱　それならいいけど……

気まずい間。

うなぎ壱　緻密ではないが精妙。（と、室内に漂う不穏な空気をかき消すように）
うなぎ弐　華麗とは言い難いが荘厳。
うなぎ壱　軽みもあれば渋みもある。
うなぎ弐　山椒は小粒でピリリと辛し。
うなぎ壱　盤石の構えだ。
うなぎ弐　ほとんど完璧。
うなぎ壱　創意工夫の極み。
うなぎ弐　アッパレアッパレ。
うなぎ壱　人事を尽くしきったという感じだな。
うなぎ弐　あとは天命を待つのみ。
うなぎ壱　しかし、いつまでも自画自賛に身を任せるわけにはいかないぞ。早く飯にしないと。
うなぎ弐　ああ。勝負は下駄をはくまで分からないからな。
うなぎ壱　先手先手とうっていかなきゃ。なににしよう？
うなぎ弐　どうすればいいか……
うなぎ壱　料理はアイウエオを心がけること。㋔いしくて㋓いようがあり、そして見た目にも㋒つくしく、なくてはならない調味料は㋐㋑！

うなぎ弐　献立を考える場合には、サシスセソも忘れてはいけない。台所は㋝まく材料も㋜くないが、㋛ょうかがよくて㋚っと出来るもの。

うなぎ壱　ソが抜けてるな。

うなぎ弐　そうだ、㋞ーメンはどうだろう？

うなぎ壱　確かに、サシスセソの条件は十分過ぎるほど充たしてはいるが、大の男の晩飯とするにはアッサリし過ぎてやしないか？

うなぎ弐　だから薬味にこるんだよ。

うなぎ壱　なるほど。その手があったか。

ふたり　夏バテを防ぐソーメンの作り方！

うなぎ弐　さらしネギに煎りごまの半ズリは常識です。

うなぎ壱　まず二品《しな》。

うなぎ弐　干しシイタケを二つばかり気張ってよく戻し、その戻し汁ごとソーメンのつゆの中に入れ煮ておいて

うなぎ壱　それを千に切るならばこれで三品。

うなぎ弐　ソーメンのつゆをしゃもじですくって別の鍋にとる。そこに鶏《とり》の挽き肉を二百グラムばかり入れ、煎《い》りつけるようにひと煮立ちして

うなぎ壱　それをすくい取るならば薬味は遂に四品となる。

うなぎ弐　鶏をすくい取ったあとには濃厚なダシが残っているだろう。そこで茄子を千に切り

うなぎ壱　水によくさらし

うなぎ弐　充分アクを抜いてから、その濃厚なダシで煮つけるならば

うなぎ壱　薬味は堂々五品となる。

うなぎ弐　あとはお好みでいり卵など。

うなぎ壱　プラス一品。

うなぎ弐　事のついでだ、大根オロシもおろしてやろう。

うなぎ壱　これでとうとう七品だ。

うなぎ弐　オッと忘れるとこだった、ソーメンのつゆにはオロシ生姜は真っ先に欲しい。

うなぎ壱　な、なんと八品！

うなぎ弐　あの薬味をとり、この薬味をつゆに浮かべて、

うなぎ壱　ソーメンをつけてはすすり

うなぎ弐　すするそばからまたつける。

うなぎ壱　楽しくもあり

うなぎ弐　豊かな心持ちにもなり、そして
うなぎ壱　誰がなんと言おうと
ふたり　うまい！
うなぎ壱　その気にさえなれば深山幽谷に遊んでいるつもり（にも）［注②］
うなぎ弐　（遮って）シッ！
うなぎ壱　どうしたんだ。
うなぎ弐　ヤツが来てる。
うなぎ壱　え？

以下はともに小声で。

うなぎ弐　ヤツが来たんだ。
うなぎ壱　どうしよう？
うなぎ弐　さりげなく
うなぎ壱　ああ、さりげなく明かりを消して、寝たふりでもしてやろうか。
うなぎ弐　ジタバタしないで、そう、ジッとしてればいいんだ。

ふたり、息を殺して耳をすます。

うなぎ壱　おい、あいつドアを開けようとしてるゾ。
うなぎ弐　心配するな、今夜は完璧さ。
うなぎ壱　盤石の構え。
うなぎ弐　鉄壁と言ってもいい。
うなぎ壱　アッ、あのバカ、一生懸命ドアを叩いてやがる。
うなぎ弐　今度は足で蹴飛ばした。
うなぎ壱　おい、体当たりなんかしてるゾ、大丈夫か。
うなぎ弐　タ、多分な。
うなぎ壱　多分？
うなぎ弐　maybe perhaps …
うなぎ壱　唄をうたおう！
うなぎ弐　唄をうたう？
うなぎ壱　俺たちの余裕をあいつに見せつけてやるんだ。
うなぎ弐　ヨシッ。
ふたり　セエーの　〽叱ぁーられてぇー［注③］
うなぎ壱　なんで叱られなきゃいけないんだ。不屈の闘志が火と燃えるような唄はないのか、矢でも鉄砲でも持ってこいって啖呵きれるような唄は。

うなぎ弐　よし、アレでいこう。

ふたり　セェーの　〽ポッポッポ　鳩ぽっぽ　豆がほしいか　そらやるぞ　皆で仲良く食べに来い［注④］

ふたり、徐々にヴォリュームをあげ、歌詞の二番は、今にも踊り出さんばかりに声を張りあげてうたう。

うなぎ壱　シッ！（と、弐をとめて）

うなぎ弐　？

うなぎ壱　帰っちまった。

うなぎ弐　まさか。あいつに限ってそんなこと……

うなぎ壱　帰ったと見せかけて俺たちを油断させようっていうのかな。

うなぎ弐　あいつのことだ、それくらいの戦術戦略は心得ているはずさ。

少し間。ふたりは耳をすませて……

うなぎ弐　やっぱり帰っちまったみたいだな。

うなぎ壱　ああ。……きっと俺たちの団結力に恐れをなして逃げちまったんだ。

うなぎ弐　だらしがねえ……

うなぎ壱　ああ見えて淡白なんだ、あいつ。

うなぎ弐　ガッカリしてやがる。

うなぎ壱　誰が？

うなぎ弐　お前だよ。

うなぎ壱　ガッカリなんかしてないよ、するはずないだろ。

うなぎ弐　だったらいいけど……

うなぎ壱　お前の方こそ。

うなぎ弐　ホッとひと息、どうやら今夜は久しぶりにふたりだけの夕食になりそうだ。

うなぎ壱　ああ。

ふたりは顔を見合わせ、そしてククと笑い、再び『鳩ぽっぽ』を大きな声で唄い出す、踊り出す。と、突如！　壁を突き破ってバッグを背負った「噂の男」が飛び出して来る。そしてバカ笑い。バカと言っても尋常なバカではない。生物学的には存在しえないようなバカ、化学式では表記しえないバカ、天体望遠鏡を使っても発見しえないバカなのだ。

もちろん、無意味など超えている。

男　（ひとしきり笑った挙句）人間《ひと》はなぜ笑うのだろう。さるひとの説によれば、笑いの起源は、確実に手に入ったように思える獲物や食べ物に対する喜びに端を発しているということである。となると、たとえば往来でバナナの皮などに滑って突然転倒してしまった男が笑いの対象になるのは、彼があたかも捕らえられ斃《たお》されて無害無抵抗になった、獲物を思わせるからなのだということになろうか。笑われる者は倒れ伏し、笑う者は眼下にそれを眺めながら直立している、これが笑う者と笑われる者との関係の原構図である。直立者は倒した獲物をその気になれば食ってしまうことも可能である、たとえば人間以外の他の動物のように。しかし、実際に食ってしまえばそれは食う行為そのものであり、笑いの介入する余地はなくなってしまう。人間以外の他の動物たちが笑わないのはこのためである。ひとり人間だけが食うことの断念から笑うことを知ったのだ。人間同士が食いあうことを避けるため、あるいは食物の貯蔵、料理の知恵などから生じたこの意志的な断食が、食うことなくして横隔膜を痙攣させる、あの空ろな体内運動を必要としたのである。つまり笑いとは、食べ物を飲み下すことの代償行為、象徴行為にほかならないのである。そしてまた、人間が笑った時の表情、口を大きくあけ、歯をむき出しにする、あのいささか品のない表情があまりにもモノを食う人間のそれと似すぎていることを思いあわせる時、人に笑われることは即ち人に食べられることであり、人を笑うことは即ち人を食べることなのではないかとすら思われるのである。ハハハ。（と、再びバカ笑いして）いやあ、お待たせお待たせ。散々お待たせした上に必要以上の長台詞、まったくもって申し訳ございません。遅れたのにはそれなりの理由もないわけではありませんが、わたしも男一匹、弁解がましいことは申しません。ただネ、ただひとことだけ言わせてもらえれば、…構いませんか？［注⑤］

うなぎ壱　（壱をチラと見て）え、ええ……

男　今日はなんと霞ケ浦の先っぽの方まで足を伸ばしたんですよ、ええ。もう近場じゃ間にあわないんです。おまけに、帰りの道が混んでしまって、途中で少々遅れるからって電話を入れようと思ったんですが、驚いたことに、電話番号を控えておいた手帳をうっかり家に忘れてきてしまって。（床に座って）いや、本当に申し訳ない、これこの通りです。（と、土下座する）

うなぎ壱　ちょっと、手をあげて下さい。あなたにそんな風に謝ってもらう筋合いは

男　今日のこと、お許し願えるんですね。

うなぎ壱　ウナギに許すも許さないも

男　許すとひと言、ハッキリ言っていただかないと、わたしの頭は上がらない仕掛けになってるんです。だからひと言、許すと

うなぎ弐　許しますよ。

男　ウッ。（と、頭を上げようとするが）どうやらあなたの声では上がらないらしい。ウッ、ウッ、ウッ。

うなぎ弐　（壱に）お前でなきゃ駄目だってよ。早く言ってやれ。

うなぎ壱　許します、許しますよ。

男　へへへ。（と、笑いながら頭を上げて）ところで、こちらの電話番号は何番でしたかね。（と、ポケットから手帳を取り出し）

うなぎ弐　九〇九の

男　（弐を無視して壱に）何番でした？

うなぎ壱　九〇九の二七三二。

男　ああ、そうでしたね、思い出しました。九〇九の二七三二。（と、手帖に書き）住所は確か三丁目の

うなぎ弐　ここの住所なんか聞いてどうするんですか。

男　わたしはこちらと話してるんです。あなたは休メ、こちらは気をツケ！　何番地でした？三丁目の。

うなぎ壱　三の二十二の六です。

男　本籍は？

うなぎ壱　ハア？

男　あなたのお生まれになったところですよ。

うなぎ壱　徳島ですけど、それがなにか……

男　いや別に大した意味はないんです。ただ手帖に空白があるのを見るとなんとなく落ち着かないものですからね、こうしていろいろドーデモイイコトを書いて埋めるんです。あまりお気になさらないように。で、体重は？

うなぎ壱　それは昨日も

男　ええ、伺いました、確か六十三キロ。違いましたか？

うなぎ壱　そうです、あなたに計っていただいて

男　今日はまだお計りには？

うなぎ弐　昨日も言ったでしょ、うちに体重計はないんだって。いったい何度言ったら分かるんですか。

男　じゃあまた例の方法で計ってみますか。一段と肉付きもよくなったようですし。わたしは人間体重計。ちょいと抱き上げればグラムの少数点以下まで分かるんですから。

うなぎ壱　いいですよ、今日は。

男　またまたあ。わたしとあなたの間で水臭い。遠慮はよしましょうよ、すぐに済むんですから。（と言いながら、壱に抱きつく）

うなぎ弐　（男を壱から引きはがし）当人がいいと言ってンだからいいじゃないかッ！

男　わたしはね、耳だけはいいんです。なにもそんなに大声で怒鳴っていただかなくても、よおく聴こえるんですよお！（大声で）

うなぎ弐　帰って下さい。

男　えっ？　いまなんとおしゃったんですか？わたし急に耳が遠くなってしまって……

うなぎ壱　よせよ、そんな、ことを荒立てるようなことは。

うなぎ弐　いいんだよ。今日という今日はハッキリ言ってやるんだ。これ以上つけ込まれたら

男　つけ込む？（笑って）なんだかまるで漬物石みたいな言われ方ですな。あなた、さっきは許すなんておっしゃったけれども、本当は怒ってるんでしょ。わたしが約束の時間に十分も遅れたもんだから、それでそういうふくれっ面をして

うなぎ壱　すみません、こいつのふくれっ面は生まれつきで

うなぎ弐　黙ってろ、お前は！（男に）わたし別に怒ってなんかいませんよ。そもそもあなたと特別な約束を交わした覚えもありませんし。

男　ホラホラ。そういう物言いが怒ってる証拠だと言うんです。約束したじゃありませんか、初めてこちらにお邪魔した時の帰り際、「じゃ、これから毎晩七時にお伺いしますから」ってね。（壱に）ね、言いましたでしょ、わたし。

うなぎ壱　ええ、確かにそれは　…

うなぎ弐　よせよ、どうしてお前はそんなこと。

うなぎ壱　言ったんだよ、確かに。だけどあれが約束の類のものだったかというと　…

うなぎ弐　だろ。別に俺たち、こちらと小指と小指を絡ませたわけじゃないんだから。

男　なるほど。たんなる口約束は約束として認めないと、こういうわけですね。

うなぎ弐　そうです。

男　てことはつまり、遅刻したからってなにもあなた方にペコペコ頭を下げる必要もなければ、頭ごなしにガタガタ言われなきゃいけない理由もないわけだ。

うなぎ弐　ええ、まあ　…

男　そうかそうか。わたしはまた、約束を破られたことであなた方が腹を立てているのだとばかり思っていたもんですからね、ただでさえ小さなからだを、わざわざ四つ折りにして畏まっていたんですが。そうかそうか、じゃあもう少し堂々と大胆に振舞ったっていいわけだ。そうでしょ。（と、両足を投げ出して座り）

うなぎ弐　あなたね、いい加減にして下さいよ。
男　さてと、そろそろ飯にしますか。
うなぎ弐　わたしの言ってることが聞こえないんですか。
男　聞こえてますよ、いい加減にしろって言ったんでしょ、だからこうしていい加減にしてるんじゃないですか。この態度、いい加減に見えません？
うなぎ弐　なんて男だ。
男　こんな男だ。
うなぎ弐　どういうつもりなんですか、あなたは。
男　どういうつもりなんでしょう？　わたし。
うなぎ弐　少しくらいひとの迷惑を考えたらどうですか。
男　迷惑をかけてる？　わたしが？
うなぎ弐　かけてるじゃないですか。毎晩毎晩メシどきになるとひとの家に押しかけてきて、あなたには常識ってもんがないんですか。
男　常識？　それは植物ですか、それとも動物？
うなぎ弐　『二十の扉』をやってるんじゃありませんよ。
男　古いなあ、たとえが。『二十の扉』なんていまは記憶の海の藻屑でしょ？
うなぎ壱　ああ言えばこう言い、こう言えばああ言い。まったく、煮ても焼いても喰えない御仁だな。
男　喰えるかどうか、一度お試しになったらどうですか？
うなぎ弐　不戯けるのもほどほどにしろ！
男　ほどほどにしてるんですよ、これでも。わたしが本気で不戯けらドーナルか。
うなぎ弐　（壱に）黙ってないでお前もなんとか言ったらどうなんだ！
うなぎ壱　ドーにか。
うなぎ弐　お前！
男　（また笑う）ワッハッハ。
うなぎ壱　ごめん、咄嗟のことだったもんだからほかに言葉が見つからなかったんだ。
男　食事にしませんか。衣食足りて礼節を知る。人間、腹が減ると怒りっぽくなっていけませんや。さあ、飯だ飯だ。
うなぎ弐　勝手に決めないで下さいよ、わたし達にはわたし達なりの予定というものがあるんですから。

うなぎ壱　そうです、こちらにも都合というものが
男　都合はあるんですよ、わたしにだって。もう
お腹がペコペコで。
うなぎ弐　ここはわたし達の家なんですよ。
男　分かってますよ、そんなことは。あなた方が
小なりと言えどもこの家の主であり、わたし
はただの通りすがりのお客。そうでしょ。
うなぎ弐　そうですよ、だから
男　だからもう少し、客らしい扱いをしてくれな
いものかと思ってるんです、わたしとしては。
うなぎ弐　図々しい。
男　図々しい？
うなぎ弐　どうしてあんたを客扱いしなきゃいけないん
だ。
男　わたしはお客じゃないと？
うなぎ弐　そうだよ。
男　じゃ、わたしがこの家の主なんだ。
うなぎ壱　上手い！　論理のすり替え。
うなぎ弐　バカ、なに感心してるんだ！

男、笑う。

うなぎ弐　あなた、いいですか。客というのは招かれた
ひとのことをいうんです。あなたの場合は客
は客でも、招かれざる客というんですよ。
男　今日はずいぶんハッキリものを仰るんですね
え。
うなぎ弐　ハッキリ言わないと、こちらの気持ちがあな
たには通じないってことがやっと分かったか
らですよ。
男　要するに居直ってるわけだ。
うなぎ弐　居直っているのはそっちでしょ。
男　あなた方、まさかわたしが初めてこちらにお
伺いした時のこと、お忘れになったんじゃな
いでしょうね。
うなぎ壱　あなたがうちに初めて来た時のこと？
男　そのご様子からすると、やっぱりお忘れにな
ってるんですね。迷惑をかけるのかけないの
って、さっきからどうも風向きがおかしいと
思ってたらやっぱりそうか。トントン　トン

トン。

うなぎ弐　なにやってンですか。

男　ドアを叩いてるんです、健忘症のあなた方のためにあの時の再現フィルムを回しているんですよ。トントン　トントン。

以下、男は壱・弐の物真似を織り交ぜ、ひとり三役で話をする。彼らを演じる時は、（壱）（弐）、自らを演じる場合は、（男）と記す。

（壱）　はい、どなたですか。

（男）　これはあなたです。あのう、隣の安東のところへ来た者なんですが　…　なんだろうとおふたり顔を見合わせ、そしてあなたはドアを開ける。ギィー。どうも夜分に失礼します。実はわたし、安東の親戚の者なんですが、どうやら留守のようなんで、もしもご迷惑でなければ、ちょっと預かっていただきたいものがあるんですが　…

（壱）　安東さんなら先週の日曜日、引っ越されましたよ。

（男）　えっ、本当ですか？　まいったなあ。引越しするんならするって連絡くらいよこせばいいのに。どうしよう、この鰻。

（壱）　うなぎ?!

（男）　久しぶりに一緒に飯でも食おうと思って、手土産代わりに途中で鰻を買ってきたんですよ。どうしようかな　…。と、この時、（弐を指して）こちらの異様な眼差しにハッと気がつき、お食事はもうおすみですか？　とわたしが言うが早いか、まるで泳ぐようにドアのところまでやってきて

（弐）　いえ、実はまだなんです。

（男）　じゃ、もしご迷惑でなければコレ、食べていただけませんか。

（弐）　迷惑だなんて、なあ。

（男）　少し冷めてますけど、子鍋にひたひたの酒と一緒に入れて、ちょいと煮立ててそれから少しあぶれば、焼き立てとほとんど変わらず、美味しくいただけるはずですから。

（壱）本当に頂いちゃっていいんですか。

（男）こういうものは家でひとりで食べたら味気なくって、うまさ半減になりますから。

（弐）なんか申し訳ないですねえ。

（男）いえいえ。どうもお騒がせしまして。

（壱）あなた、晩ご飯はまだなんでしょ。

（男）ええ。

（弐）だったら一緒に食べていかれたらどうですか？

（男）いやいや、そんなご迷惑をおかけするわけには
（弐）いやいや、そんな風に遠慮されたらわたしら立つ瀬が……

（壱）そうですよ、考えてもごらんなさい。貰うものだけしっかり貰って手ぶらで帰すだなんて、そんな非常識なことが出来るわけないでしょ。

（男）本当に、ご迷惑じゃないんですね。（変なだみ声で）迷惑なもんですか。

うなぎ壱　ひどい声ですね、誰ですか、それは。

男　あなた方おふたり、声を揃えてこう仰ったんです、（変なだみ声で）「迷惑なもんですか」って。どうです？　少しは思いだされました？　ここは一番、なんとしてでも思い出していただきたいですな。

うなぎ弐　あの時はあの時ですよ。

うなぎ壱　そうです。まさかあれからあなたが毎日のようにやって来ようとは
男　夢にも思わなかったとは言わせませんよ。だって初めて伺った時の別れ際、よかったらまた遊びに来てくれ、毎日でもＯＫですと、あなた方、ハッキリそうおっしゃったんですから。

うなぎ弐　まさかそんなことまで
うなぎ壱　いや、言ったかもしれません。しかし、それはあくまで言葉のアヤで
男　あれが単なる言葉の綾だったかどうか、ご自分たちで判断して頂きましょう。


男、バッグから取り出したラジカセをちゃぶ台の上に置く。

うなぎ弐　なんですか、これは。

男　声の日記帳です。

ふたり　声の日記帳！

男　わたしは日記をつける代わりに毎日、どこへ行くのにもこれを携《たずさ》えて、その日目にし耳にしたあれこれ、わたしの琴線に触れた出来事の数々を、欠かさずこれに録音しておくことにしているんです。名付けて《わが感動の貯金箱》！

ふたり　《わが感動の貯金箱》？

男　ご静粛に！（男、厳かにスイッチ・オン）

ふざけ倒した音楽が流れる。男は慌ててスイッチを切って。

男　すみません、裏表間違えました。（と、カセットを裏返して）ご静粛に願います。（と、再びスイッチ・オン）

以下、ラジカセから、ラジオドラマ風の効果音・BGM等をバックに、三人のやりとりが流れる。うなぎ壱・弐はかなりアルコールが回っているようだ。

男　じゃ、わたしはこれで。

うなぎ壱　まだいいじゃありませんか。

男　いや、終電の時間もあるんでもうそろそろ帰らないと……

うなぎ弐　だったら泊まっていけば。

男　いやいや、いくら図々しいわたしでもそこまでご迷惑をおかけするわけには

うなぎ壱　迷惑だなんて水臭い。

男　まだ仕事が残ってるんです。

うなぎ弐　これからお仕事？

男　会社に明日、報告書を出すように言われてるんです、今晩中に仕上げなきゃいけないんで。

うなぎ壱　仕事じゃしょうがないな。

うなぎ弐　仕事とあれば！

男　すみません。

うなぎ壱　じゃ、この近所にいらっしゃった時にはまた

男　いいんですか、わたしなんぞがお邪魔して。ご迷惑じゃない（んですか）

うなぎ弐　（遮って）よしましょうよ、そんな他人行儀な言い方は。

男　でも、親しき仲にも礼儀ありって言いますでしょ。

うなぎ壱　親しき仲で「迷惑」って言葉を使うのは、礼儀作法に外れるんです。

男　じゃ、お言葉に甘えて。月に二、三度は仕事の関係でこの近くまで来ますので、その折には必ずこちらにお邪魔を。

うなぎ壱　月に二、三度なんてしみったれたことを言わないで、毎日でも遊びに来て下さいよ。明けても暮れても二人だけの生活でいい加減うんざりしてるんだから。なあ。

うなぎ弐　そうともさ。また鰻なんぞ持ってきていただけると、わたしら願ったり叶ったりで。

男　分かりました。なんとかご期待に沿えるよう

うなぎ弐　（遮って）やだなあ、冗談ですよ。

男　でも、お好きなんでしょ、鰻。

うなぎ壱　いいんですよ、手ぶらで。おたくはほんとに生真面目なんだから。

三人、いかにも楽しそうに大笑い。

男　じゃ、どうも長いことお邪魔しました。

うなぎ壱　必ずまた来てくださいよ。

男　ええ、来るときは必ずお食事前に、七時頃には必ず鰻持参で参りますから。

うなぎ弐　約束しましたよ。

またさっきのバカげた曲が。男は慌ててスイッチ・オフ。

男　（咳払いして）どうです？　このいかにも楽し気な語らいは。これでもわたしは招かれざる客だとおっしゃるんですか。え？　どうなんです？

うなぎ弐　いえ、ですからそのぅ　…

うなぎ壱 酔ってたんですよ、わたしたち。あの時はずいぶん飲んだでしょ、三人でボトルを二本も空けてしまったんですから。それでついいい気になって

男 酒に酔っていい気になって、ふたりがかりでわたしをオモチャにした、と。こういうわけですか。

うなぎ壱 オモチャにしただなんて、そんな

男 不戯けるんじゃねえぞ、手前ら！　そんなお為ごかしがこの俺に通用すると思ってやがるのかッ！　な〜んちゃって。へへへへへ。大きな声はすきっ腹にこたえますよ。腹が減っては戦が出来ぬ、と。まあ、込み入った話は後回しにして、とりあえず飯にしましょうや。あなた方のリクエストにお応えして、持ってきましたよ、今日も鰻を。ホラァ。

男、バッグの中から鰻を想像させるような、手頃な太さ長さのゴムホースを三本取り出す。

男 これはあなた、そこいらの鰻屋で売ってるような養殖モノとは違うんですよ。さっきも言いましたでしょ、仕事をさぼって、霞ケ浦まで行って捕まえてきたんです。天然モノは色艶が違うし、それに音だって（と、そのホース＝鰻を床に叩きつけ）ホラ、全然違うでしょ。ホラ。（と、再び）こんな乱暴なことしたって天然モノだからビクともしない。さてと、今日はなににしますか。さすがに蒲焼はもう飽きたでしょ、いくら好きだからってこう毎日続いたら　…そうだ、たまには目先を変えて、アレでいくか。お腹は裂かないで、頭からトントンと五つ六つのぶつ切りにして、玉ねぎや人参と一緒にワインの白で煮込むんですよ。名付けて、ハンガリア風ウナギのシチューっていうんですが。

うなぎ壱 食事は済ませました。

男 ？　え？

うなぎ壱 今日の晩飯はもう済ませたと言ったんです。

男 またまた、からかったりしてエ。

うなぎ弐　嘘だと思うんなら見て下さい、これを、このデッ腹を、ホラ。これ以上ここになにをどう詰め込めって言うんですか。

男　だって、わたしは約束の七時に十分ばかり遅れただけなんですよ。

うなぎ壱　今夜はいつもより早めにしたんです。

うなぎ弐　あなたが来る前にアッサリとね。

うなぎ壱　たまにはアッサリしたものがいいだろうって、ソーメンをね、ツツッと。

うなぎ弐　もちろんこのくそ暑い夏。栄養の点については十分こころ配りをして薬味もアレコレ用意しました。

うなぎ壱　ネギ　ゴマ　シソ　鶏　椎茸　卵

うなぎ弐　あの薬味をとりこの薬味をつゆに浮かべて

うなぎ壱　ソーメンをつけてはすすり

うなぎ弐　すするそばからまたつける。

うなぎ壱　楽しくもあり

うなぎ弐　豊かな心持ちにもなり、そして誰がなんと言おうと

ふたり　美味い美味い！

うなぎ弐　夏はやっぱりソーメンに限ります。

男　そんな…。じゃ、鰻はどうなるんですか、わざわざ霞ケ浦まで足を運んでとっ捕まえてきたこいつらは。

うなぎ壱　申し訳ありませんが、今日のところは家に持って帰っていただいて

男　ひとりで食えって言うんですか？

うなぎ弐　待ってたんですよ、あなたのことを。今日も鰻を持っていらっしゃるんじゃないかってわたし達、淡い期待を抱きながら。

うなぎ壱　でも、いつもいつもあなたのご好意に甘えてばかりいるわけにはいかないんじゃないかって、こいつが言うもんですからね。

うなぎ弐　ものには限度ってものがありますから。

うなぎ壱　それでいつもより少し早めに、ふたりだけで夕食を済ませてしまったんです。

うなぎ弐　ともすれば暴走しがちなわたしたちの卑しい根性に、自らブレーキをかけたわけです。

うなぎ壱　ふたりだけで食事を済ませた、なんて言えば、あなたが傷つくのは分かっていましたから、

本当はこんなこと言いたくはなかったんですが。

うなぎ弐　だからさっきはきつい言葉であなたのこと、追い立てたりしたんですけど。

うなぎ壱　こういうわけですから今日のところは、黙ってお引き取り願えませんか。

うなぎ弐　わたし達、今日の夕食はもう済ませてしまったんです。

ふたり　ごちそうさまでした。

男　（ガックリ肩を落として）……鰻っていうと、殆どのひとは食い意地のはった貪欲な魚だと思っているようですが、違うんです、本当は。もちろん餌は驚くほどの量を食べます。でも、養殖場などでよおくご覧になれば分かりますが、われ先にと他の仲間を押しのけて自分ばかりがガツガツと、なんてことはしないんです。みんな行儀よく自分の番がくるのを待ち、食べたらすぐに席をゆずって次の順番を待つんです。テーブルマナーを心得た、そりゃあ慎ましい魚なんですよ。それに、この話をするとみなさんビックリされるんですが、天然のうなぎを捕まえてきて家で飼おうと思っても、これは殆ど失敗するんです。餌を食べないんですよ。特に水槽で飼うなんてことはもう至難の業で、出来るだけ自然に近い状態で餌を与える方法を講じても、決して食べようとはしません。ちょっとした外部の刺激にも敏感に反応して全身を痙攣させ、こんなことを何度も繰り返しているうちに、とうとう死んでしまうんです。神経が繊細だからというのではなく、不屈の闘志に裏付けされた意志的な断食を断行するんです。見かけはヌルヌルクネクネしていて、なにやらいい加減な魚のようですが、鰻の生き方には一本筋が通ってるんです。南の深海で生まれ、海流にのって沿岸までたどり着いた鰻の子どもは、ひとたび川を遡り始めると、行く手にどんな障害が待っていようとそれを乗り越え、ただただ前進するんです。シラスウナギ、クロッコ、メソッコ、ビリ、サジ、アラと、成長に応じてその名を変えながら、わずかな湿気と小さい流れさえあれば野であれ畑であれ、どんどん遡って行くんです。人間にだって登るのは難しい直角の断崖であろうと、登っては落ち、落ちてはまた登り、中国の揚子江では河口から二千キロも上流の四川省まで達するし、あのアメリカはナイアガラの大瀑布さえも遡って……［注⑥］

うなぎ弐 あれ？　急に黙って……

うなぎ壱 どうかなさったんですか。もう終わりなんですか、うなぎの感動的な半生記は。

男、笑う。またもや意味不明の馬鹿笑い。

ふたり なんて喜怒哀楽の激しいひとなんだろう！

男 （笑いながら）聞こえたぞ聞こえたぞ。

うなぎ弐 なにがです？

男 催促のサイレンですよ、GUGUってね。

うなぎ壱 ジーユージーユー？

男 日本語に訳せばグーグー。

ふたり グーグー？

男 あなた方の腹の虫の声ですよ。お食事まだなんでしょ、お腹減ってるんでしょ、本当は。とぼけたって駄目ですよ、わたしの耳は地獄耳なんだから。どうして詰らない嘘なんかついたんですか。わたしに遠慮でも？　よしましょうよ、もう見知らぬ他人じゃないんだから。待ってたんでしょ、わたしのことを。待ってたんですよ、こいつらも。おたくらの胃の中にきっちり収められるのをね、今か今かと首を長～くして。

笑い男、鰻＝ホースで床を二度三度叩いて見せる。

男 ホラホラホラ、どうです、このイキのよさ。あれ、一匹死んじゃった！　死んだ鰻のことをなんて言うか知ってます？　関東ではアガリ、関西ではなんとオジョウサンって言うんです。へへへ。とりあえず、このオジョウサンはう巻きにでもして。あとはどうしましょ。

なんかリクエスト、あります？　なければこっちで決めますけど。ない？　ありません？　どうしたんです、さっきはおふたり、あんなにペラペラ喋っていたのに急に無口になってしまって。ハハハ。分かりました。洋風シチューにう巻きは合わねえから、あっちはやめて、うざくに肝焼き、肝吸いに、最後はやっぱり蒲焼でキメましょう。すみません、今夜は遅くなっちまったんで、ちょっと手伝ってもらえますか。（と、ふたりに鰻＝ホースを投げ）門前の小僧習わぬ経を読むってね。おふたりとももうさばくことくらい出来るでしょ。でも、こいつら天然モノだから養殖モノに比べると料理がしにくいんですよ、身に弾力があるから。（と、鰻をさばく真似をしながら）しかし、この弾力性があるからこそ、焼き上げて舌の上にのせた時のとろけ具合がなんとも言えないわけで　……［注⑦］

壱も見様見真似で鰻をさばこうとするが、弐に止められてやめる。

男　（手を止めて）どうしたんです？　どうしてやらないんですか、ふたりとも。腹が減ってるんでしょ。なにもしないで蒲焼にありつこうだなんて、そいつは虫がよすぎますぜ。やって下さいよ、三人でやればそのぶん早く食べられるんだから。愚図愚図してないで。ほら、やれって言ってンのが聞こえねえのかっ！

うなぎ壱　うなぎはもう食べないって決めたんですよ。

うなぎ弐　毎日毎晩うなぎうなぎうなぎでうんざりしてるんですよ、わたしたちは。

男　だって晩飯はまだなんだろ？

うなぎ壱　確かに腹はすいちゃいますが、我慢できないほどではありません。

うなぎ弐　わたしたちが耐えられないのは、あなたと一緒にうなぎを食べることなんです。

男　……ホー。鰻なみにハンストでわたしに抵抗しようってわけですか。面白れぇ、こうなりゃこっちも意地だ、なにがなんでも食わせてやるからな。

うなぎ壱　どうしてそうまでして、わたしたちにうなぎを食わせなきゃいけないんですか。

男　わたしは最近、ボランティア活動というものに興味を持っておりましてね。お宅らみたいな貧しい怪しいひと達が、目の色変えて鰻にガッツいているさまを傍でジッと見ておりますと、堪らなくなるんです。感動のあまりハラハラ涙が溢れ出ることさえあるんです、ええ。早い話、これがわたしの天地無用の生き甲斐なんですよ。（と、言って大笑いする）

笑い男の笑い声を消さんとばかりに、雷鳴が轟く。

暗転。

八代目桂文楽の「鰻の幇間《たいこ》」のさわりの部分が流れる。

この間、劇場内には香りかぐわしい蒲焼を焼く匂いが漂うはずだ。

明るくなる。なんと、壱はうな丼をパクついている。その傍で男はビールを飲んでいるが、弐の姿は見えない。念のため断っておけば、うな丼、ビール等、食卓の上にある物はすべて本物でありたい。

男　ああ、やっぱりうまいなあ、本物のビールは。どうです？　おたくも一杯。

うなぎ壱　結構です。また酔っぱらって言葉のアヤでもつれたくありませんから。

男　ア、そう。それにしても遅いな。どうしちゃったの、ミスター・サジは。

うなぎ壱　ミスター・サジ？

男　あんたの相棒のニックネームですよ。体型が丸っこくて背中が黒くて腹んとこが白い鰻のことをサジって言うんです。彼にピッタリでしょ。

うなぎ壱　じゃあ、わたしは？

男　おたくはゲイタ。頭が大きくて尻尾の方が細みになってるからね。

うなぎ壱　ゲイタねえ。

男　悪くないでしょ。

うなぎ壱　なんともかんとも　…

弐が現れる。

男　おっ、噂をすれば…。やっとサジ様のご帰還だ。

うなぎ弐　(壱に)お前、俺が痔だってこと喋ったのか。

うなぎ壱　誰もそんなこと

うなぎ弐　だって今、俺のことを指さしてイボ痔だのキレ痔だの

男　アララ、おたく痔持ちだったの？　そうならそうと早く言ってくれたらよかったのに。効くんですよ鰻、焼いた時に出る煙が痔にはね。患部に直角にあたるように尻をむけて、そうだな、一日十分でいいでしょう、これを毎日一ヶ月も続ければピタっと治るんです。善は急げだ、早速明日からやってみますか。

うなぎ弐　ほっといてくれますか、わたしのことは。

うなぎ壱　やってみればいいじゃないか、ダメでもともとなんだから。

うなぎ弐　うなぎにケツを突き出すなんて、出来るか、そんなみっともないことが。

うなぎ壱　少しくらいみっともなくったって…、やっぱりみっともないか。(と、笑う)

うなぎ弐　この野郎、想像してやがるな。

男　(弐に)ちょっとあんた！　食事中は大声で喋ったらダメでしょ、ツバが飛び散ってるじゃないですか。(壱に)それからおたくも。ご飯だけ先に食べないで鰻も一緒に食べないと。

うなぎ壱　どう食べようと別にあなたに迷惑はかかってるんです。

男　そりゃ、うまいものは後に残してって根性は分からなくはありませんよ、でも、わざわざ丼にしたんだから、鰻とご飯は一緒に口に入れないと。

うなぎ壱　なんでそれが迷惑なんですか。

男　鰻をいつ食べるんだろういつ食べるんだろうってイライラするんです。(弐に)それからお宅。分かってると思うけど、鰻は舌の上にのせておけばトロっと溶けるんだから、そういう鰻なんですよ今日は。だからあまりぐちゃぐちゃ音をたてて食べないように。ヨロシク。

うなぎ弐　うるさいひとだなあ、まったく。あなたもそろそろ食事をされたらどうですか。減ってるんでしょ、お腹。

男　ウフフ。さっきも言いましたように、おたくらがモクモク鰻を食べるの見ていると、感激で胸がいっぱいになりましてね、食べたくっても米粒が喉を通らんのですよ、ちょいといざこざがあった後だけにとりわけ。ワッハハハ。

少し間。

男　黙って食べないでよ、黙って。なんだか寂しくなっちゃうでしょ。

うなぎ弐　だってあなたさっき、食事中には喋るなって。

男　大声で喋るなって言ったんですよ、わたしは。食事中の仏頂面はご法度なんです、絶えず笑顔で明るい話題を話すこと。これ、テーブルマナーの基本でしょうが。どうしてそんな風に伏し目がちで食べるわけ？　お宅ら、なにを食べさせていただいてると思ってンの？　鰻でしょ、ウナトトでしょ、お通夜で塩昆布しゃぶってるんじゃないんだから。もう少しパーッとお賑やかに出来ないの、パーッと。

うなぎ弐　（壱に）うちの親父は頭禿げてンだけど、お前ンとこは？

うなぎ壱　うちもだよ。まぶしいくらいだ。

うなぎ弐　ふーん。

男　なによ、それ。

うなぎ弐　明るい話題じゃないですか。

男　下らないなあ。強力便秘薬ピンクの小粒コーラックをもってしても、いまのやりとりは絶対に下らない。ワッハハハ。（と自分の冗談に大笑いする）

うなぎ壱、席を立つ。

男　どこ行くの？

うなぎ壱　トイレです。

男　さっき行ったばかりじゃないか。

うなぎ壱　あなたが下るの下らないのって話を持ち出すもんだから。環境に左右されやすい体質なんですよ、わたしは。（と、去る）

男　おたくらにかかったらテーブルマナーもへったくれもないねえ、まったく。どう？　鰻。食べてる？

うなぎ弐　これが舌ベラ噛んでるように見えます？

男　バッチグー。食べてりゃいいの、食べてれば。どんどん食べて栄養つけなきゃ。しかし、お宅も昔と比べるとずいぶん変わった。昔ったってほんの一ヶ月前のことだけど。わたしが初めて会った時にはこんなに痩せてたものね（と、手つきで示し）、それがいまはコレでしょ。血色もいいし、第一、以前とは脂ののり具合が違う。これすべて鰻のお陰ですよ。凄いねえ、鰻は。もう一ヶ月もすれば、おたくも立派な中ボクだ。

うなぎ弐　？　中ボク？

男　蒲焼にするには十分過ぎるくらいに肥った鰻のことですよ。（と言って、笑う）

うなぎ弐　あなた　…

男　どうしたんですか、そんな深刻な顔しちゃって。

うなぎ弐　あなた、本当に安東さんの親戚の方ですか。

男　なにを言い出すかと思ったら。いいじゃないですか、そんなことはどうだって。いまはもうこうしてお互い、なんの気がねもなくひとつの食卓を囲む間柄になってるんだから。

うなぎ弐　……

男　おたく、なにかわたしのことを疑ってるわけ？

うなぎ弐　疑うとか疑わないとかそういうことではなく、あなたは最初からわたしたちにうなぎを食べさせるためにうちに来たんじゃないかって、いまフッと　…

男　もしもそうだとわたしが言ったら？

うなぎ弐　やっぱりそうなんですね。

男　ハハハ。（と、笑う）

うなぎ弐　どうしてこんなことを

男　（遮って）だから　…、どうしてご理解いただだけないんですかねえ、善意からなるわたしの行動を。おたくら鰻が好きだって言うから、うまい具合にうちの親父がうなぎ屋をやってるし、毎日でも食いたいって言うから、だったらそのご要望にお応えしてと、ただそれだけのことなんですから。

うなぎ弐　…ビールいただいていいですか。

男　おたくらのビールじゃないですか、遠慮しないでガンガン飲んで下さいよ。

うなぎ弐　（ビールをグイと飲み）たとえ本当に善意だけだとしても　…

男　疑り深い男だなあ。

うなぎ弐　いや、だから　…他人様からの善意は重荷になるんですよ、わたしたちには。

男　分かります。誰だって訳の分からない一方的な施しを受けるのは気分のいいものじゃありません。特におたくらみたいに、世間に隠れてコソコソ生きてるような人間にとって、黙って施しを受けることは即ち、自分が負け犬以外のなにものでもないことを認めてしまうことになってしまう、それは堪らんと、こういうことでしょ。その気持ち、よおく分かります。だから、だからこそ、善意を施すこちらとしてそれが堪らず、どうしてもやめられないんですよ。

うなぎ弐　…じゃあ、わたしたちの方からも、なにか善意のお返しをしなければ　…

男　（愉快そうに笑い）いやいや、お返しなんかされたら施しのご利益《りやく》がくしゃみと一緒に吹っ飛んじまうから　…（と、言い終わる前に大きなくしゃみをし）

男は再び愉快そうに声を上げて笑う。

うなぎ壱　（帰ってきて）ずいぶん話がはずんでるんだな。

男　いやだって、こちらがプレゼントをくれるって言うから。（と、また笑い）

うなぎ壱　こちらにプレゼント？

うなぎ弐　ああ、うなぎのお返しをしなきゃと思って。

うなぎ壱　？

男　（壱に）おたく、ちゃんと手は洗ってきただろうね。

うなぎ壱　洗ってきましたよ、ホラホラ。（と、男に手を見せる）

男　まあ、なんて美味しそうなお手々だこと。（と、壱の手に触れる）

うなぎ壱　なにするんですか！（と、慌てて手を振り払う）

男、またまた大笑い。
電話のベルが鳴る。

男　アッ、わたしだ。（と、受話器を取って）もしもし。ハイ、わたしです。どうも連絡が遅れてしまって。いえ、ちょっと食べさせるのに手間取りましてね。申し訳ありません。さっきこちらからお電話入れたんですがもうお帰りになったということでしたので。ええ、いまは食べてますよ、もちろん、食いはイイです。聞こえませんか？　モグモグガツガツって。（小声で二人に）ちょっと音を立てて食べてくれない？

うなぎ壱　だってもうほとんど残ってないんだから。

男　音だけでいいんだよ、音だけで。ホラ、早く！

ふたり　（気おされて）モグモグガツガツ、モグモグガツガツ（繰り返す）

男　聞こえますでしょ。ハイ？　わたしの明日の予定ですか？（と、ポケットから手帳を取り出し）えええっと……（と、頁を繰りながら、ふたりに）ちょっとうるさいよ、いつまでやってンの。

ふたり、黙る。

男　（受話器に）ええっとですね、午前中は例のスギモトの、ええ、そうです、あのスギモトの下調べです。もうそろそろいいんじゃないかと思って、ハイ、そうです。で、午後はおふくろを病院に連れて行かなきゃいけないんで早退させていただくことに、ハイ、よろしくお願いします。エ？　落語を？　なるほど。

ちょっと待って下さい、すぐにやらせますから。（と、弐を手招きし）うちの課長がおたくの落語を聞きたいんだって。百円玉で公衆電話をかけてるんで、途中で切るのはもったいないから、切れるまでやってくれって。話したんだよ、おたくのこと。ホラ、最初ここへ来た時、やってくれたでしょ、鰻の話。アレをさ、ネ、ホラ、早くしないと電話が切れちゃうだろ！

うなぎ弐 （受話器を受取り）もしもし。ハイ、そうです。いや、その前に、失礼ですが、オタクはどういう……（怒られて）すみません。ええ、どんな商売でもこれがやさしいという商売はございませんが、とりわけて、芸人仲間ではなにが難しいといって、幇間、たいこ持ちほど難しい商売は……（と、落語を始める）

男、席を立つ。

うなぎ壱 どこへ行くんですか？

男 シッ！（小声で）便所だ、便所。これだからビールは嫌なんだ。（話している弐に）すぐに戻ってくるから課長には……（と、自分の唇に人差し指をあて、消える）

うなぎ弐 （前に続けて）エ？ 時間がないからすぐサワリに？ 分かりました。

ええっと、徳利の口が欠けてますよ、どうでもいいけど。鰻屋の徳利なんてものは無地にしてもらいたいねえ。絵が描いてあら。その絵もいいや、山水かなんかならオツなもんだ。この絵をごらん、えべっさまと大黒さまが相撲とってやがら。こんな徳利から酒が出ると思うと飲んでたって情けねえや。この猪口がまた勘弁できねえ。言いたかないけど客が二人だよ、猪口がひとつずつ違ってるなあどういうわけのもんだい。それもいいや、こっちに伊万里があってむこうに九谷なんざあオツなもんだよ。この猪口をごらん。日の丸と連隊旗のぶっちがいじゃねえか、こらあ兵隊さんが除隊になるとき土産にもらってくるやつだよ、よくこういうものを取っておくねえ。こっちはまだしもむこうの猪口が勘弁ならねえ。円《まる》に大の字が書いてある、してみると、天ぷら屋からもらったんじゃねえか。天ぷら屋でもらった猪口を鰻屋で出して喜んでいちゃアしょうがないでしょ。新香をみねえ、この新香を。ワタだくさんのキュウリ、きりぎりすだってこんなもの食いやしねえよ。またこの奈良漬けをよくまあ薄く切ったねえ、カンナで削ったってこうは薄く切れるもんじゃないよ。これ奈良漬けがひとりで立ってるんじゃないよ、きみ、隣の大根にこう寄っかかってるんじゃねえか、大根と喧嘩すりゃひっくり返っちまうじゃねえか。この紅しょうがをごらん、オゥ　…（と、受話器を口元から離す）［注⑧］

うなぎ壱　どうしたんだ。

うなぎ弐　切れちまった。…誰だろう？

うなぎ壱　会社の課長だろ。

うなぎ弐　それは分かってんだ。だけど、あいつは一体なんの仕事をしてるんだ？

うなぎ壱　それ、三日前だったかな、聞いたんだ、俺。そしたら、話して分かるような仕事じゃないからって。多分、ヤバイ仕事でもしてるんだよ。

うなぎ弐　…ヤバイ仕事。

うなぎ壱　それがなんだかは分からないけど。

うなぎ弐　もうやめよう。

うなぎ壱　なにを？

うなぎ弐　それだよ。

うなぎ壱　これ？（と、箸で蒲焼一切れをつまんで）

うなぎ弐　（蒲焼一切れをつまみ）これを食べたら、もういつの鰻を食うのはやめるんだ。

うなぎ壱　右に同じだ。物事には限度というものがあるからな。

うなぎ弐　俺たちにだってプライドはあるんだ。

うなぎ壱　そうだよ。ささやかだけど俺たちにだって…

ふたり、箸でつまんだ蒲焼をまじまじと見て、そっと舌にのせる。

ふたり　美味いなあ。

男が戻ってくる。手に鰻の数倍ほどの長さのゴムホースを持っている。

男　おたくら、ずいぶん洒落た真似をしてくれるじゃねえか。

うなぎ壱　？　一体なんのことを　…

男　とぼけンじゃねえ！（と、ゴムホースで床を叩き）どっちがやらかした？　どっちが俺の鰻をくそ壷の中に吐いたんだ！

少し間

うなぎ壱　…わたしです。あなたのご厚意に出来る限りお応えしようと思って、出来ればあなたの厚意の先の先までいってやろうと、二度も三度も、三度も四度も吐きました。

うなぎ弐　わたしも吐きました。感激で胸がいっぱいになると、米粒が喉を通らなくなるあなたと同じように、わたしも、感激で胸がいっぱいになるとうなぎが喉を通らなくなるんです。

男　（二度三度頷いて）…なるほど。アレがわたしの善意に対するお返しですか。切ないプレゼントですなあ、涙が出ますよ。結構です、いただきましょう。ありがたくお受けしますよ、アリが鯛ならミミズは鰻ってね。その代わりと言ってはアレですが、わたしは生まれつき義理がたあい性格でしてね、早速お返しのお返しをさせていただきますよ。コレ（と、ゴムホースを示し）、喰ってもらえますか。これはオオウナギといって、うなぎはうなぎでも蒲焼になるような鰻とはちょいと種類の違うウナギなんです。普通は食べません、だって天然記念物としてオカミに保護されてるんですから、そりゃあ貴重なウナギなんですよ。それをお二人に食べていただこうっていうんだから、お返しのお返しとしてはまさにバッチグーだと思いませんか？（と言って笑い）……
どっちが先に食べるんですか。お二人一緒にアタマとシッポと両方から痛快丸かじりしていただいたって一向に構わないんですよ。ご存知かどうか、うなぎは雌雄同体なんです。成熟すれば男と女どっちかになるんですがね、しかし、それも環境によってコロコロ変わるらしいんです。だからこそ、うなぎはおたくらには絶好の食べ物だと思ってるんだが……、
［注⑨］
このオオウナギはどうなんだろ？　もし仮に、オオウナギも雌雄同体だとして、これももし仮にアタマの方がオスでシッポの方がメスだとしたら、おたくらどうやって食べます？
（壱に）おたくは男なの？　女なの？　どっちなの？　どっちの役割を担当されているわけ？　ハハハ（と、笑って今度は弐に）おたくさっき、感激で胸いっぱいになるとうなぎは喉を通らないって言ったよね、オオウナギはどうなんだろう？　喉を通るかね。通るんじゃないかな、だってこれはうなぎじゃないんだから。ほら、試してみろ、通らないんなら俺が通してやるよ。喰えよ、喰えよ、喰えったら喰え！（と、弐の口の中にゴムホースをねじ込もうとする）

男と弐、組んずほぐれず。そのスキに壱、ビール瓶を手に男の背後に回り、脳天を一撃！　男が倒れると、壱・弐は男の首にゴムホースを巻き、左右に分かれてホースを引っ張り男の首を絞め上げる。男は右手を伸ばして苦しそうに空をかきむしるが、力尽きて……。

うなぎ弐　これが俺たちの、お返しのお返しのお返しだ。

暗転。
トントンと金槌の音が聞こえる。今度は二人、どんな仕事を？
以下は、暗闇の中から聞こえる壱・弐の会話である。

うなぎ壱　今朝の明け方、おかしな夢を見た。
うなぎ弐　お前もか。
うなぎ壱　お前も？
うなぎ弐　ああ。どういう夢だ。
うなぎ壱　お前から先に言えよ。
うなぎ弐　お前が先に切り出したんじゃないか、夢の話を。
うなぎ壱　…暗い海の底にいるんだ。
うなぎ弐　お前が？
うなぎ壱　お前もだよ。
うなぎ弐　俺も？
うなぎ壱　ああ、お前も俺も、それから他にもいっぱい。あれはやっぱり仲間かな。見も知らぬ仲間が数えきれないほどいっぱいいるんだ。それでその仲間達と一緒に海流に乗ってどんどん流れて
うなぎ弐　どこかの沿岸に辿り着くんだ。
うなぎ壱　どうして知ってンだ。
うなぎ弐　やっぱりそうか。
うなぎ壱　やっぱりってお前、俺の夢を盗んだな。
うなぎ弐　沿岸に辿り着くとそれから河を遡り始め
うなぎ壱　ひとたび河を遡り始めるとあらゆる流れに逆らって
うなぎ弐　どんな障害があってもそれを乗り越えただただ前進
うなぎ壱　わずかな湿気と小さな流れさえあれば
うなぎ弐　野であれ畑であれどんどん遡る
うなぎ壱　とても遡れそうにない断崖絶壁であろうと
うなぎ弐　遡っては落ち、落ちては遡って
うなぎ壱　ついには昇り切ってしまうんだ。

ややあって、明るくなる。
舞台中央に壊したパネル等の瓦礫の山。なにかを作っていたのではなく、あるものを壊していたらしいふたりは、作業道具を手に、山の中腹あたりに座って一服。

うなぎ壱　おい、そろそろ飯にしないか。
うなぎ弐　もうそんな時間か？

うなぎ壱　早いとこ仕事を切りあげて　…
うなぎ弐　なんだよ、まだこんな時間じゃないか。
うなぎ壱　もうそんなにゆっくりはしてられないんだよ。
うなぎ弐　なに急いでるんだ、もう誰もここには来やしないのに。
うなぎ壱　分かってるよ。だけど今日の献立が献立だからさ。
うなぎ弐　うん？　一体なにを食わせるつもりだ。
うなぎ壱　久しぶりに外に出て
うなぎ弐　おっと、外食か。
うなぎ壱　そうじゃない、ひとの言うことは最後まで聞けよ。今日は久しぶりに外に出て、外ったって角のたばこ屋を右に曲がってなんて近くじゃないんだ。以前に一度、鮎釣りに出かけた川の上流に、ちょっとした山があっただろ、あそこで野外料理はどうかと思ってるんだ。
うなぎ弐　野外料理。
うなぎ壱　どうだ、いいだろ。だから早くしないと向こうに着く前に日が暮れちまうからさ。
うなぎ弐　野外料理っていえば昔、北海道に行った時、あれはどこだったたか、河原で鶏《とり》の穴焼きをやったことがあったたな。
うなぎ壱　ソレ。アレをちょいとアレンジして作るんだ。
うなぎ弐　懐かしい。
うなぎ壱　お前、あの時の作り方、覚えてるか。
うなぎ弐　忘れるはずないだろ、あんな美味しいものの作り方を。
ふたり　野外料理、鶏の穴焼きの作り方！

以下、壱は時々思い出したように、くぎ抜き等を使って作業する。

うなぎ壱　まず毛焼きをし、それから腹を裂いて中の臓物を取り出す。
うなぎ弐　臓物を取り出したら川の流れで鶏の腹の中まで丁寧に洗い清める。
うなぎ壱　次に全身にコショウを振ってニンニクをなすりつけ
うなぎ弐　空っぽの腹の中には長ネギと叩き潰したニンニクを入れ

うなぎ壱　もったいないとは思ってもたっぷり酒をしみさせておこう。
ふたり　さて、肝心の穴である
うなぎ弐　崩れやすい砂地であろうがなんであろうが
うなぎ壱　最低でも直径一メートル
うなぎ弐　深さも一メートルと半分掘れば文句なし。
うなぎ壱　もちろん、鶏だけを焼くには大きすぎる穴ではあるが
うなぎ弐　鶏と一緒に焼かねばならないものがあるのだから仕方ない。
うなぎ壱　石はたぶん豊富だろう。まずはこぶし大の石を何段にも敷き詰め
うなぎ弐　その上に流木などを積み上げてドンドン燃やそう。
うなぎ壱　オキ火を作って石を熱するためである。
うなぎ弐　肉はタロイモの葉っぱでぐるぐる巻きにするのが本当なのだが、
うなぎ壱　そんな葉っぱがあるはずもなく、たとえば、朴《ほお》の葉などで代用したい。
うなぎ弐　手当たり次第に葉っぱをかぶせ、あるいは巻きつけ
うなぎ壱　上からロープできりりと縛る。
うなぎ弐　あとは、石が焼けたなら焼け石とオキ火を積み、
うなぎ壱　なおその上で流木の焚火でもすればよい。
うなぎ弐　時間にしたらどれくらい焼けばいいだろう？
うなぎ弐　この穴焼きにした肉は全体に脂肪がしみわたって
うなぎ壱　皮も肉も神々しいほどふっくらと焼けるはずだ。
うなぎ弐　焼けたらニンニク
うなぎ壱　酢醤油からしにゴマ油
うなぎ弐　タバスコなどをつけながら食べてみよう。
ふたり　ああ、これは美味い！　はずです。
うなぎ壱　親しい友人たちとうち連れて、海や川や野山で遊び、
うなぎ弐　その波打ち際や湧き出る泉のほとりで、野蛮な料理を煮たり焼いたり。
うなぎ壱　それをまた手づかみで食べたりあるいは飲んだり、

うなぎ弐　この暑い夏、これほど愉快痛快奇々怪々の料理がほかにあろうか！［注⑩］
うなぎ壱　おい、いつまでやってんだ、それ。
うなぎ弐　いや、最後の詰めだって力いっぱい叩き込んだ釘が抜けなくって。
うなぎ壱　もういいよ、早く行かないと日が暮れちまうから。「カラスの群れなんじを見て笑う。とんまなことに手を出すなという意味である」
うなぎ弐　それが今日の丑年の運勢か。
うなぎ壱　行こう、カラスに笑われないうちに。
うなぎ弐　それじゃあこれで、心残りだがひとまず幕とするか。
うなぎ壱　…案外だったたな。
うなぎ弐　えっ？
うなぎ壱　あいつのことさ。
うなぎ弐　ああ　…。案外淡白だったたな、あいつ。
うなぎ壱　…じゃ、行こうか。
うなぎ弐　ほっとひと息、今日は久しぶりにふたりだけの食事になりそうだ。
うなぎ壱　ああ。

二人、顔を見合わせて笑う、笑う。と、突然、小山の中央から、瓦礫をはねのけ、なんと、アノ笑い男が飛び出して来る。そして、またもや恐怖のバカ笑い！
呆然とする二人を包み込むように、暗転。
もちろん、男の笑いは延々と続いてとどまることを知らぬかのようだ。

おしまい

［注・一覧］

注①②　檀一雄『檀流クッキング』（中公文庫）を若干手を加えて引用。
注③　『叱られて』作詞：清水かつら。
注④　正式タイトルは『鴎』（尋常小学唱歌）。
注⑤　種村季弘『失楽園測量地図』（イザラ書房）所収の「笑いの彼方」を参考。
注⑥⑦⑨⑩　松井魁『日本料理技術選集　うなぎの本』（柴田書店）を若干手を加えて引用。
注⑧　『古典落語体系　第一巻』（三一書房）所収、八代目桂文楽「鰻の幇間」より引用。

［参考文献］

石毛直道『食生活を探検する』（文春文庫）
平沢正夫『家畜に何が起きているか』（平凡社）
丸谷才一『食通知ったかぶり』（文春文庫）
吉行淳之介『贋食物誌』（新潮文庫）

月ノ光

登場人物

Ｋ・カール ……………………… 謎の手品師
兄・グラックス ………………… Ｋの隣人。保険の外交員
妹・グレーテ …………………… グラックスの妹。俳優志望
愛人・レイン …………………… カールと逢びきを重ねる人妻
良人・ヨーゼフ ………………… レインの夫。銀行の支店長
刑事・ブルームフェルト …… Ｋ等と同じアパートの住人

能舞台は、橋掛かりだけが橋なのではなく、舞台まるごとが橋であるらしい。

「橋」とはむろん、妖怪、精霊、亡霊等、ありとあらゆるモノたちが現れる「あやかしの場」であり、また、夢と現実、聖と俗、この世とあの世の、明確な区別のつかない、混沌とした揺れ動く「境界《はざま》」でもあるのだが、ところで、古今東西ありとあらゆる橋の中でもっとも驚嘆に値する橋といえば、ひとが渡ろうとした瞬間、「なんと橋が寝返りを打つ！」と書かれた、あのフランツ・カフカの短編小説『橋』をおいて他にあるまい。身を切られるように切ないが、それでいて思わずプッと吹き出してしまいそうな、滑稽でしかも危ない橋。さて。これから始まるお芝居の舞台＝橋が、もしもそんなナイーブな代物だとしたら、どうだろう？

1

ここはカールの部屋。夜。殺風景で構わないが、一九一九年という時代の匂いがどこかにほしい。男がふたり。テーブル前の椅子に座っているのが、この部屋の住人で手品師のカール（以下K）。ベッドで横になっているのは、同じアパートに住む隣人、セールスマンのグラックス（以下兄）である。部屋の隅にある机の上に鳥のいない鳥籠。窓から月の光が射し込んでいる。

K　（トランプを弄びながら）顔の形も髪の色だって違うんだよ。左の男の腕の太さなんて右側の男の太腿くらいあるんだから。だけどふたりは双子なんだ。俺には分かったんだ。ふたりとも左手の小指に包帯を巻いていて……。もちろん確かめはしなかったよ。だけど、双子でなきゃあんな真似はしない、普通はね。ふたりの持ち上げた墓石がドスンと落ちて、土にめりこんでもう動かなくなったその時だよ。茂みから第三の男が現れたんだ。いきなりだったから俺も驚いたんだが、もっと驚いたことには、こいつはなんと芸術家なんだ。ひとめで分かったよ。頭にはベレー帽、右手には鉛筆。おまけに胸元をはだけているんだ。シャツのボタンをきちんとはめてないのさ。真の芸術家は決断が早い。鉛筆を持った右手はすぐさま墓石に向かい、左手は石の表面を押さえ、いや、撫でていたのかもしれない、左手の動きがぴたっと止まったと思う間もなく、右手の鉛筆はスルスルと石の上を滑りだす。見事な腕前だよ。金文字でまず「ここに眠る」と書き込んだ。さあ、次は？　そんな俺の期待に応えるように、男はさらに書き加えようとしたが、なにか不都合でも起きたのか急に鉛筆を置き、それからフーっと大きく息を吐いて俺の方に振り向いた。芸術家先生はなんだかとても困った顔をしていたよ。さっきまでの自信に溢れた後ろ姿が

兄　まるで嘘だったみたいに、しょげ返っているんだ。そんな顔をされたらこっちだって困る。奇妙な光景だったと思うよ。困ったふたりが、困った困ったと心の中で呟きながら見詰めあっているんだから。[注①]

K　間の悪い時には間の悪いことが重なるもので、突然、墓地の礼拝堂の小さな鐘が鳴りだして、なぜかその時、俺は妙な胸騒ぎを覚えたんだ。

兄　それは……

K　どうしたんだ？

兄　え？

K　終わりか、それで。

兄　聞いてたのか。

K　聞いてたさ。

兄　眠ってるのかと思ったよ。

K　蓋つきの耳は部屋に置いてきたんだ。

兄　子守歌のつもりで話してたんだが……

K　自信がないんだ、寝顔には。それに……なんだい？

兄　言いたくないがこのシーツ

K　匂うか、やっぱり。

兄　臭うどころか、こんなおかしな夢を見るんだ。こんなベッドで寝てるからそんなおかしな夢を見るんだ。

K　毎晩、ベッドで横になるたび思うんだ、明日は必ずシーツを変えようって。でも、朝になると何故かすっかり忘れてる。

兄　きっと好きなんだよ、このシーツの臭いが。だから別れられないんだ。

K　え？

兄　？

K　いや、なにか、いまなにか重大なことに気がついたんだ。正確に言うと、重大なことを忘れてることに気がついたんだが。待てよ、いったいなにを忘れちまってるんだ、俺は。

兄　シーツを取り替える前に、その忘れっぽい頭を取り替える必要があるかもしれない。

K　（くしゃみをして）ああ、冷えるな、今夜は。

兄　亡くなった母がよく言ってた、月が大きく見える晩は寒くなるって。

K　くそったれが！

カールはいきなり傍らにあった本を、壁に向かって投げつける。

兄　（驚いて）…

K　ネズミだよ。ほらそこ、穴があいてるだろ。この時間になるときまってあそこから顔を出すんだ。鳥籠を狙っているんだ、鳥なんかいないのに。バカな奴らだよ、もう少し気の利いた連中だと思っていたんだが、所詮、ネズミはネズミさ。

兄　そんなことだったのかい？

K　なにが？

兄　きみが忘れてたっていう…

K　そうじゃないよ、そうじゃなくって、うん？ちょっと待ってくれよ。ハ、ハ、ハ（と、笑って）こりゃいいや。（と、鳥籠のそばに行き）いいかい。ここに鳥のいない鳥籠がある。こうやって布を被せる。タネも仕掛けもございません、てなことを言って指をひとつ鳴らし、パッと被せた布を取ると、

兄　分かった、鳥籠の中にネズミがいるんだ。

K　グラックス、この際だからハッキリ言っておく。俺の手品はそんな子ども騙しなんかじゃない。パチンと指を鳴らしてパッと布を取ると、なんと鳥の中に鳥籠が入っているんだ。

兄　？　なんだって？

K　ふん、驚いてるな。

兄　布を取るとどうなってるって？

K　だから、鳥籠の中に鳥が入ってるんじゃなくて、鳥の中に鳥籠が入ってるんだよ。そうだ、もうひとひねりして、鳥の中に入ってる鳥籠の中には鳥がいて、その鳥の中にも鳥籠があるんだ。そしてその鳥籠の中にも鳥がいて、その鳥の中にもやっぱり鳥籠があるとすると…、ずいぶん大仕掛けになりそうだな、ええっと、ここまでいったい何羽の鳥と幾つ鳥籠を用意しなきゃいけないことになるんだ？ええっと…

兄　カール。

K　ごめん、いま忙しいんだ。ええっと……
兄　きみは疲れてる。今夜はもう寝た方がいい。
K　アメリカに行かなきゃいけないからな、新しいネタが必要なんだ、休んでる暇なんかないんだ。
兄　誰かが言ってる。この世の不幸も悪徳も、すべては人間の焦りから生まれるんだって。
[注②]
K　焦ってなんかいやしない。自由の女神が首を長くして俺を待ってる、だからアメリカへ行く。それだけのことさ。
兄　計画、予定、明日、未来、希望……。この次の瞬間、心臓の鼓動がどんなリズムを刻むのかさえ誰にも分かりゃしないのに……
K　いずれにしたって、俺たちはまるで夢のように暗闇から現れていつか暗闇に消えていくんだ、それだけはハッキリしてる。
兄　まるで夢のようにか。詩人みたいなことを言うんだな。
K　ある時は詩人、ある時は博奕打ち。（トランプを示して）お休みはここまでだ。そろそろ始めよう。
兄　懲りない男だよ、まったく。
K　このまま黙って引き下がるわけにはいかないからな。
兄　いったいぼくに幾ら借りがあるのか分かってるのかい？
K　だからだよ。アメリカに行く前に博奕の借りは博奕で返そうって言ってるんだ。
兄　だって、きみにはもう休んでる暇もないんだろ？
K　時には気分転換も必要だってことだよ。ほら、早くテーブルについて。
兄　僕は誰かさんみたいに毎日昼過ぎまで寝ていられるような、そんな結構なご身分とは違うんだ。
K　明日も早いのか。
兄　明日も明後日も。毎日だよ、毎朝七時までに前日の営業報告書を出さなきゃいけないんだ。午前中に仕事を済ませて、午後はのんびり過

ごしたいというのが新しい支店長の方針で

K ……

兄 だからって、あんたたちまで午後をのんびり過ごせるわけじゃないんだろ。

K もちろんさ。普通に働いてたら、一日が二十五時間あったってこなしきれないほどのノルマだってあるんだから。

K やめちまえ、そんな保険の外交なんてくだらない仕事。

兄 やめてどうする？

K 芸人になるのさ。芸人になって俺と一緒にアメリカに行くんだ。

兄 無理だよ。鳥の中に鳥籠を入れるなんてそんな器用なこと、僕にはとても……

K 違う。鳥の中に鳥籠を入れて、その鳥籠の中に鳥を入れるんだ。それからその鳥の中にも鳥籠を入れ、その鳥籠の中にもまた鳥がいて、その鳥の中にもまた鳥籠があり、その鳥籠の中にもまたまた鳥がおり、その鳥の中にもまたまたまた鳥籠があって、その鳥籠の中にも……、とめろよ、いい加減！ いつまで喋らせとくつもりだ。

兄 あんたの限界を知りたかったんだ。

K 優しい顔をしてずいぶん怖いことを言う男だな。

兄 そうだよ。だから僕にはあんまり近づかない方がいいんだ。

K よく覚えておくよ。

兄 （苦笑して）だけど明日の朝になったらきっと忘れてる。

K 多分。

兄 それにしてもほんとに大きな月だな、今夜は。

K もしかしたら月の軌道が……

兄 月の軌道？

K それこそ、月の軌道が狂ったのか、それが地球に迫るとき、狂気がひとを襲うという！

（と、芝居がかって）

兄 あ、『オセロ』の台詞だ。

K よく知ってるな。

兄 グレーテの本棚にあったのを最近読んだばか

りなんだ。

K　シェイクスピアの『オセロ』には苦い思い出がある。俺は一幕の三場に出てくる水兵の役だった。台詞がふたつ。最初は舞台の外から「もしもし！　もしもし！　もしもし！」と叫ぶんだ。そこで役人が「船からの伝令でございます」と言うと、俺は足早に登場し、ヴェニス公が「おお、何事だ」と言うのを受けて、「トルコ艦隊はローズ島に向かって航行中、その旨、政府に報告せよと、アンジェロー提督の命令です」と、これだけ言わなきゃいけないんだが、アタマの「トルコ艦隊」が出てこない。別にあがってたわけじゃないんだが、いつの間にか俺の頭の中から「トルコ」がきれいさっぱり消えていたんだ。

兄　それで？

K　俺がなんにも言わないから、ヴェニス公はもう一度同じ台詞を繰り返して、さらに何事だ、なにがあったんだ！　って顔を真っ赤にして怒鳴ってる。仕様がないから俺は「開いた口がふさがりませぬ」と言って引っ込んじまった。

兄　どういう意味だ、それ。

K　意味なんかないよ。咄嗟に出たんだ、そんな言葉が。

兄　あきれた男だな。開いた口がふさがらないのは相手の方だよ。

K　だから、相手の気持を察したんだよ、きっと。俺の無意識はよく働くんだ。

兄　それでどうなったの？　その芝居。

K　どうなったのかな。俺は衣裳を着たまま楽屋にも寄らずに逃げちまって、それを最後に役者稼業ともオサラバしてしまったから。

兄　どうする？　そんなこととは露知らず、きみが帰ってくるのをみんながじっと動かずに、まるで墓石みたいに待ってたりしたら。

K　ほんとかな？

兄　え？

K　昨日のことさえ忘れちまう俺が、こんな十年以上も昔のことを覚えているなんて。おかし

兄　いとは思わないか？
K　心配いらないよ。きみの話なんかこれっぽっちも信じちゃいないから。
兄　ハ、ハ、ハ（と笑って）。それなら安心だ。さあ、始めよう。
K　（テーブルに来て）グレーテがうるさいんだ。終わりの時間を決めよう、十二時ってことで。
兄　ああ、それでいい。
K　ほんとだよ。勝っても負けてもほんとに十二時になったら
兄　（遮って）くどい。
K　まず親を決めるためにお互いカードを引き、Kが親になる。
兄　（時計を見て）九時か。
K　あと三時間ある。
兄　ポーカーである。カードを配ろうとしていたKの手がとまる。
兄　どうしたんだ。
K　うん？
兄　どうしたんだよ。
K　いま時計を見た時にフッと……
兄　なにか思い出したのかい？
K　いや、胸騒ぎっていうのか……（と言って、カードを配りだす）
兄　胸騒ぎって言えば、墓地の礼拝堂の鐘が鳴りだして、それからどうしたんだい？
K　え？
兄　さっき話してた、きみが今朝見た夢の話だよ。
K　ああ。どこまで話したんだっけ？
兄　だから礼拝堂の……
K　そうだ。礼拝堂の鐘が鳴って、俺はその時、なんだか妙な胸騒ぎを覚えたんだ、それから……

遠くで雷鳴が。

K　なんだ、いまの音は。え？　礼拝堂の　…？

兄　雷だよ。

K　雷？

兄　月も出てこんなに明るい夜なのに、雨でも降るのかな。

K　レインだ。

兄　レイン？

K　思い出した。今夜六時の汽車で来るレインを駅まで迎えに行かなきゃいけなかったんだ！（と慌てて飛び出していく）

兄　（唖然として）……

Kの声　（ドアの向こうで）レイン！

　レイン（以下愛人）が現れる。手袋をした手にボストンバッグ。

K　（遅れて現れ）すまない。忘れてたわけじゃないんだ。気にはしてたんだがなかなか手が離せなくって　…。そう、彼とね、ちょっと仕事がらみの話があって　…

　入口のところに立っている男は、この同じアパートに住んでいるブルームフェルト（以下刑事）である。

K　（前に続けて）ああ、紹介しておこう。グラックス。隣の部屋に住んでるんだ。こちらはレイン。

兄　初めまして。（と、右手を差し出す）

　が、愛人には、その兄の手が目に入っていない。

K　ハ、ハ、ハ（と意味なく笑って）下に置いたらどうなんだ。鞄だよ、鞄。重いだろ。大丈夫だよ、誰も持ってきゃしないから。（と、鞄を受け取るべく手を伸ばす）

愛人　（低く）触らないで。

兄　金塊でも入ってるんだよ、きっと。

K　そうか。うっかり置いて床が抜けたりしたら大変だからな。（と、笑う）

愛人、ドンと鞄を床に置く。

K　グラックス、どうやら金塊じゃないみたいだぜ。

刑事　カールさん、まだ勤務中なんでわたしはこれで。

K　ああ、どうもお手数をかけまして。

刑事　どういうつもりなんですか。

K　え？

刑事　こんな時間に女性をひとりで。困りますな。困るんですよ。運よく道を尋ねられたのがわたしだったからよかったものの……

K　いや、ほんとに。

刑事　わずかこのひと月足らずの間に四人ですよ。殺しが殺しを呼ぶように、まず、身寄りのないひとり住まいの老人がハンマーで殴り殺され、次に神学校教会の空き地で、八つになったばかりのいたいけな少女がナイフでめった突きにされて殺され、続いて雨上がりの昼下がり、買い物かごを手にした妊婦が古風な裁ちバサミで臨月間近の腹部を切り裂かれて殺され、更には、女や子どもや年寄りだけでなく、近所では町内一の乱暴者で通っていたらしい元プロボクサーのチャペックまで、ヴィシェフラッドの森の中で後頭部を鈍器で殴打された挙句、ロープで首を絞められ殺されているんです。あなただってご存知でしょう。

［注②］

K　もちろんそれは……

刑事　もちろん、昼となく夜となくわたしどもも全力をあげて捜査にあたっておりますし、十分な警戒もしておるわけですが、しかし、市民の皆さんにももう少し協力していただかないと、警察の力だけではどうにもならんのです。

K　すみません。

刑事　まったく、闇夜に鴉だ、やっちゃおれんよ。(と吐き捨てて去ろうとするが、立ち止まり) グラックスさん、妹さんは？

兄　部屋にいると思いますが、多分。

刑事　ああ、それなら結構。（愛人に）奥さん、こんな街に長居は無用です。悪いことは言わない、早くご自宅にお帰りなさい。（と、去る）

愛人、立ち去る刑事に軽く頭を下げる。

K　（笑って）怒られちまった。父親でもない男にこんなに頭ごなしにやられたのは久しぶりだよ。ブルームフェルトっていうんだ。このアパートの上の階に住んでいて……

愛人　聞いたわ。（と、遮るように）

K　そう。ええっと……（と、言葉を探している）

兄　さてと、ぼくは退散した方がよさそうだから。

K　すまない。じゃ、さっきの件はまた改めて明日にでも。いや、明日はもしかしたらアレだから……（と、愛人を気にして）

兄　（愛人に）実は彼と一緒にぼくもアメリカに行くことになったんですよ。それで……

K　そう、そうなんだ。急にそんなことを言い出すもんだからアレやコレやで。

兄　ぼくももう一度ひとりでじっくり考えてみるよ。

K　ああ、それがいい。とにかくこれはあんたの将来を左右しかねない大問題だから。

兄　おやすみ。

K　おやすみ。

愛人　（兄を無視して）……

兄　ふん。（と、苦笑して）無口な奥さんか……（と、出ていく）

K　汚い部屋だろ。たまに掃除でもすればね、これでももう少しなんとかなるはずなんだけど、しないいんだ、これが。

愛人　……

K　少し寒いかな。ストーブがないんだ。ぼくはもう慣れてしまったけどきみは寒いかもしれないな、コートを脱いだら。

愛人　……

K　だから、ホテルを予約するつもりでいたんだ。

愛人　でも、しなかったんでしょ。

K　……

愛人　三日前よ、わたしが電報を打ったの。

K　そう、三日前にきみからの電報を受け取って……

愛人　時間はあったはずよ。

K　だから……

愛人　どうしてわたしに来るなって電報を打ち返してくれなかったの？

K　そうじゃないよ、そうじゃなくって……

愛人　あなたが待っててくれるはずの駅のホームで三十分待ったわ、三十分。それ以上は待てなかったの。あんなに長い三十分がこれまであったかしら。もちろん、哀しくて淋しくて腹も立ったわ。でも、それよりなによりあなたに会いたくて、一分一秒でも早くあなたに会いたくて。三度に一度は約束を忘れるあなたのことだから、これはその三度に一度なんだと自分で自分を言い聞かせる自分がまた愛おしくて。なんて愚かしい！　帰ってしまえばよかったんだわ。あの時あのまま隣のホームのウィーン行きに乗って帰ってしまえば、こんな惨めな気持ちにならなくてすんだのに。あなたからの手紙の住所を頼りに、あなた以外に誰も知らない街に出て……。疲れたわ。わたしがどれだけ歩いたか知ってる？　二時間半よ、二時間半。曲がりくねった道、暗い横町。どれがどっちに通じているのか聞くひとごとに答えが違うの。まるで正解のない迷路。途中で、これはあなたの意志だって分かったわ。二時間歩いてやっと分かったの、あなたが約束通り来なかったのは、わたしがここへ来るのを望んでいないからだって。でも駄目。帰れないの。わたしはいまどこにいてどこへ帰っていいのか、分からなかったの。

K　会いたかったんだ。ぼくだって一分一秒でも早くきみと会いたかったんだ。

愛人　嘘。

K　嘘じゃない。でも、気持ちが過剰に高ぶるとワレを忘れてしまうと言うか、肝心要なところをスッポリ忘れて、そう、まるでシャンパンのコルクの栓みたいに頭の内圧が上がって、ポンと記憶が抜けてしまうんだ。ぼくは最低だ。

愛人　……

K　レイン、抱いていいかい？

愛人　カール……

K　ぼくは最低だ。駄目だって言われたらもうなにをしていいか分からない。

愛人　カール！

ふたり、抱きあう。と、折悪しく（？）ドアが開いて、Kの上着を手にしたグレーテ（以下妹）が入ってくる。

妹　アッ！（と、凍りつく）

ふたりは慌てて離れる。

妹　ごめんなさい、兄さんがいると思って……

K　グラックスならさっき……、帰ってないのかい？

妹　ええ、まだ……

K　どこに行ったんだろう、こんな時間に。

妹　あのう、これ。（と持っていた上着を差し出し）袖のところのボタンもとれかかっていたんで付けておきましたから。

K　ありがとう。（と、受け取る）

愛人　こちらは？

K　さっきまでここにいたグラックスの妹で

妹　初めまして。グレーテです。

愛人　わたしはレイン。カールはいつもあなたにそんなことをしていただいてるの？

K　いつもじゃないよ。

妹　ええ、時々。

K　……

愛人　そう。ごめんなさいね、ご迷惑ばかりかけて。

妹　いえ、わたしの方こそいつもお邪魔して、お芝居のこととかいろいろ教えていただいて

K　いつもじゃなくて時々だけど。グレーテは俳

愛人　優学校に通ってるんだ。
妹　そう。(と、あくまでもにこやかに)
愛人　今度、映画のプロデューサーのひとにも会わせていただくことになってるんです。
K　初耳だわ。あなたの知り合いにそんなひとがいたの？
妹　昔の俳優仲間のね、ちょっとした知り合いなんだけど。
　　わたし、ポーラ・ネグリみたいな女優になりたいんです。レインさん、ポーラ・ネグリの『カルメン』、ご覧になりました？　凄く綺麗で女っぽくて、でも時々ずっこけて笑わせるんです。あと、『山猫リュシュカ』とか『寵妃ズルムン』とか『ベラ・ドンナ』とか
　　…
K　グレーテ。
妹　(夢中になってて耳に入らず) そうそう、『ベラ・ドンナ』の最後！　とっても悪いんです、ポーラ・ネグリは。お金だけむしり取って、男を次から次へととっ替えちゃうんです。それで、最後には男たちみんなに愛想をつかされて、ひとりで砂漠に向かって歩いていくと、そこへ字幕が出るんです。「いずれ彼女は豹に食われて死ぬでしょう」。凄いでしょ、凄いって思いません？　あとわたしが好きなのは、タイプは違うんですけど、ルース・クリフォードとかメリー・マクラレンとか
K　(遮るように) グレーテ、悪いけどふたりだけで話したいことがあるんだ。
妹　あ、ごめんなさい、気がつかなくって。
愛人　ううん、いいのよ。まだ若いんだもの、しょうがないわよ。
妹　しばらくいらっしゃるんですか、こちらには。
愛人　多分。カールが駄目だって言えば別だけど。
妹　大丈夫ですよ、カールさんは誰にでも優しいからそんなこと　…。そうそう、この間も、カールさんとふたりでオリオン劇場へメリー・マクラレンの『靴』を見に行ったんですけど、その時も隣の席の女のひとに　…
K　グレーテ。

妹　ああ、レインさん、メリー・マクラレンの『靴』ってご覧になりました？
愛人　ううん。
妹　いいですよ、『靴』。
K　グレーテ、だから　…
妹　（耳に入らず）ショーウインドーに靴が飾ってあるんです。とっても可愛い靴。メリー・マクラレンは仕事の帰りにいつもその店の前に来ると立ち止まって、ああ、こんな靴が履けたらなあって思うんだけど、彼女の家はとっても貧乏で、だからそんな高い靴にはとても手が出ないんです。哀しいっていうか可笑しいっていうんです。ファーストシーンがいいか、外は雨が降ってて、家の中で出勤前の彼女はなにをしてるかっていうと、新聞紙を小さく切ってそれを　…［注③］
K　グレーテ！
妹　あ、わたしまた　…
K　続きは明日にしないか。
妹　どうしよう、初対面なのにわたしったら　…
K　いいよ、分かったから。おやすみ。（と、部屋から押し出すように）
妹　（愛人に）ごめんなさい、ほんとに。おやすみなさい。
愛人　さようなら。
　　妹、出ていく。
K　変わった子だろ。いつもあの調子なんだ。いや、いつもって、いつも会ってるとかそういう意味じゃないんだよ、そうじゃなくって…、しっかりしろ！　ぼくはどうしてこんなに落ち着かないんだろう。
愛人　なにか後ろめたいことがあるのよ。違って？
K　そうかもしれない。こうしてきみと一緒にいると自分が許しがたい犯罪者のような気がするんだ。ぼくらは森の中で不幸にも出食わしてしまった狼と野兎なんだ、きっと。
愛人　カール、わたしはそんなか弱い野兎なんかじゃないわ。

K　いや、だから……

愛人　それに、あなたはなにも悪いことなんかしてないわ、なにもね。

K　そうじゃないんだ、野兎はぼく、ぼくの方さ。

愛人　？　？　？

K　つまり、こういうことなんだ。ある日、森の中で狼と野兎が出食わしたとする。もちろん野兎は驚くさ。驚きのあまり一瞬凍りつき、そして、その凍りついた一瞬をとり返すかのように、全速力で一目散に逃げ出すだろう。狼はまるで当然のように野兎を追いかけ、追いかけたら最後、必ずそいつを捕まえて食べてしまうに違いない。なんて不幸な出会いだろう！　もちろん、食べられてしまった野兎は不幸さ。でもだからって、食べてしまった狼が不幸じゃないなんていったい誰が言えよう。いま仮に、幸せとは自由や希望とともにあることだとしたら、もしかしたらそれは、追いかける義務に殉じた狼の方にではなく、逃げる権利を行使した野兎の方にあったのじゃないだろうか。それに、狼はいつもお腹をすかしているとは限らない。もしもその時、野兎が慌てず騒がず、鼻歌でもかましながらゆっくり脇を通り過ぎて行けば、狼はそのままやり過ごしたかもしれない。だとしたら、罪を犯したのは狼ではなく、むしろ機転のきかない野兎の方じゃないかってぼくは思うのさ。ああ、喉が渇いてしまった、これだけ喋ればね。なにか飲むかい？

愛人　お腹をすかしてない狼なんているかしら？

K　え？

愛人　狼はいつだってお腹をすかしているのよ、だから狼なんでしょ、違う？　それに、わたしがここにいるのはわたしの意志よ。あなたが逃げたから、あなたに誘われて、ここへ来たわけじゃないわ。

K　ぼくはいまどこにいるんだろう。もうきみに捕まってしまっているのかな、それとも……？

愛人　それをわたしに聞くの？

K　分からないんだ、ぼくはいま幸せなのか不幸せなのかが。

愛人　何故？

K　遠くにいるきみ、ここにいないきみ、いつか会えるかもしれないきみは、ぼくの生きる希望だったんだ。

愛人　わたしもよ。だから来たのよ、わたしはこうして。

K　でも、ここにいるきみは、いつかここからいなくなってしまうきみなんだ。

雷鳴が響く。

愛人　卑怯だわ。

K　卑怯？　ぼくが？

愛人　どうしてここから逃げないようにわたしを捕まえようとはしないの？　どうして？

K　ぼくは狼じゃない、野兎なんだ。愚図でノロマで頓珍漢な。

愛人　そうね。貧乏なのに見栄っ張りで、嘘はつく、約束は破る、不潔で無神経でだらしなくって、おまけに卑怯な！

K　ぼくは最低だ！

愛人　最低よ、あなたは。分かってる。でも、だからあなたのことが忘れられないの。

K　レイン……

愛人　カール！

ふたり、抱き合う。急に振りだした激しい雨の音とともに、暗くなる。

2

刑事の部屋。同じ夜。ベッドと机とテーブルと、それらはKの部屋のものと同じだが、中年の独身男が住んでいるとは思えないほど整然としている。部屋の明かりは消えていて、誰もいない。むろん、雨は降り続いていて、窓越しの月は闇の中に隠れてしまっている。

刑事が帰ってくる。明かりをつける。雨に濡れたコートを脱いで、タオルでそれを丁寧に拭きながら……

刑事　えっ？　カナリア？　カナリアって羽根のあるアレのことかい？　ダメだよ、あいつは。カナリアに限った話じゃないんだが、鳥ってやつは概ねわがままで無神経に出来てるんだ。わがままだけならまだいい。亀の甲より年の劫とはよく言ったもんで、多少のわがままなら大目に見る心のゆとりもいまの俺にはあるんだが、無神経なのは困る。疲れているんだ。例えば、俺が仕事から帰ってくる。疲れているんだ。服の着替えも、ベッドで横になるのさえ面倒なくらい疲れているのに、そんな事情などお構いなしに、ピーチクパーチク耳元でやられてみろよ、分かるだろ。許さないぜ、俺は。まあ、気配りのきくカナリアがいれば話は別だが、しかし、無口なカナリアはもうカナリアじゃないからな。……（指折り数えて）何度数えたって同じだよ。二十五。ちょうど四半世紀違うんだ。もちろん、歳なんか問題じゃない。だけど、それはあくまでもこっちの言い分であってだ、…金魚？　うーん、金魚ねえ。確かにあいつは無口だが……。

刑事はコートを拭くのを止め、自らの独り言の世界に没入する。

刑事　部屋の中に水槽があって、これくらいの大きさかな？　その中を赤いのが数匹ゆらゆら泳

いでる　…。うん、悪くないよ。目の保養、心の安らぎにはなるだろうが、だけど、あいつはなかなかなつかないだろ。せっかく飼うんだから、手間だって金だってかかるんだ、やっぱりこっちが声をかけたら愛想のひとつも返してほしいじゃないか。いるかね、そんな気のきいたのが。うん？　揉み手をする金魚？　こんなことでもするのかな。（と、金魚の揉み手の真似をする）

　刑事はそんな自分を笑い、そして、その笑いに紛れてといった感じで、あくまでもさりげなく、なにを思ったのかいきなり腹這いになって床に耳を当てる。

刑事　…静かだな。まだ部屋の明かりはついていたが　……（起き上がって、窓の外に目をやり）ああ、窓辺に鉢植えなんかあれば、こんな雨の日もきっと楽しかったりするんだろうが、花は動かないからな。動かなくっちゃ困る、一緒に生活をするんだから。こうして座っているとむこうから、そう、俺がではなくむこうから、黙ってここへ、俺のところに来てくれるものでなきゃダメだ。
うん、猫はいい。膝の上でゴロゴロ喉をならしているのは悪くない。カナリアみたいにうるさくはないし、愛想が悪いといっても金魚ほどじゃない。それに、抱いて一緒に寝れば結構温かいっていうからな、こんな寒い夜にはなによりだ。しかし、欲を言い出したらキリはないんだが、あいつはただ食って寝て糞をするだけだからな。そこへいくと犬は仕事をするぞ。安心して留守をまかせられるのがいい。厳しく躾けてやれば買い物だって出来るっていうし、機嫌がいい時には尻尾だって振る。俺が仕事から帰ってくる。ドアを開ける。「ただいま」って言う前にあいつは駆け寄ってきて、足といわず手といわず首から顔から俺のことを舐めまわしてくれるんだ。（と、夢見るように笑うが）…しかし、汚

刑事　なんだ、いまの音は……

急速に暗くなる。

いのは困るぞ。汚れた部屋ほど我慢のならないものはないからな。きれい好きの犬、朝起きたら必ずうがいをし、外から部屋に戻る時には必ず舌で体の汚れを落とす犬……。躾けてやればそれくらいするかもしれないが、犬の寿命は短いからなあ。飼い始めて何年もしないうちにきっと病気になるんだ。病気の犬ほど始末におえないものはない。部屋の片隅でぼんやりとうずくまったり、よろよろしたり、鼻を鳴らす、咳をする、痛みのあまり身悶えなんかされた日には……。やっと病気が治ったと思った頃にはもう老いぼれてるんだ。老いはまず目にやってくる。哀しいわけでもないのに老犬の目はいつも涙で潤んでるんだ。そんな目でこっちをじっと見上げられてみろよ。おまけにだ、もう決して若くはない俺の姿がその涙に濡れた瞳に映っていたりしたら……［注④］

と、突然、遠くで銃声が！

3

刑事の部屋。翌々日の昼下がり。

慌てて身づくろいをしている刑事。パジャマなどをそこいらに隠し、ドアを開けると、愛人が立っている。

刑事　お待たせしました。

愛人　すみません、おやすみのところを。

刑事　いや、そろそろ太陽が西の空の方に傾こうかってこんな時間まで、ベッドでグズグズしていたこっちがいけないんで。どうぞ。

愛人　（部屋に入り）昨日も何度かお訪ねしたんですけれど……

愛人は手に包みを持っている。

刑事　ああ、それはどうも。一昨日の夜の、例の殺しの捜査でずっと帰れなかったんです。いや、帰ろうと思えば帰ることは出来たんですが、なにせ現場がここと目と鼻の先でしょ、肩身が狭いというかなんというか。おまけに、わたしの下には二人ばかり若い刑事がいるんですが、どうにも使いモノにならなくって。それなりの学校は出てるらしいんですがね、口のききかたひとつ知らないときてるから、彼らの上司としては捜査のイロハを教える前に、そこから手取り足取りしなくちゃいけないわけですよ。分かるでしょ。（と、愛人に舐めるような視線を送り）しかし、親の心子知らずっていうのか、そういうわたしの接し方が気に入らないらしいんですな。どうもそうとしか思えない。わたしが走れと言えば歩き出し、止まれと言えば走り出す。いったん走り出したら、ぶつかって鼻血が出るまでそこに塀があることに気がつかないような、モノの道理も分からないひよっこがですよ、このわたしに盾を突くんです。いや、若い奴らの中にも優秀なのはいるんです。足を棒にし身を粉にすることさえいとわない、健気に働く若者も。しかし、何故かその手の優れモノはわたしのところに回ってこない。まったく、あのバカタレどもが。縦のものを横にもしない横着者のくせに、口だけは達者ときてるから始末が悪い。昨日も一緒に昼飯を食ってたら、わたしの奢りでですよ、わたしの捜査の方法にナンノカノと難癖をつけやがって……。なんて言ったと思います？　この一ヶ月の間に起きた一連の殺しは、ひとつの犯罪ひとりの犯行だと考えるべきじゃないかってぬかしやがるんです。バカな。犯行に使った凶器ひとつ考えたって、ハンマーにナイフに裁ちばさみにロープに今度はピストルと、全然違うんですよ。それをやつ等は……。ア、こんな話、退屈じゃありませんか。

愛人　いえ。

刑事　ずっとここらへん（胸）に溜まってたもんだからつい……。ええっと、とりあえずそこに座っていただいて、お茶でもいれましょう。

愛人　あ、わたしはすぐにおいとましますから。

刑事　お急ぎなんですか？

愛人　部屋でカールが待ってるんです。

刑事　すみませんな、そうとは知らず長々と。

愛人　いえ、別に一分一秒を争ってるわけでもありませんからお気になさらなくっても。

刑事　確か、まだご用件をお伺いしてなかったと思うんですが。

愛人　（苦笑して）これをお渡ししようと思って。（と、包みを差し出す）

刑事　なんでしょう？

愛人　このあいだ送っていただいたお礼です。

刑事　いやあ、それはかえって……、あれも仕事の内なんですが、いや、申し訳ないですな。（と、受け取って）開けていいですか？

愛人　ええ。

　包みを開けると、中からマフラーが出てくる。

刑事　ああ、マフラーですか。

愛人　この間、コートの襟を立てて寒そうにしていらっしゃったから。
刑事　襟を立てるだけでなんとか間に合う首なんですよ。（と、笑いながら早速マフラーを首に巻き）どうです？
愛人　お似合いですわ、とても。
刑事　うちの署のバカタレどもに早速これを見せてやりますよ。若い女性からのプレゼントだって言ったら、あいつらいったいなんて言うか。
愛人　嘘はいけませんわ。
刑事　嘘？
愛人　だって、わたしはもうそんなに若くは……
刑事　なにをおっしゃるんですか。まだまだお若いですよ、奥さんは。お若いからこそこんな無茶も出来るわけで……
愛人　こんな無茶？　なにをしたのかしら、わたしが。
刑事　とぼけたってダメですよ。あなたがそれなりの地位も名誉もある立派なご主人の奥さんであることくらい、一目見れば分かりますよ。それに、この小汚いアパートに住む得体のしれない芸人とどういう関係なのかもね。となれば、このふたつを足したって引いたって、無茶という以外の答えはありえないわけで……
愛人　いろんなことがお分かりになるのね。
刑事　まあ、刑事なんて仕事を四半世紀もやっておりますとね。
愛人　結婚なされればもっといろんなことがお分かりになりますわ、きっと。
刑事　（笑って）痛いところを突かれますな。まあ、この歳になるまでご縁がなかったんでしょうが……。特別に理想が高いってわけでもないんですよ、女は腰が重くなくって尻が軽くなければそれだけで十分なんですが。
愛人　この辺で帰った方がよさそうですね、わたしは。
刑事　アッ、わたしなにか失礼なことでも……？
愛人　いいえ、そろそろ帰らないとカールが。今日はカールのステージがあるんです。

刑事　ほう。それはお楽しみで。

愛人　お邪魔しました。（と、出ていく）

刑事　（見送って）…バカな女だ。男のところに飛んでいきやがった。［注④］

首からマフラーを外し、鼻のところに持って行き、匂いを嗅ぐ。

暗くなる。軽快にして華やかな音楽が流れる。

4

カールのステージ。流れる音楽をバックに、次々とユーモラスな手品を繰り出す。使う小道具は、鳥籠、ハサミ、ナイフ、ロープ、ハンマー等。そして最後は、ピストルを使った手品で締める。

5

同じ日の夕方。兄妹の部屋。ここもKや刑事の部屋と同様だが、机の上には拳大《こぶしだい》の石が五つ、まるで小さな墓石のように整然と並べられていて、その墓前（？）には花が飾られている。
椅子に座っているのは、愛人の夫・ヨーゼフ（以下良人）。足元に旅行鞄。テーブルの上に置かれたマフラーは、愛人が刑事に贈ったものと似ている。

妹の声　（奥から）包帯はないんですけど。
良人　ああ、いやいや、ほんのかすり傷ですから。ちょっと消毒でもしておけば……

妹が救急箱を抱えて現れる。

良人　すみませんな、いきなりお邪魔してこんなこと。ああ、自分でやります、動かなくなったわけじゃありませんからな。（と、指を動かしてみせ）ハ、ハ、ハ。（掌を消毒しながら）いい歳をしてザマはないですな。別に急いでたわけじゃないんですよ、ホラ、このアパートの入口のところ、十センチばかり高くなってるでしょ、それに気づかなくってものの見事にすってんころりんですよ、ハ、ハ、ハ。（と笑ってすぐに）ウッ！
妹　しみるんですか？
良人　ええ、少し。生きてる証拠ですよ。子どもの頃にはこれくらいで悲鳴をあげたもんですが、ウー、我慢我慢と。
妹　よくやるんです、ここに初めて来たひとはみんな。わたしなんか未だにうっかりしてるとやっちゃうんですけど。
良人　人生七転び八起きってヤツですな。ハ、ハ、ハ。
妹　だから、この傷もやっと治ったと思った同じところを、また一昨日の朝にやってしまって……（と、手を見せる）
良人　小さな手ですな。

妹　そうですか？

良人　ホラ、わたしの手と全然違うでしょ、大きさが。

妹　それは体のもとの大きさが違うから……

良人　もちろん、それはそうですよ。でも、それを勘定に入れてもですよ、全然違うでしょ、全然。よく見比べて御覧なさい。大きさだけじゃないですよ、色、艶、柔らかさ、この厚み。どうです、われながら惚れ惚れしますな。

妹　ええ、まあ……（我と彼の違いにシュンとなる）

良人　運を掴むという気概に溢れてると言いますか、手はこうでなくっちゃいけません。よく、目は口ほどにものを言いなんて言いますが、目はものなんか言いません。ものを言うのは手ですよ、手。いや、むしろ手は口以上にものを言うと考えるべきでしょう。ひとの口から出るものの大半は出まかせですが、手は決して嘘をつきません。商売柄、わたしは毎日幾人ものひととお会いするんですがね、その殆どは融資の相談です。皆さん、なんとかうちの銀行からお金を借り出そうとそりゃもう必死で、あることないことお話になるんです。最初の頃はそんな口車に乗せられてわたしもずいぶん痛い目にあいましたが、この、手は嘘をつかないってことに気がついてからはもう、握手をするだけで相手の現在はもちろん、来し方行く末までぜ～んぶ、それこそ手に取るように分かってしまうんですからな。話なんか聞く必要はないんですから、仕事ははかどる、間違いもないってわけで、まあ、この若さでいまの地位を得られたのも、アレもコレもみんなこの手のお陰ってわけですよ。

妹　握手して下さい。

良人　えっ？

妹　握手をするだけで相手の現在も過去も未来もお分かりになるんでしょ。いえ、過去と現在はいいんです、わたし自分で分かっているから。未来が知りたいんです。わたしはいつかポーラ・ネグリみたいになれるのかどうか、

良人　それを教えてほしいんです。
妹　ポーラ・ネグリ？
良人　映画女優です、世界で一番の。わたし、ポーラ・ネグリみたいになりたくて一ヶ月前に田舎から出て来たんです。どうなんですか、こんなに手が小さいのはダメなんですか。
良人　（笑って）困ったな。そんな占い師みたいなことはわたしはどうも　…、それに

妹、いきなり良人の手を握る。

良人　イテ、テ、テ。なにをするんですか！　（と、慌てて彼女の手を振りほどく）
妹　あ、そう言えば　…
良人　怪我をしてるんですよ、わたしはケガを。だから困るって言ったんですよ。
妹　ごめんなさい、わたし、つい　…
良人　確かグレーテさんとおっしゃいましたね。
妹　ええ。
良人　グレーテさん。わたしは部下たちにもよく言って聞かせるんですが、ひとの上に立ちたいとか、あなたのように、いつかひとに仰ぎ見られるような存在になりたいと思われるのであれば、ついとか、うっかりとか、ふと魔がさしてとか、そういうふざけた言葉はご自分の辞書から即刻、叩き出されることですな。（と、居丈高に）
妹　（意気消沈して）……

ドアをノックする音。

良人　はい。（と、我がもの顔で）

ドアの向こうから

刑事の声　上の階のブルームフェルトですが。
良人　どうぞ。

妹、ドアを開ける。

刑事　ご来客中ですか。
妹　ええ、ちょっと。
良人　ああ、わたしだったら構いませんよ。
妹　二日前からお隣のカールさんのところに来てるレインさんの　…
刑事　ああ　…（と、おおよその察しがついて）
妹　さっきいらっしゃったんですけど、おふたりともお留守で
刑事　それでここでお待ちになってると。よかった。
妹　え？
良人　家内をご存知なんですか。
刑事　ええ。道に迷ってらっしゃったんでわたしがお連れしたんです。
良人　それはそれは。初めまして。ヨーゼフと申します。（と、手を差し出す）

刑事、それに応えて握手する。

良人　イテッ！（と、慌てて手を離す）
刑事　えっ、わたしそんなに強くは　…
良人　いや、ちょっと、ケガしてるのを忘れてつい　…（妹の視線に気づき）あ、いや、そのあの、ハ、ハ、ハ（と、笑ってごまかす）

刑事の手には箱が。

刑事　もしかしたらそれ、このアパートの入口で？
良人　ええ、一段高くなってるもんだからすってんころりん。
妹　別に急いでいらしたわけでもなくて、でも、つい、うっかり、魔がさして。
良人　ハ、ハ、ハ。（と、無理に笑う）
刑事　なんとかしろって管理人に言ってるんですがね。よくやるんですよ、初めてここに来たひとは。
良人　（腕時計を見て）五時半か。なにをしてるんだ、ひとがせっかく迎えに来てやったのに、あいつはまったく。
刑事　今日はどちらにお泊りで？
良人　泊る？　冗談じゃない、二日も仕事を休むわ

けにはいきませんよ。遅くとも九時半のウィーン行きに乗れば明日の朝の出勤時間には間に合いますからな。それに、駅からここまで、とにかく坂道が多いのは閉口しましたが、とりわけ、坂道を下りる時には、なんだか泥沼の中へ自分のからだが沈んでいくような、嫌な気分に襲われて、住んでおられるあなた方には失礼ですが、この街は淀んでおります、とてもじゃないが長居は出来ません、多分、わたしの家内もね。ちょっと荷物を置いていきますよ。

妹　お出かけになるんですか？

良人　ええ、タバコを切らしたんで。近くにありましたかな。

刑事　タバコ屋ならここを出て、坂道を上って最初の信号を右に曲がってすぐのところに。

良人　どうも。（と、行きかけて立ち止まり）いや、やっぱり不用心だから……（と、鞄を取りに戻る）

妹　あ、同じ！

良人　えっ？

妹　おふたりのマフラー。

刑事　ほんとだ。

良人　（刑事のマフラーを触って）ハ、ハ、ハ。手触りが全然違います。（と、出ていく）

妹　なんてひとだろう。レインさんが逃げ出したくなったのも無理ないわ。

刑事　なあに、どっちもどっち。最悪の似た者夫婦ですよ。（と、苛立たし気に首からマフラーを外す）

妹　夕ご飯の支度をしなきゃいけないのに、もう！

刑事　アッ、ご迷惑でしたか、こんな時間に。すぐに帰りますから。

妹　いえ、ブルームフェルトさんじゃなくて……

刑事　その、つまり、これをその、グレーテさんに（と、箱を示して）……

妹　なんですか？

刑事　靴です。

妹　靴？

刑事　ええ、（と、箱を開けて中から靴を取り出し）これ

妹　なんですが　…

刑事　まあ、可愛い。そうですか、そう言っていただけると　…

妹　（と、テーブルに置いて）

刑事　誰かにプレゼントなさるんですね。

妹　え、ええ、そうです。その、つまり　…

刑事　警察の方？

妹　いや、うちの署にはそんな　…

刑事　じゃ、姪ごさんか誰かに　…

妹　ええ、まあ、田舎にはそんなような者がいるにはいるんですが　…

妹　そうか、分かった。その姪ごさんの家はすごく貧しくて　…

刑事　いやまあ、どっちかと言えばアレなんですが、そうじゃなくて　…

妹　彼女が仕事に行く途中に靴屋さんがあるんです。

刑事　え？

妹　そこのショーウィンドーには可愛い靴が飾ってあって、姪ごさんはその前を通るたびに、あんな靴が履けたらなあと思うんだけど、お金がないからとても手が出ないんです。だって、彼女が履いてる靴といったら、爪先のところに大きな穴があいていて、だから、雨の日には水が入らないように小さく折った新聞紙をその穴に詰めて、そうして出かけなきゃいけないんです。彼女の勤務先にはいやらしい上司がいるんです。その上司は可愛い彼女をなんとかモノにしようといつも狙ってて　…

Kが現れる。

K　レイン、来てないかな。

妹　え？　あ、レインさんは　…

K　来てないのか。ステージが終わったあと一緒に食事しようって約束してたから今までずっと楽屋で待ってたんだけど、来ないんだ。部屋にもいないし、どこへ行ったんだ、あいつは。

刑事　きっとまた迷子になってるんですよ。
K　多分。参ったな、部屋へ入ろうにも鍵はレインが持ってるし　…
妹　だったら管理人さんのところへ行って合鍵を貸して貰えば
刑事　払うべきものを払ってないから顔を出せないんですよ。
K　よくご存じで。
刑事　それくらいは。
K　さすが刑事さん。でもご心配なく。もうじき、ここを出る時にはちゃんとまとめて払っていきますから。
妹　お引越しするんですか。
K　アメリカに行くんだ。
妹　アメリカへ？
K　むこうには何人か友だちもいるしね、昔の俳優仲間が。
妹　俳優さん?!
K　ああ、ハリウッドで頑張ってるのもいるよ。
妹　じゃ、ポーラ・ネグリと　…

K　（テーブルの上の靴を手にして）可愛い靴だね。買ったのかい？
妹　いいえ、これはわたしのじゃなくって。ブルームフェルトさんが姪ごさんに贈ってあげるんですって。
刑事　そう、ちょうど年恰好がグレーテさんと同じくらいだからそれで。ちょっと履いてみますか。
妹　わたしがですか？
刑事　サイズが合うかどうか。
妹　だって、わたしがいくら合ったたって　…
刑事　いや、ちょうど背格好もグレーテさんと同じくらいなんですよ、だから　…
妹　いいんですか？
刑事　お願いします。

妹、靴を履く。
K、机の上に置かれた石を手に取って見ている。

刑事　どうです？

妹　ええ、ちょっと……

刑事　合いませんか、サイズが。

妹　わたしにはちょっときついんですけど、でも、はいてるうちには多分……

刑事　そうですよ。靴に限らずなにごとも、最初はちょっときついかなと思っても、過ぎ行く時間とともにうまい具合に納まるようになるんです。

妹　ちょっと歩いてみていいですか？

刑事　え、ええ。

妹　いいですよね、少しだけなら。

刑事　ちょっとと言わずいつまでだって。

K　またひとつコレクションが増えたんだ。

妹　ええ、一昨日の夜にまたひとつ。

K　なんでこれが月の石なんだろう？

妹　あ、そう言えば、カールさん、大変大変。

K　なんだよ。

妹　レインさんのご主人が来てるんです。

K　レインの亭主が?!

妹　いまちょっとタバコを買いに行ってるんですけど、さっきまでこの部屋に。

K　マズイ。

妹　なんだかとっても厭なオヤジで、わたしのことバカにするんです。

刑事　なんですか、それは。

妹　わたしの手を見て、こんなに小さくてはなにをやってもダメだみたいな言い方をしてもう！

刑事　あの野郎……！

K　グレーテ、もしもレインが来たら、ぼくは劇場の楽屋で待ってるからって伝言してくれるかな。

妹　でもあの厭なヤツと鉢合わせしちゃったらレインさん……

K　その時はその時さ。この世の中、なにが起きたって不思議じゃないんだ。（と、出ていく）

刑事　君子危うきに近寄らずってやつか。

妹　どうなるのかしら、レインさん。

刑事　まあ、落ち着くところに落ち着くんでしょうが、どっちに転んだってああいうふしだらな

妹　女は結局地獄に落ちるんですよ。
刑事　そうでしょうか。
妹　そうでなきゃこの世が地獄ですよ。
刑事　でもうらやましいわ。
妹　なにがです？
刑事　だって、ふたりの男のひとに愛されて。
妹　愛？　愛なんてあるもんか。グレーテさん、あいつらがやっているのはただのお楽しみですよ、虫唾が走る！　みんな豹に食われて死んでしまえばいいんだ。
妹　あ、『ベラ・ドンナ』！
刑事　そう、ポーラ・ネグリの『ベラ・ドンナ』みたいにね。
妹　ご覧になったんですか、『ベラ・ドンナ』。
刑事　ええ、あなたと一緒に。
妹　わたしと一緒に？
刑事　オリエント劇場に入って行かれるあなたを見かけて、それでわたしも　…
妹　嫌だわ。だったら声をかけて下さればよかったのに。（と、靴を脱ぐ）
刑事　脱がないで。
妹　いや、だって　…
刑事　『靴』も見ました、あなたと一緒に。いや、映画など、メリー・マクラレンなど見てはおりません。グレーテさん、わたしはあなたを、暗闇の中で目を凝らし、わたしはずっとあなたを見ていたんです。
妹　どうしてそんな　…
刑事　愛です。これが愛というものなんですよ、グレーテさん。

「ただいま」と、兄が入ってくる。

妹　兄さん。
刑事　ああ、お帰りなさい。
兄　どうも。
刑事　ちょっとその、この間の例の殺人事件のアレで、ここいらずっと聞き込みをして回っているんですよ。（と、胸ポケットから手帳を取り出し）グラックスさん、あの日の夜はどちらに？

兄　えぇっと、なにをしてたのかな？

刑事　確か、九時ごろにはお隣で　…

兄　ええ、カールとトランプを　…（と、言って咳をする）

刑事　銃声は？

兄　銃声？

刑事　十一時を少し回っておりましたか、この部屋からも聞こえたはずなんですが。

妹　もう寝てたんです、兄さんは。わたしもそろそろ寝ようかなと思って隣の部屋に行った途端にバーンって音がして、それでわたしびっくりして怖くなって兄さんを起こそうとしたんですけど、兄さんは眠いからってそれでそのまま　…

兄、再び咳を。

刑事　風邪をひかれたんですか。

兄　ええ、ちょっと。

刑事　分かりました。じゃ、グレーテさん、またお邪魔するかもしれませんがその時は…

妹　（俯いて）　……

刑事　お大事に。（と、出ていく）

兄、ベッドで横になる。

妹　どうしたの、こんなに早く。

兄　ちょっと熱があるみたいなんだ。だから

妹　だから休んだ方がいいって言ったのに。

兄　だから風邪くらいじゃ休めないって、なんべん同じことを言わせるんだ！

妹　また怒った。

兄　怒ってないよ。

妹　だって大きな声を出したでしょ、いま。

兄　これくらい元気なんだってところを見せてやったんだ、心配はいらないってね。

妹　なにがそんなに気に入らないの？

兄　ちょっと疲れてるだけだよ。

妹　わたしと一緒に住むのがそんなに嫌なの？

兄　誰もそんなこと言ってないじゃないか。

妹　態度で分かるわ、それくらい。わたしと一緒にいるのが嫌だから、だから毎日毎日朝から夜まで働いて、たまに早く帰って来たと思ったらすぐにお隣に遊びに行って。
兄　……
妹　田舎にいた頃の兄さんはもっとずっと優しかったのに。
兄　お互いさまだよ。
妹　変わってない、わたしは。
兄　自分じゃ気がつかないだけさ。
妹　どこが？　わたしのどこが変わったの？
兄　全部だ、全部。
妹　全部？　じゃ、わたしは誰なの？　兄さんのなんなの？
兄　もういいよ。
妹　どうして？　どうしてもういいの？
兄　…
妹　どうして？　ねえ、どうしてもういいの？どうして？
兄　いい加減にしろ！
妹　また怒った。
兄　（ため息をつき）…どうしたんだ、その靴。
妹　知らない。
兄　知らない？　お前の靴だろ。
妹　…
兄　どっかから歩いて来たのか？　靴がひとりで。
妹　ブルームフェルトさんが置いてったのよ。
兄　どうして？
妹　だから知らないって言ってるでしょ。（と、出かける支度）
兄　どこへ行くんだ。
妹　わたしなんていない方がいいんでしょ。
兄　待てよ。（と、捕まえる）
妹　離して。
兄　なにを隠してるんだ。
妹　隠しているのは兄さんの方でしょ。一昨日の夜、いったいどこへ行ってたの？
兄　だから、月の石を探してたって。
妹　あんなに雨が降っていたのに？　風邪まで引いて十一時過ぎまで？

兄　…

妹　嘘ばっかり。もういいわ、こっちこそもういい、豹に食われて死んでやるから。（と、出ていく）

兄　……

愛人の声（ドアの向こうで）あ、ごめんなさい。（妹とぶつかったのだ）

愛人が現れる。

愛人　すみません、こちらにカールは？

兄　いや…

愛人　どうしたんだろう。ステージが終わったら劇場の前のレストランで食事をしようって約束してたんです、それで今までそこでずっと待ってたんだけど…

兄　どっちかにしていただけませんか。

愛人　え？

兄　部屋に入るんなら入る、入らないんなら入らない、早くそのドアを閉めていただきたいんですよ、少々風邪気味なんで。

愛人　ごめんなさい、気がつかなくって。管理人さんにお願いすれば部屋は開けてもらえるわね。

兄　ここでお待ちになったらどうです？

愛人　ええ、でも…

兄　ここの管理人はうるさいんですよ。あなたがカールの部屋で寝起きしていることを知ったら契約違反だってきっと黙っちゃいないでしょう。もちろん、今日明日のうちにウィーンのご自宅にお帰りになるのであれば、なんの問題もないわけですが。どうなさいます？

愛人　待たせていただくわ、お邪魔でなければ。

兄　すみません、ドアを。

愛人、ドアを閉める。

兄　（笑って）負けず嫌いなんだな。命知らずっていうか…

愛人　カールに迷惑をかけたくないだけですわ。

兄　さすがに「水掻きの女」だ。

愛人　水掻きの女？
兄　あなたの指の間には水掻きがついてるんでしょ。［注⑤］
愛人　カールに聞いたのね。
兄　ええ。だから凄いんだって。
愛人　なにが凄いのかしら。
兄　さあ。
愛人　カールはオーバーだから。普通のひとなら見過ごしてしまうようなちょっとしたことにも、わけもなく感動したりびっくりしたり。水掻きっていったってほんの少し、ひとより余計に指の間の皮膚が広がってるだけなのよ。
兄　やっぱり本当だったんだ。
愛人　あなたの話もいろいろ聞いたわ。
兄　いろいろ？　なんだろう、いろいろって。
愛人　ウィーンの大学にいらっしゃったんですって？
兄　ええ、石棺の研究なんかしてたんですがね。［注⑥］
愛人　セッカン？
兄　石造りの棺《ひつぎ》です。
　　愛人、笑う。
兄　なにかおかしいことでも？
愛人　だってカールったら、あなたは大学で石鹸の研究をしてたって。
兄　セッケン？
愛人　だから洗濯がとてもお上手で凄いんだって。
兄　バカな。処置なしだ、カールの頭は。（と、笑って）
愛人　（机の上の石を指して）じゃ、これはその研究の？
兄　いや、それは単なるお墓ですよ、わたしの懐かしい友人たちの。
愛人　お墓？　手に取っていいかしら。
兄　お墓ですからね。見も知らぬ他人に無闇に触れてほしくはないんですが、ひとつ、わたしのお願いを聞いていただければ……
愛人　お願い？　なにかしら。

兄　あなたの指の間にある水掻きを見せていただけませんか。

愛人　(微笑んで) じゃ、あきらめますわ。

兄　どうしてダメなのかな。

愛人　だって秘密ですもの、これは。

兄　だから見たいんですよ。

愛人　亭主とは別の男のところに来てるからって娼婦とは違うのよ、わたしは。

兄　分かってますよ、あなたは無口な奥様。

愛人　からかってるのね。

兄　とんでもない。

愛人　じゃ、風邪のせいね。きっと熱があるからそんなこと　…

兄　ぼくの秘密をあなたに、あなただけにお教えしてもダメでしょうか。

愛人　あなたの秘密?

兄　ええ。カールも知らない、誰も知らない　…。フフフ (と、笑って)、みんなぼくのことなんかなにも知らないんだ。ぼくはただのうだつの上がらないセールスマンだと思ってる。だから平気でぼくのことを馬鹿にしたり無視したり出来るんだ、あなたみたいにね。でも、ぼくの秘密を知ってしまったらもう　…

ドアが開いて、Kが現れる。

K　レイン!

愛人　カール!

K　よかった、間に合って。

愛人　間に合った? 待ち合わせ場所はここ? 違うでしょ。

K　いや、きみはもういないんじゃないかと思って。

愛人　わたしがいったい何処へ行くの?

K　旦那と会ったんだろ。

愛人　なんのこと?

K　ええっ?

愛人　ヨーゼフが来てるの?

K　会ってないのか、まだ。

愛人　ヨーゼフがどうして?

K　まだ会ってないということは……

愛人　パリに旅行に行くって出てきたのよ。どうしてわたしがこの街にいるって分かったの？

K　どうしよう！

兄　さあ、困った。やっぱり悪いことは出来ないな。（と、靴を箱に入れながら）

K　なんだ、いたのか、グラックス。

兄　いるよ。さっきからずっといたじゃないか。

K　見えなかった！

兄　よせよ、幽霊じゃないんだぜ、ぼくは。

K　そうか。ぼくらはこの街にいないことにすればいいんだ。

愛人　逃げたり隠れたりするのは嫌よ。

K　どうして？

愛人　いい機会でしょ、ヨーゼフと話し合う。怖いの？

K　だってなにも無理に事を荒立てることはないじゃないか。

兄、ゴホンゴホンと咳をする。

愛人　どうして？　あなたはこのままでいいの？　逃げたり隠れたり嘘をついたりしながらわたし達はこれからも逢うの？　こんなことをこれからもずっと続けるの？　続けられると思うの？　あなたは。

K　ぼくは不安なんだ。鳥が空を、空が星を、星が月を、月が海を、海が海底の小さな石ころをいとおしむように、ぼくはきみを愛してる、嘘じゃないんだ。でも時々、そう、いつもじゃないんだ、時々だけど、それはなんだか遠い昔の過ぎ去った思い出のような気がして……［注⑦］

愛人　遠い昔？　わたしたちが初めて会ったのはいつ？

K　確か、去年の……

愛人　そうよ、去年の夏よ、まだ会って半年よ。それがもう遠い昔なの？

K　ぼくは病気なんだろうか？

兄　（咳をして）お取込み中のところを申し訳ない

K　んですが、ぼくは風邪をひいてるんです。その続きはご自分たちの部屋でやってくれませんか。

K　ごめん、部屋の鍵がなかったもんだから、つい……

愛人　どうしたの？

K　え？

愛人　部屋の鍵、落としたの？

K　なにを言ってるんだ。ぼくはよくモノを失くすからって、預かるって言うから、きみに預けたじゃないか。

愛人　なにを言ってるの、それは昨日の話でしょ。今朝、部屋を出る時、あなたがドアを閉めて、鍵はそのまま自分のポケットに入れたでしょ。

K　!!（慌ててポケットをあちこち探って、恐る恐る鍵を取り出し）…病気だ。やっぱりぼくは病気なんだ！

6

刑事の部屋。良人が椅子に座っている。足元に鞄。テーブルの上にはマフラーが。
それは前景の冒頭とほとんど同じ光景である。

良人　（奥に向かって）包帯はいいですよ、ほんのかすり傷ですからな。…とは言ってもさっきのいまだから……（と、己が手をじっと見詰める）

奥から、救急箱を持って刑事が現れる。

良人　すみませんな、いきなりお邪魔してこんな…

刑事、テーブルの上のマフラーを邪魔だと言わんばかりにベッドに放り投げ、救急箱を良人の目の前にドンと置く。

良人　ああ、自分でやります。動かなくなったわけじゃありませんからな。（と、指を動かそうとして）アレッ、動かない！

刑事　！

良人　冗談ですよ、ハ、ハ、ハ。（と、笑う）

刑事　（憮然として）……

良人　（掌を消毒しながら）まったく、悪いことなんかした覚えもないのに、どうなってるんでしょうな。別に急いでたわけじゃないんですよ、用心用心って今度は足元も確かめたんですが……。なにかいるんじゃありませんか、あの入口あたりには。

刑事　飲んできたんでしょ。アルコールのせいですよ、きっと。

良人　いやいや。飲んだってあなた、ビールでほんのちょっと喉を湿らせた程度でそんな……

刑事　じゃあどうしてわたしの部屋にいるんですか。ここは四階ですよ、あなたが行かなきゃいけないのは三階に住んでる芸人の部屋でしょ。

良人　だから、三階の四号室を四階の三号室に間違えたって。

刑事　それが酔ってる証拠だって言ってるんですよ。

良人　今日はわたしの誕生日なんです、三十六回目のね、それでつい……。いや、もちろん、あとで家内と盛大にやるつもりなんですが、まあ、その前祝いといいますか……

刑事　分かりますよ、飲まずにはいられなかったんでしょ。もちろん、その本当のところは分かりませんが。

良人　ウッ！　沁みますなあ。我慢我慢と。

刑事　その傷口の消毒がすんだらすぐにお引き取り願えますか。

良人　ええ、それはもちろん。

刑事　夕食がまだなんですよ。

良人　失礼ですが、ご結婚は？

刑事　見れば分かるでしょ。

良人　いやいや、それはそれは。ひとり住まいか。いろいろ大変でしょう。

刑事　さあ。自分じゃ、身持ちの悪い女を女房にして苦労するよりはよっぽどましだと思ってるんですが。

良人　ハ、ハ、ハ。長い人生、そりゃ山もあれば谷もありますよ。わたしは、自分で言うのもなんですが、決して器の大きい人間ではありません。でも、家内のことになるとこれが、不思議に寛容になれるんです。いや、寛容といっては少々語弊があるかもしれません。わたしの家内はレインというんですがね。その名前とは裏腹に、こうと決めたら必ずやり抜く、激しい炎のような女です。でも、大火事のもとになるからって、火のない生活なんてありうるでしょうか。これからもきっといろいろあるでしょう。でも、わたしは信じているんです、わたしたちは必ずうまくいくはずだってね。だって、わたしにはこの手があるんですから。今度のことだって、それこそ雨降って地固まるってヤツですよ。わたしにこの手がある限り　…、（と自らを励まし）ご覧なさい、運を掴むという気概に溢れてると言いますか、大きさ、色、艶、柔らかさ、どうです、この厚み。われながら惚れ惚れしますな。

刑事、そっと自分の手と良人の手を見比べている。

良人　よく、目は口ほどにものを言い、なんて言いますが　…

ドアをノックする音。

良人　はい。（と、またもや我が物顔で）

兄の声　グラックスですが。

良人　どうぞ。

兄、現れる。手に例の靴の箱。

兄　ご来客中でしたか。

刑事　いや、いまお帰りになるところですから。

良人　そうですよ。なにをしてるんだ、わたしは。こんなところで下らん話の相槌を打ってる暇

なんかないのに。失礼。（と、鞄を持って出ていく）

刑事　なんて野郎だ。下らん話をしたのはあいつで相槌を打ってたのはこっちじゃないか。

兄　どなたです？

刑事　カールのところに来ている女の旦那ですよ。

兄　ああ、あれが……

良人　（現れて）失礼。マフラーを忘れてしまって……（と、ベッドの上のマフラーを手にする）

刑事、それを奪う。

良人　なにをするんですか。

刑事　わたしのですよ、これは。

良人　フン、なにを言ってるんだか。

刑事　触れば分かるでしょ、触れば。ホラ、全然違うはずですよ、あなたのものとは手触りが。

良人　（触って）じゃ、わたしのはいったい……

刑事　知りませんよ。

良人　おかしいな。

刑事　ビアホールにでも忘れて来たんですよ、きっと。

良人　そんなことはありません。あそこを出る時は確かにこれを首に巻いて……

刑事　じゃ、そのあとどこかに寄って……

良人　どこに寄るんですか、わたしが。

刑事　知らねえよ。

良人　だってわたしはビアホールを出て真っすぐここに来たんですから、これを首にこうして……（と、マフラーを首に巻く）

刑事　（それを奪い取り）巻いてないんだよ、巻けるはずないじゃないか。だって、あんたがここへ来た時にはもうこれはこのテーブルの上にあったんだから。あっただろ。だって俺がここへこうして置いたんだから。ホラ、匂いをかいでみろ、あんたの汗の匂いとは違うだろ。幸か不幸か昨日から少々風邪気味でしてね、だから外に出る時はこれをこうして……（と、再びマフラーを奪って首に巻こうとするが）

良人　（奪い返し）これじゃないんだよ、あんたのは。

刑事　

良人　まったく、なんてひとだろう。いや、分かってはいたんですがね。下の部屋であなたと握手をした時、ほんの一瞬触れただけなのに、なんだか厭な予感がしたんですよ。だから、あまりお近づきにならないでおこうと思ってたんですが……

刑事　どっちが近づいて来たんだ、どっちが。てめえが勝手に間違えてひとの部屋に入り込んで来たんだろ！

兄　まあまあ、ひとつここはお互い冷静になって……（と、ふたりを止める）

良人　分かりました。たかがマフラーひとつに大の大人が目くじら立てるのもアレですが、わたしは生まれつき曲がったことは嫌いなんです。出るとこ出ましょう、出るとこへ。

刑事　出るとこ？　どこへ出るんだ。

良人　決まってるじゃありませんか。警察ですよ。

刑事　じゃ、とっくに出てるよ。

良人　（笑って）なにを言ってるんだ、このひとは。

兄　刑事。

良人　（ポカンとして）こちらが……？

刑事　早く酔いを醒ましていったいどこへ忘れて来たのか思い出されることですな。それで探して、もしも見つからなかったらこれを差し上げますよ、あなたの三十六回目の誕生日のお祝いにね。

良人　ひとつお願いがあるんですが。

刑事　なんです？

良人　あなたもちょっと探していただけませんか。疑ってるわけじゃないんですよ、そうじゃなくって、誰にも間違いや勘違いはあるんです。もしかしたら、あなたのマフラーはこの部屋のどこかに

刑事　（言葉を遮るように良人の肩にポンと手を置いて）残念ですがこれ以上あなたのお相手をしている暇はないんですよ。（と、そのまま良人を部屋から追い出し）……すみません、お見苦しいところをお見せしてしまって。

兄　いえ、こちらこそ。これをあなたにお渡ししてすぐに失礼してもよかったんですが、つい

見とれてしまって。

刑事　（靴箱を指さし）それは確かわたしが……

兄　ええ、わたしどもの部屋に忘れていかれた……

刑事　そうじゃないんです。

兄　と、おっしゃいますと？

刑事　ですからその……

兄　お忘れになったわけじゃないんですか？

刑事　ええ、グレーテさんにはお伝えしたつもりだったんですが……、いい歳をして口下手なんでどうも。

兄　そうか、それで。いえね、見慣れない新しい靴があったんで、どうしたんだってあいつに聞くと、ブルームフェルトさんが忘れてったって言うんです、だからぼくに返しに行ってくれって。ぼくが行くのは構わない、だけど返すという言葉は、これが贈り物、もしくは、無理矢理押しつけられたものである場合に使うべきであって、忘れものなら「届ける」と言わなきゃいけないいんだって。あいつ、田舎から出て来たばかりでしょ、だから言葉の使い方もよく知らないいんで、いつもぼくが注意してやってるんです。それで、これは贈り物なのかって聞くと、忘れものだって言うでしょ、じゃ、届ければいいいんだなと言うと、返すんだって言う。グレーテは。バカな押し問答ですよ。強情なんです、とにかくお持ちすればいいいんだと思ってこうしてお伺いしたんですが……。結局、どういうことなんでしょう、あなたがこれを忘れたわけではないということは……

刑事　差し上げたんです、グレーテさんに。

兄　ということは？　なにかのお礼なんですか？　あいつからはなにも聞いていないいんですが、なにかして差し上げたんでしょうか、あいつがあなたに。

刑事　いえ、そうではなくて、つまりその……

兄　なにか特別なことをしたわけじゃないいんですね。

刑事　ええ、そういうことはなにも。

兄　今日はあいつの誕生日でもないし、いや、誕生日だからって贈り物をいただくほど親しいお付き合いをしているわけでもありませんし。そうですよね。

刑事　ええ、確かに。

兄　いったいどういうことなんだろう？

刑事　気持ちです。

兄　キモチ？

刑事　ただわたしのグレーテさんに対する気持ちを伝えたくって、それで　…

兄　はっきりおっしゃっていただけませんか。よく呑み込めないんです、ぼくの頭では。あなたはわたしの妹に、どういう気持ちを伝えたくってこういうことをなさったんですか。

刑事　……（俯いて、ボソッと）愛してるんです。

兄　なんですって？

刑事　（顔を上げ）愛してるんです、グレーテさんを。

　　兄、笑う。笑いが止まらない。

刑事　……（俯く）

兄　失礼。

刑事　いえ、笑われるのは当然です。そろそろ五十に手が届こうかって男が年甲斐もなくこんな…。みっともない話だってことは自分でもよく分かってるんです。もしかしたら迷惑になるかもしれないとも思ったんですが　…

兄　迷惑ですよ。迷惑だからこうして返しに来たんです。グレーテはまだ子どもなんですよ。なにが夢でどれが現実なのか未だに見分けがつかない小娘つかまえて、いったいどうしようっていうんですか。

刑事　だからこれを差し上げたからってどうとかこうとか、そんな、なにか見返りがほしくってこんなことをしたわけじゃないんです。そうではなくて

兄　（遮って）なにを言ってるんですか、なにをやってるんですか。あなた刑事でしょ、いまこの街がどういうことになってるか分かってるんですか？　一昨日の夜にはまたひとり、今

度は娼婦が射殺されたんですよ、これで五人目。いったい何人の犠牲者を出せば気がすむんですか。犯人はもちろん、男なのか女なのか、老人なのか子どもなのか、次はいったい誰が狙われるのかも分からないって、市民たちは皆、明日は我が身かと恐怖に震えているんです。最近は夜の六時を過ぎると、駅前の大通りさえ人影もまばらという有り様じゃないですか。それなのに、この大事な時に、市民の貴重な血税を預かるあなたがひとの迷惑も省みずいい歳をして惚れたのハレたの、そんなことに現《うつつ》を抜かしているから、いつまで経っても犯人を捕まえられないんですよ。

（と、激しくののしる）［注⑧］

刑事 それを言われると……

兄 （静かに、呟くように）妹は田舎に返すつもりです。いつまでもこんなところにいたらろくなことにならない。あいつは田舎に帰って、田舎の男と結婚をして、三人ばかり子どもを作って、そして……。川のせせらぎや、山の緑や月や星や、優しい家族に囲まれて、ささやかな幸せを喜び、たまさかの不幸せに涙しながら、誰に後ろ指さされることもなく平凡な一生を送ればいいんです。いいきっかけを与えてくれたあなたに感謝します。

刑事 ……

兄 じゃ、これは確かにお返ししましたから。（と、靴箱を置いて出ていこうとする）

刑事 お部屋にいらっしゃるんですか。

兄 え？

刑事 グレーテさんに一言お詫びを。いえ、それだけです、ほかにはなにも。お部屋にいらっしゃるんですね。

兄 いいえ、さっき部屋を飛び出して行って……

刑事 どこに行かれたんですか。

兄 さあ。

刑事 ひとりで？

兄 多分、映画でも見に行ったんだと思うんですが。あいつが行くところといったら映画館のほかにはどこも

刑事　（遮って）どうしてこんな時間にひとりで表に出すんだ！（と、部屋から飛び出そうとすると）

ドアの外に良人が立っていた。

良人　お話はお済みですか？
刑事　なんだと？
良人　お済みでしたらちょっとその、マフラーを
刑事　（被せて）そんなにほしけりゃくれてやる！ハ、ハ、ハ。（と、巻いていたマフラーを床に叩きつけて出ていく）
良人　（と笑いながらマフラーを手に取り）野暮というのか野蛮というのか、あなたもとんだ災難でしたな。いや、立ち聞きするつもりはなかったんですが、生まれつき耳がいいんでつい……、ハ、ハ、ハ。一言で言って馬鹿ですな、あいつは。馬鹿とはつまり貴重な労力を無駄に使うということです。あんな男が刑事っていうんじゃ、あなたもおっしゃっていたように市民は大変だ。これ（マフラー）だって最初から素直に渡しておけば、なにもお互い大きな声を出しあうこともなかったわけで……違う、この手触りはわたしのモノじゃない！
兄　（咳をして）すみません、ちょっと熱があるんで……（と、去ろうとする）
良人　ちょ、ちょっと待ってください。これがわたしのものじゃないってどういうことですか？わたしのマフラーはいったいどこへ消えたんでしょう？
兄　そんなことわたしに聞かれても……
良人　家内に買ってもらったものなんですよ。三年前の今日、わたしの誕生日のプレゼントにね。だからこれから家内に会うのにアレがないと……、わたしがアレを首に巻いていれば、仲睦まじかったあの頃をアレも懐かしく思い出すと思うんです、だからその……。そうか、やっぱりこの部屋のどこかにあるんだ、うん。すみません、わたしと一緒に、いや、一緒に探していただかなくても結構なんですが、わたしがひとりでアレするのもナンでしょ、だ

からその、証人というか　…（と、言いながらあちこち探し始める）、いくら馬鹿だからって、まさか隠したわけではないと思うんですよ、きっと自分のものと間違えて　…。馬鹿は無駄な労力を使うが、周囲にも無駄な労力を使わせるから困る、まったく。ハ、ハ、ハ。（と、笑ってはいるがその眼は真剣だ）

兄は良人のその必死さにうたれたのか、黙って見ている。

7

Kの部屋。ドアのところで妹がハーハーと肩で息をしている。

奥から、水の入ったコップを持って、愛人が現れる。

妹　（コップを受け取って）ありがとう。

愛人　大丈夫？

妹　（飲み干し）大丈夫ですけど、じゃ、カールさんは？

愛人　いま出て行ったのよ、会わなかった？

妹　わたし夢中で走って来たから　…

愛人　わたしにカールからのことづけを伝えるために？

妹　すみません、座らせて下さい。（と、ソファ・ベッドにへたり込み）ということは、ご主人とはまだ？

愛人　そうなの。待ってるんだけどなかなか来ないからそれでカールが探しに行ったの。でも、

妹　よく考えたらふたりともお互いの顔を知らないのよ、どうやって探し出すつもりかしら。

愛人　バカみたい。

妹　ほんとに。

愛人　いえ、カールさんのことじゃなくってわたしが。こんなに疲れちゃって。

妹　ケンカでもしたの？

愛人　え？

妹　お兄さんと。

愛人　ええ、ちょっと。いつもなんです、最近は。

妹　だからもうこのアパートを出てそれで　…ひとりで住むの？

愛人　ていうか　…、レインさんはどうなさるんですか？

妹　わたし？

愛人　やっぱりウィーンへお帰りになるんでしょ、ご主人と。

妹　…どうしよう。

愛人　決められないんですか？

妹　向こうにいる時はこっちへ来ればいろんなことがハッキリすると思っていたわ。でも、いざ来てみたらここからいったいどこへ行ったらいいのか、それがまた分からなくなってしまって。

愛人　カールさんはアメリカに行くんでしょ。

妹　そうね。会った時から何度もそんな話を聞かされてるけど　…

愛人　レインさんがいらっしゃらないんならわたし　…

妹　え？

愛人　いえ、それは別にどっちでも構わないんですけど、わたしもここを出てアメリカに行こうと思ってるんです。

妹　アメリカへ？　カールがあなたを誘ったの？

愛人　そうじゃないんです。そうじゃなくって、さっき兄さんとケンカして、いろいろ考えて、それで決めたんです。いつまでも兄さんに頼ってちゃいけないし、俳優学校でアーとかウーとか、いくら大きな声を出したって埒があかないってカールさんも言ってたし、第一、大した距離を走ったわけじゃないのにこんなに息が上がってしまって。もうぐずぐずしてはいられないんです、だからカールさんがアメリカに行くんならわたしも一緒にって。

愛人　どうしてそんなにアメリカへ行きたいの？

妹　わたし、ポーラ・ネグリみたいになりたいんです。

愛人　なりたいのは分かるわ。でも、行けばどうにかなるってものでもないでしょ。

妹　だけど行ってみなければ、やってみなければ分からないでしょ。

愛人　やってみなくても分かることはいっぱいあるわ。

妹　やってみなくてあとで後悔したくないんです、わたしは。

愛人　やらなければよかったって後悔することはないかしら。

妹　……

愛人　ごめんなさいね。意地悪でこんなこと言ってるんじゃないのよ。そうじゃなくって、あなたみたいな若いひとをその気にさせたカールが許せないの。

妹　だからそれはわたしが勝手に……

愛人　カールはアメリカになんか行けやしないわ。

妹　でもおっしゃってたんです、もうすぐここを引っ越して……

愛人　むこうに友達がいるって言うんでしょ。

妹　ええ、ハリウッドにも昔の仲間がって。

愛人　カールの言葉を信じちゃ駄目。もちろん、あなたを騙そうと思ってそんなこと言ったんじゃないのよ。でも、カールの言葉の三分の一は出まかせで、三分の一は希望的観測で、だから、話半分どころか、カールの話で信じていいのは三つに一つなの。おまけに、その三つに一つの真実だって三日もしないうちに忘れてしまうのよ。どこそこへ行く、どこそこに友達がいる。これはあのひとの口癖。わたしも何度も聞かされたわ。でも、カールはどこへも行かないし、あのひとのことを待ってる友達なんてどこにもいないのよ。

妹　どうしてそんな風におっしゃるんですか。カールさんが可哀そうだわ。レインさんはカールさんのこと愛してないんですか。

愛人　愛してるわ、愛しているからこんなこと……。そのひとを愛するということはそのひとを知るということでしょ、知る必要のないことまで知ってしまうということでしょ、違う？　あなたにはまだ分からないかもしれないけれど。

妹　嫉妬でしょ。

愛人　え？

妹　レインさんはわたしに嫉妬してるんでしょ。

愛人　わたしはあなたのなにに嫉妬しなきゃいけないの？

妹　なにも出来ないからでしょ、どこへも行けないからでしょ。

愛人　わたしは夫以外の男を愛したわ。愛してしまったから家を出たわ、家を出てここまで来たわ。

妹　出ただけでしょ、家を捨てたわけではないんでしょ。

愛人　あなたにいったいなにが分かるの？

妹　それくらいは分かります。

愛人　分かるはずないわ。家の中では、カーテンの向こうでゆっくりと流れ落ちる窓の冷たい水滴のように、そこにいることにさえ気がつかないほど静かなひとが、お皿を三つも置けばいっぱいになってしまうような小さなテーブルで、額と額をくっつけるようにしていつも一緒に食事をしている、あなたのいちばん近しい誰かが、家の外では、どんな風に変わってなにをしてるのか、想像することさえ出来ないあなたに、わたしのいったいなにが分かるって言うの？

妹　どういうことですか、それ。

愛人　……（つい口にしてしまったことを後悔している）

Kが現れて。

K　なんだ、きみ（グレーテ）だったのか。ひとの気配がするからてっきり彼かと……。どこに行ったんだろう？　坂の上のタバコ屋の婆さんに聞いたら、確かにきみ（レイン）の旦那と思しき男が来たって言うんだけど……。どうしたんだよ、ふたりとも。そんな難しそうな顔をして。なにかあったの？

妹　（愛人に）ハッキリ言って下さい、兄さんが外でいったいなにをしてるんですか。

愛人　ごめんなさい。（と、逃げるように奥へ消える）

K　レイン！（と、追いかけようとするが、妹に）なにがあったんだ。グラックスがどうかしたのか。

妹　カールさんもご存知なんですか？

K　なにを？

妹　兄さんが、……兄さんが、例えば一昨日の夜になにをしていたのか。

K　グラックスが？……一昨日の夜にいったいなにがあったんだ？……（と、自問自答）

妹　なにか見たんですね。

K　いや……

妹　見たけどよく覚えていないんでしょ。

K　だからいま思い出そうとしてるんじゃないか。

妹　いいんです、思い出さないで下さい、なにも！　カールさん、アメリカに行きましょう、ふたりで、ふたりっきりでアメリカに行きましょう！（と、Kに抱きつく）

K　グレーテ……

兄が現れる。

K　アッ！（と、慌てて妹を振りほどく）

兄　なにしてるんだ。

K　違うんだ。

兄　なにが違うんだ。

K　そうじゃなくって。隣の部屋にはレインだっているんだから、そんな、グレーテにそんなことするはずないじゃないか。（妹に）そうだろ、ぼくはきみになにもしてないだろ。

妹　兄さん、わたし、カールさんと一緒にアメリカに行くわ。

兄　アメリカ？

K　ちょっと待ってくれ、そうじゃないんだ。

妹　行くんでしょ。行くって言ったでしょ、アメリカに。嘘じゃないんでしょ。

K　行くよ、本当に行くんだ、ぼくはアメリカへ。コロラドに住んでる友達と一緒にコロラドの月を見ようって約束もしてる。でも、きみと行くとは

妹　（遮って）言ったでしょ、約束したでしょ、ふたりでアメリカへ行こうって。

K　いやいや、それは

妹　（遮って）さっきの今よ、もう忘れてしまったの。

K　（兄に）ちょ、ちょっと待ってくれ。そうだ、レインに聞こう。あいつに聞けばなにもかもハッキリするんだ。レイン、ちょっと来てくれよ。レイン！　…なにを怒ってるんだ、あいつ　…（と、奥へ行こうとすると）

奥から良人が現れる。

良人　ない、どこにもない、どこに消えたんだ、わたしのマフラーは　…（と、言いながら、ドアを開けて部屋から出ていく）

K　ダ、誰なんだ、いまの男は　…！（と、首をひねりつつ奥へ消える）

兄　嘘だろ、カールとアメリカに行くなんて嘘なんだろ。分かってる。そうやって兄さんを困らせたいだけなんだ。

妹　……

兄　靴も返してきたからな。あの靴だって　…、新しい靴がほしけりゃほしいって兄さんに言えばいいじゃないか、そうだろ。嫌がらせとしか思えないよ。どうしてあんな男のプレゼントなんか受け取るんだ。どうして分からないんだ、あいつの魂胆が。　…どっちにしたってスキがあるからだよ、お前に。スキがあるからあんな男にあんなこと　…

妹　わたしがなにも知らないと思ってるの？

兄　え？

妹　どうして使いもしないハンマーを兄さんは買ったのか。わたしが田舎の家から持ってきた裁ちばさみがいったいなにに使われて、どうして兄さんは自分の服をけっしてわたしに洗濯させはしないのか。　…どうして？

兄　……

妹　一昨日の夜は？　あんなにずぶ濡れになるまでいったいどこでなにをしてたの？

兄　……

妹　答えられないの？　どうして答えられないの？　レインさんは知っているのよ。カールさんだってきっと。

K　（奥から現れ）消えてしまった。レインがいないんだ、ここへ入って行ったはずなのに　…。いや、そんなことはありえない。ドア以外に出入り口のない三階のこの部屋からレインが消えられるはずがないんだ。ということは
…

兄　カール。

K　悪い、話しかけないでくれ、いま大事なことを思い出そうとしてるんだ。なにか、ここから一つ一つたまねぎの皮を剥くように丁寧に解きほぐしていけば、忘れてしまったいろんなことを思い出せるような気がするんだ。…そうだ、おれはここでこうしてレインとレインの亭主が来るのを待っていたんだ。そして、そう、いつまでたっても来ないから、おれは痺れを切らしてそいつを探しにいったんだ、まるで鳥籠が鳥を探しに出かけるみたいに　…（と、ドアから出ていく）

兄　グレーテ、誤解だよ。兄さんはなにもしていない。ただ、月の石を探していただけさ。月には兎が住んでいる。東洋人はみんなそう信じてるんだ。どうすれば兎が月に行けるか分かるかい？　月の石を食べるんだそうだよ。それは、水銀のようにキラキラと光っていて、触るとゼリーのようにプルプルと震え、耳にあてると囁くような風の音が聴こえ、ハッカのような涼しい匂いで、口に入れると氷砂糖のように甘いというんだ。それを百八つ、そ

んな半端な数がいったいどこからはじき出されたのか知らないが、百八つ食べると、フワッとからだが軽くなって、満月の夜になるとかかるらしい、月の光の浮橋を渡っていくことが出来るっていうんだ。まるで夢のような話だろ。

奥から愛人がそっと現れる。兄・妹はそれに気づかない。

兄　だけどあの日、たぶん鬱々と、いつものように寝つかれない兄さんの隣のベッドで、すやすやと軽い寝息をたてながら気持ちよさそうに眠っているお前の寝顔に、嫉妬と憎しみと、そして途方もないほどの愛おしさを感じた夜から数えて三日目の夕方、そんな、現実にはあるはずもない月の石をとうとう見つけてしまったんだ。まだたった五つしかないから百八つまであと何日何年かかるか分からないけど、グレーテ、兄さんはもしかすると月へ行けるかもしれない。

妹　兄さん、逃げて。

兄　逃げる？　どこへ？

妹　アメリカに行くのよ。兄さんはわたしと一緒にアメリカに行くの。

兄　アメリカに行ってなにをするんだ、なにをすればいいんだ、おれは。保険の外交でもするのか？　アメリカに行けばこの街よりももっと月の石が転がっているのか？　いったいなにがあるんだ、アメリカに！

妹　映画があるわ。逃げるのよ、兄さん。逃げられる。わたしと一緒にアメリカに行って、手に手を取って、兄さんも映画のスクリーンのはるか向こうに行けばいいんだわ。

兄　グレーテ　…

ふたりは激しく抱き合う。と、開いていたドアに刑事が現れ、その光景に呆然となって立ち尽くす。

妹　（刑事に気づき）…逃げて。逃げるのよ、兄さん！

ふたりは手に手を取って刑事の脇を抜け、走り去る。

刑事　（まだ呆然として）……

愛人　追いかけないんですか。

刑事　あのふたりはいったい……

愛人　ご覧になったはずですわ、なにもかも。

刑事　ええ……

愛人　ふたりは愛しあってるんです。もしもあなたがそれを理解出来なかったとしても、わたしには笑う権利はありませんわ。だって、それはあなたが孤独で貧しくて、愛というものから見捨てられてきた証ですもの。

刑事　夜が来ると、一日が短すぎるように思える時と長すぎるように思える時がありますが……

愛人　ええ。今日はいったいどっちなのかしら。

刑事　さっきからそれを考えていたんですがね、こんな時間になってもまだ夕食をすませていないということは……

良人が入口のドアから現れる。

愛人　ヨーゼフ……！

良人　ああ、やっと会えたか。もう少し早く来るつもりでいたんだが、なかなかそうもいかなくってね。元気そうじゃないか、ええっ。

愛人　どうしたの？　その手。

良人　ちょっとね、名誉の負傷だよ、大したことはないんだ、うん。さっきのいまだから痛くないって言ったら嘘になるが、二、三日もすれば傷痕も消えて、ここでそんなことがあったことすら忘れてしまう程度のものさ。

愛人　だといいわね。

良人　大丈夫だよ、なんとも思っちゃいない。確かに驚いたことは驚いたんだ。でも、数多の艱難辛苦を乗り越えてここまで来たわたしが、今回のこの程度の不意打ちにたじろぐわけにはいかないからね。

刑事　さてと、フツーの人間は飯でも食うか。

良人　ああ、刑事さん、忘れてました。これをお返ししないと。（と、マフラーを差し出す）

刑事　差し上げたって言ったでしょ。

良人　いやいや、そんな。ハ、ハ、ハ。（と、笑って愛人に）似てるだろ、ホラ、お前が三年前の誕生日にわたしにくれたものと。（と、それを首に巻き）でも違うんだよ、これはお前がわたしにくれたものじゃなくて　…

刑事　そう。奥さんがわたしにくれたものなんですよ。

良人　（驚いて）そ、それはどういう　…？

刑事　孤独で貧しくて、か。フン、愛なんぞそこいらの野良犬にでもくれてやるさ。（と、ドアから去る）

良人　（笑って）とんだお笑いだ。あんなコレラ菌みたいな男とこのわたしが、ひとりの女から贈られた同じマフラーを首に巻かなきゃいけないんだなんて。

愛人　なぜそのマフラーを買ったのかしら。忘れていたの。でも、なんとなく懐かしい気がして　…。いまあなたがそれを首に巻いたのを見てやっと思い出したわ。何年か前には寒くなるといつもあなたの首に巻かれていたものと、それは同じものなんだってことを。ほんとにお笑いね。（と、笑う）

良人　なにがそんなにおかしい！

愛人　わたし、これでやっと新しいなにかを始められるような気がするわ。

良人　レイン、生まれてこの方、わたしはこんな屈辱を受けたのは初めてだよ。許せない。わたしは我慢出来ても、こんな信じがたい裏切りはわたしのこの手が許さない。

愛人　どうなさるの？

良人　決まってるじゃないか。だから　…

Kが戻って来る。

K　レイン！　なんだ、ここにいたのか。（良人に気づき）こちらは　…？

愛人　そう、ヨーゼフ。
K　どうも、初めまして。カールです。（と、右手を差し出す）
良人　（睨んで）……
K　ああ、そうですね。ぼくたちは握手を交わしあうようなアレでは……
愛人　カール、話はすんだわ。行きましょう。
K　行く？　どこへ？
愛人　どこでも構わないわ。
K　レイン、ダメなんだ。ぼくはどこへも行けない。
愛人　カール……
K　思い出したんだ。ぼくが忘れていた肝心要のところをやっと思い出したんだ。
この街は人間の脳と同じ原理で出来ている。脳の中をまるで網の目のように細く小さな血管がうねうねと走っているように、この街の小さく曲がりくねった無数の路地の複雑さときたら、保険の外交の仕事に就いてもう八年、新規の客を探しお馴染みの家を訪ねながら、来る日も来る日も休むことなく歩き続けてきたお陰で、夏になるとどこの家のベランダにどんな鉢植えの花が咲くのかさえ、すっかり手の内に入ってるあのグラックスでも、時として見知らぬ袋小路に迷い込んでしまうことがあるほどだ。そう、人間の脳の中の考えを迷わせるように、そんな奇妙なこの街の一角を占める昼なお暗いこのキテレツな部屋のせいで、ぼくはきっと、忘れるはずもない恐るべき大事件を忘れてしまっていたんだ。
愛人　なんなの？　その恐るべき大事件って。
K　そ、それは……
愛人　カール！
K　嘘じゃないんだ！
愛人　信じるわ。だから……

奥から、手に包丁を持った刑事が現れる。

刑事　申し訳ないがみんな出て行ってくれないか。そろそろ食事にしたいんだ。いつものように

良人　ひとりで静かに食べたいんでね。（と、言って、戻ろうとすると）
刑事　おい、こいつらを捕まえろ。
良人　なんだと？
刑事　亭主のいる女が亭主以外の男と密通したんだ、捕まえろ！
K　俺に触るな！　腹が減ってるんだ、俺に触ると命取りになるぞ。（と、奥に消える）
愛人　いったいどこなんだ、この部屋は！
K　カール、大丈夫よ。（と、カールの手を取って）わたし信じるわ。だからハッキリ言って。あなたが忘れていた大事件っていったいなんなの？
K　自分でもにわかには信じられないんだ。でもこれは本当なんだ。
愛人　カール！
良人　おい、刑事、あんなことしてるぞ。亭主の目の前で、女房がよその男と乳繰り合ってるんだぞ。貴様、こんな不法行為を見過ごしていいと思ってるのか！（と、奥へ怒鳴り込んでいく）

「ウッ！」という良人の悲鳴。そして、ドスンと床にモノが倒れこんだ音！

K　（愛人と顔を見合わせ）どうしたんだろう？（と、奥へ行こうとすると）
刑事　（血塗られた包丁を手に現れ）奥さん、いまの音、聞こえたかな。どぶ鼠の腹を引き裂いたんじゃないぜ。あんたの亭主だよ。スープの中に髪の毛が入ったみたいに不愉快だったんでね。［注⑨］

愛人、奥へ消える。

愛人の声　（奥から）ヨーゼフ……
刑事　まるで犬のように死にやがった。
K　あらゆる言葉は魔法の呪文だ。言葉は行為の先ぶれだ。ああ、この世の中ではなんだって起きるんだ！［注⑩］

8

カールの部屋。カールはひとり、椅子に座ってトランプで遊んでいる。
ドアが開いてグラックスが現れる。

兄　ひとりかい？
K　他に誰がいるんだ。
兄　やっぱりいいね、女の匂いがしない部屋っていうのは。
K　遅いよ。待ってたんだぜ、ずっと。
兄　悪いけどもうきみと遊んでる時間はないんだ。
K　分かってるよ。アメリカに行くんだろ。
兄　だからお別れに来たんだ。
K　淋しくなるなあ。
兄　友だちが怒ってるぜ、きっと。
K　友だち？
兄　あんたとコロラドの月を見ようって約束した友だちだよ。あんた、アメリカへは行かないんだろ。
K　行けないんだ。
兄　ひとをその気にさせておいて　…、信じられないよ。
K　だから、その話をしようと思ってさ。
兄　その話？
K　ずっと忘れていた重大なことをやっと思い出したんだ。
兄　へえ。
K　なんだと思う？
兄　なんだろう？　あの日の夜のことかな？
K　あの日の夜？
兄　そこの坂の上で娼婦が殺された夜だよ。見たんだろ？
K　ああ　…。確か、ピストルの音が聞こえて、しばらくすると雨の中をきみが坂の上から駆け下りて来たんだ。もちろん、それは奇妙な光景だったからレインとあれこれ推測もしたよ、もしかしたらきみが　…ってね。でも、そうなのかい？

兄　そうなんだ。あんたがハンマーを使い、ナイフを使い、ハサミを使い、ピストルを使って観客の目をあざむき心を奪うように、僕もハンマーを使い、ナイフを使い、ハサミを使い、ピストルを使って……

K　分かった、分かったよ。でも、いまとなってはそんなこと、もうどうだっていいんだ。

兄　どうなってンだ、あんたの頭は！

K　だから、もっと大変な、肝心要を思い出したんだよ。あんたなら信じてくれると思うんだが……

兄　なんだよ、いったい。

K　ここだけの話だぜ、ほかの誰にも内緒だぜ。

兄　だからなんだって。

K　聞いて驚くな。本当のことを言うと俺はとっくの昔に、（小声で）死んでいたんだ。

兄　……？　なんだって？

K　ふん、驚いてるな。

兄　あんたはとっくの昔になんだって？

K　俺は死んでたんだ。それをずっと忘れていたのさ。

ふたり、いかにも愉快そうに笑う。

兄　ごめん、笑うようなことじゃなかった。

K　いやまあ、それはそうなんだけどね。

兄　そうか、だからアメリカへ行けなくなったんだ。

K　のんきに旅なんかしてる場合じゃないんだよ。だって俺は死んでるんだから。でも実際のところ、死んでるはずなんだけどどうも死んだ気がしないんだよ、自分では。

兄　分かるような気がする。

K　この期に及んでみっともない話なんだが、俺も初めての経験だからさ。

兄　僕になにか出来ることがあればいいんだけど……

K　いまの話を聞いてくれただけで十分さ。

兄　もうお別れだ。

グラックス、ピストルを抜く。

K　それは?

兄　自分以外の人間の血が溢れ出るのを見ると、僕はまるで翼を与えられたような気分になるんだ。[注⑪]

K　(苦笑して) よせよ、俺はもう死んでるんだぜ。

兄　嘘つきだからな、あんたは。

K　そうか。あんたは怒ってるんだ、俺が一緒に行かないからって。

兄　多分ね。

グラックス、いきなりカールを撃つ!　銃声を合図に中天に大きな月が出る!

K　(くしゃみして) ああ、冷えるな、今夜は。

兄　あれは?!

K　コロラドの月だよ。俺は嘘はつかない。

兄　カール …

K　グラックス、あんたはアメリカに渡って芸人になるんだ。いまの呼吸を忘れるな。さてと、友だちとの約束もこれで果たせたし …

と呟いて、カール、ばったり倒れる。

兄　(駆け寄り) カール!

K　グラックス、今夜からこれでぐっすり眠れるよ、きっと。

兄　そうなるといいんだが …

K　おやすみ。

兄　おやすみ、カール。ぼくはアメリカに行くよ。アメリカに行って …、そうだ、あんたのような、芸人になるんだ …。

おしまい

［注一覧］

S1

注① F・カフカの短編「夢」を参考。

注② カフカの言葉。おそらく日記か手紙に書かれたものかと思われるが、不明。

S2

注③ 妹のこの件での映画に関する台詞は、淀川長治／山田宏一／蓮實重彦『映画千夜一夜』（中央公論新社）を参照・引用している。

S4

注④ 刑事の設定は、F・カフカの短編「中年のひとり者ブルームフェルト」を参考。

S5

注⑤ F・カフカの小説「審判（訴訟）」に登場するレーニを参考。

注⑥ 池内紀『恋文物語』（新潮社）の中の「プラハの殺人者ヨアヒム・オアスリー」を参考。

注⑦ 注②に同じ。

S6

注⑧ 注⑥に同じ。

S7

注⑨ F・カフカの作品集『観察』の中の「不幸であること」より一部を引用。

注⑩ 注②に同じ。

S8

注⑪ F・カフカの作品集『観察』の中の「兄弟殺し」より一部を引用。

コスモス　山のあなたの空遠く

登場人物

仲光タクミ……………………米子商店街の近くにある時計修理店「コスモス」主人
川北あずき……………………タクミのいとこ。ブティック経営
安藤シンゴ……………………タクミに「奇妙な仕事」を依頼するため、店に現れて…
ゆうき…………………………あずきの娘。母の店を手伝いながら、劇団活動をしている。
こだま…………………………高校生時代からゆうきと劇団活動を続けている。
まりあ…………………………シンゴの娘。小学六年時、タクミと小旅行をして…

S1

時計修理店「コスモス」店内

暗い中。声のみ聞こえて、なにも見えない。

オリーブ　ブレーキ、あなたいったいなにを考えてるの?

ブレーキ　犬や猫だって好きなところへ行く。だから

オリーブ　だから?

ブレーキ　お前も好きなところへ行かせてやりたいと思っているのさ。

オリーブ　…ブレーキ、あなたまさか　…?!

ゆっくりと明るくなる。この家の作りは以下の通り。上手にはタクミの仕事部屋があり、黒い机が仕事の主戦場。仕事中にも外が見えるよう、椅子に座った正面はガラス張りになっている。この部屋の手前に、この店の出入り口が。

部屋の中央には、稽古中の芝居の小道具として使用されている、椅子が二脚。

奥には、寝室、食堂等の出入り口があり、シンゴはその脇で、時折咳をしながら、二人の芝居を見ている。足元には彼のバッグが。彼の頭上、中央出入り口の上部には、直径一メートル近くはありそうな古い大時計が。

下手の壁には時計の写真が数枚（数十枚?）張られていて、その前には、通常は部屋の中央に置かれているであろう、テーブルと椅子が置かれている。ともに口髭をつけているふたりは、目下『東京物語』［注①］の稽古中である。ゆうきは、「オリーブ」と呼ばれるオカマ役、首にスカーフを巻いているこだまは、「ブレーキ」と呼ばれる革命家役。

五月半ばの夕方。以下、前の台詞に続けて。

ブレーキ　誰かがこんなことを言ってる。確かに革命は些細なことではない。しかし、些細なことから革命は始まる。

オリーブ　おバカなことは誰でも考えるわ。でも、おバカなことを実行したら、オーバカバカよ。

ブレーキ　「あらゆる革命家は大バカ者だ」これは俺の言葉だ。見ろ、おあつらえ向きに今夜は月も陰ってる。

オリーブ　コ、今夜?!

ブレーキ　思いたったが吉日。おまけに、今日は第三火曜日。一七八九年七月、パリの市民軍があのバスチーユの監獄を解放したのも確か第三火曜日だったはず。お日柄もよし。オリーブ、逃げるなら今夜だ。

オリーブ　でも、こんなところからいったいどうやって?

ブレーキ　建物は人間と同じだ。癖もあれば弱点もある。

オリーブ　アラ、それ。なにかの映画のセリフでしょ。

ブレーキ　そう、ヒントは映画だ。たとえば、ポール・ニューマン主演の『暴力脱獄』。

オリーブ　ブレーキ、落ち着いて。映画と現実は違うのよ。

ブレーキ　俺は現実を映画のようにしたくって組織に入った男だ。

オリーブ　でも、わたしがポール・ニューマンになれると思う?

ブレーキ　もしもお前が『俺たちに明日はない』のフェイ・ダナウェイだったら、きっとこの危険な賭けに、危険だからこそ乗って来るはずだ。オリーブ、俺を信じろ。

オリーブ　あなたを信じていないわけじゃないわ。でも……

ブレーキ　デモは口でするものじゃない。お前、母親に会いたいんだろ。昨日も言ってたじゃないか。一日も早く、いや、一秒でも早くここを出て、心臓が悪くて寝込んでるママのところに行って看病して（やりたいって）。

オリーブ　（被せる）そうよ、すぐにでも飛んで行きたいわ。でも……

ブレーキ　（被せる）デモは街頭でするもんだ。

オリーブ　ブレーキ、わたしは小学生の頃から「カメヨリ」って呼ばれてきたひとよ。

ブレーキ　?　カメヨリ?

オリーブ　なにをやらせても亀より遅いっていう意味。そんなわたしが脱獄なんて。
ブレーキ　オリーブ、『アラビアのロレンス』の中で、ピーター・オトゥールが言ってたこんな台詞、覚えてないか。「人間には計算や理屈を超えた能力がある」。
オリーブ　…ありがとう、ブレーキ。あなたの友情は忘れないわ。
ブレーキ　俺はひとりでも行く。その後《あと》、ひとり残されたお前が奴らからどんな目にあわされようと、俺は（知らんぞ）。
オリーブ　（被せる）覚悟してるわ。
ブレーキ　オリーブ！
オリーブ　あなたに迷惑はかけないわ。わたしのことなんか放っとけばいいのよ。どうせわたしは古いタイプのドジで間抜けで最低の女。
ブレーキ　…変わりたいとは思わないのか。
オリーブ　ウッ！（と、泣くのをこらえ）…考えてみるわ、ひとりになって。
ブレーキ　……楽しかったよ、ふたりで過ごしたここでの数ヶ月。『キャット・ピープル』『蘇るゾンビー女』ナチスの映画『大いなる愛』。毎夜毎夜、眠れぬ俺のために『千夜一夜』のシェヘラザードよろしく、お前はいろんな映画のストーリーを話してくれた。心残りがあるといえば、ヤスジロウ・オヅ監督の『東京物語』のストーリーを最後まで聞けなかったことだが…。しかし、もうこれ以上こんなところに留まってはいられない。仲間が俺を持ってる。
オリーブ　（男っぽい物言いで）またいつか会おう、ミセス・ペデカリス。今度会うときは二人とも風に運ばれる黄金の雲となって。
ブレーキ　『風とライオン』の主役、ショーン・コネリーの台詞だ。
オリーブ　あたりィ。
ブレーキ　じゃあ俺は、フェリーニの傑作、『道』でキ印と呼ばれる綱渡りの芸人が、頭のちょいと足りないジェルソミーナに言って聞かせた台詞を、別れの言葉としよう。…「どんなものでもなにかの役に立つんだ。たとえばこの小さな石だって役に立ってる。空の星だってそうだ。君もそうなんだ」

オリーブ　ブレーキ！（と、ブレーキの胸に飛び込む）

ブレーキ、オリーブを抱きとめた途端に、彼の腹部に膝頭を叩きこむ。

オリーブ　…ブ、ブレーキ?!　…（と呻きながら床に沈む）

ブレーキ　看守の奴らに言ってやれ。ブレーキは止めるわたしを振り捨てて人民の海の中へ飛び込んでいったとな。（と言って、店の出入口に消える）

オリーブ　ブレーキ、カム・バーーック！

シンゴ　おお！（と叫んで拍手する）

出入り口からこだま戻ってきて、ゆうきと一緒に「ありがとうございます」。

シンゴ　…いやあ、俺泣きそう。

ふたり　（再度）ありがとうございます。

シンゴ　懐かしい。まさかここに来て『東京物語』が見れるとは。

こだま　えっ、『東京物語』、ご存じなんですか？

シンゴ　やったんですよわたしも、昔々の学生時代に。

ゆうき　アラマ。どっちの役を（おやりになったんですか？）

シンゴ　（ゴホンと咳をし、女性風の物言いで）ありがとう、ブレーキ。あなたの友情は忘れないわ。

ゆうき　オリーブを？　ヤッター！

シンゴ　またそのおふたりの口髭が。

こだま　おかしいですか？

シンゴ　おかしいどころか、バッチグー。

こだま　ヤッター！　やっぱり見た目で、ふたりとも女性ではなく男性だってことをはっきりさせた方がいいんじゃないかと思って。

ゆうき　すみません、あそこはこうしたらいいんじゃないかとか、具体的なサジェスチョンをいただけると　…

シンゴ　演出家は？　いないの？

こだま　いたんですけど前々回の公演でやめちゃったんです。

ゆうき　逃げたのよね、仕事が忙しくなったからとか言って。劇団を立ちあげた時にはほとんど毎日稽古に来てたのに、二、三年後には週に三、四回の稽古にも一回来るか来ないかになって

こだま　わたし達の高校の演劇部の顧問で、卒業したら劇団を作ろうって呼びかけたのも彼だったんですけど。

ゆうき　結局、井上先生にとって演劇は趣味以上のなにものでもなかったのよ。

シンゴ　きみたちは？　趣味でやってるんじゃないんだ。

ゆうき　勿論です、ね。（と、こだまに）

シンゴ　じゃあ、きみたちにとって演劇とはなにか？

ゆうき　？　う〜ん。…生きていく支え？（と、こだまに）

こだま　えっ、そうなの？　わたしは役者で食べていけたらって思ってるんだけど。

ゆうき　そうだったそうだった。こだまちゃん、頑張ってちょんまげ。

シンゴ　ギャグが古い！

三人、笑う。
上手の出入口から、あずきが現れる。

あずき　アラ?!　もう五時半を過ぎたのにタっくん、まだ帰ってないの？

ゆうき　出かける時には、暗くなる前には帰るって言ってたんだけど。

あずき　どこへ行ったの？

ゆうき　東郷池。

あずき　またかい。なんでまたあんな遠くへ。（シンゴに）すみません、長いことお待たせしてしまって。何度か電話したんですけど全然出なくって。

シンゴ　いえいえ。水曜日はお店の休みの日だってことを知らずに来てしまった、わたしがいけないんですから。

あずき　でも、名古屋のご自宅には今日中にお帰りにならないと（いけないんでしょ）。

シンゴ　大丈夫です。先月、女房が亡くなって、娘もヨーロッパに行ったまま帰ってこないし、家でわたしを待ってるのはもうネコやネズミやノミ・シラミくらいしか……

あずき　あらまあ。それはそれは……。あのひと、晩ご飯は食べてくるのかしら。（と、ひとり言しながら中央の出入口に入ろうとするが、振り返ってゆうきに）もう時間だから部長、お店ヨロシコ。

ゆうき　わたしが部長?!　だったらもっと給料上げてよ。（と、怒鳴る）

あずき　ハイはーい。（と、笑いながら消える）

こだま　（シンゴに）すみません、わたしも六時前には店に入らなきゃいけないんで、芝居をもっと面白くするアドバイスを（下さい）。

ゆうき　よろしくお願いします。

シンゴ　いやあ。わたしは大学を卒業して以来、芝居はしてないし、この二十年ほど見てもいないからあまり偉そうなことは……

こだま　いいんです、感じられたことを遠慮なくおっしゃっていただければ。

ゆうき　ビシバシと。

シンゴ　（ゆうきの言葉に思わず笑い）……ええっと、どうしよう。…じゃあこれは、昔どこかで誰かが書いてたことの受け売りなんだけど。芝居のお客はね、見てるの。だから観る客、「観客」って書くんだ。もちろん、台詞を聴いてないわけじゃないよ、だけど人間は、外部の情報の七十パーセントを聴覚ではなく視覚から獲得してるらしいんだね、視覚優先が基本だから。例えば、舞台中央でAさんが長台詞を喋ってるその脇でBさんがちょろちょろ動いてたら、お客はAさんよりもBさんの方に気がいってしまって、Aさんの台詞の何割かは観客に届かないわけです。

こだま　ああ。

ゆうき　ハイハイ。

シンゴ　もちろん、相手が語ってる時にもうひとりは動いちゃいけないなんて、そんなことは言ってないんですよ。例えばいまのシーンで言えば、オリーブはブレーキの脱獄の誘いに凄く動揺してるわけでしょ。その動揺を椅子を使って、立ったり座ったりで表現するそのタイミング、立ち上がり方、座り方をどうしたらいいかを考えるとかね。

ゆうき　わたしは椅子を使わない方が？

シンゴ　いや、いいんじゃないですか。ふたりが競うように立ったり座ったりしながら話してたら、話の内容とは関係なくお客は笑ってしまうかも。

こだま　お客を笑わせるように動く？　出来るかな。

ゆうき　チャレンジだよ、チャレンジ。

シンゴ　要するに、小道具の使い方も重要だってことなんですよ。何故かと言うと、つまりお客に、役者だけでなく小道具の方にも関心を持たせれば、演じてる自分たちへの関心がその分薄くなって、そしたら、人前に立つ緊張感もその分ほぐれるじゃ（ないですか）。

シンゴは上手入口に現れたタクミに気づいて驚き、物言いが止まる。

ゆうき　あっ、おっちゃん、帰って来た。遅いなあ。

タクミ　だからって、別にきみたちに迷惑をかけたわけじゃ（ないだろ）。

ゆうき　心配してたんです、事故にでもあったんじゃないかって。こんな時間までどこでなにしてた（んですか）。

タクミ　出かけるときに話しただろ、東郷池に行くんだって。

ゆうき　だって、日が暮れる前には帰るって（言ってたでしょ）。

タクミ　松崎からの帰りの電車は朝の九時台を過ぎると、十五時過ぎまでないことを忘れてたんだよ。だから　…ああ、こんな話はどうでもいいんだ。いや、思ってもみなかったすごい光景を目の当たりにしてしまって。ちょっと見てみろよ、これ。（と、カメラを取り出し、ゆうきに写真を見せる）

ゆうき　ワッ、なにこれ！（と、カメラを奪い取り、更に写真を見ようとする）

タクミ　コブハクチョウの親子だよ。

ゆうき　コブハクチョウ？

タクミ　ほら、口ばしの付け根のひたい近くにこぶがあるだろ。だから、コブハクチョウっていうんだ。

ゆうき　（こだまに）見て見て。親鳥と毛がふわふわのひな鳥三羽が一緒に泳いでるの。（と、写真を見せるが）

こだま　ゆうき、わたしもう時間ないから。

ゆうき　ああ、そうだった、ごめん。（と言ってタクミにカメラを返し、シンゴに）今日は本当にありがとうございました。

こだま　わたし達、明日も稽古するんで、もし明日もこちらに来られるようでしたら。

シンゴ　明日もこちらで（稽古を）？

ゆうき　いえ、明日の稽古場は文化活動館の音楽室です。

こだま　わたし、駅前にある「かなり屋」って居酒屋で働いてるこだまっていいます。お時間あったら是非。さようなら。

シンゴ　お疲れ様でした。

ゆうき　（中央奥にむかって）アズ姉《ねえ》、タッくん、帰ったよお。（と叫び、こだまと一緒に足早に上手の出入口から去る）

シンゴ　…彼女は母親のこと、「アズねえ」と呼ぶんですねえ。

タクミ　あずきがそう呼ばせてるんですよ。そもそも彼女は「あずき」じゃなく、平和の「わ」に希望の「き」と書いて「かずき」っていうんだけど、子どもの頃からよく、「かずき」を「わ・き」と読み間違えられて、それがたまらなく嫌だったみたいで

シンゴ　だからあずき？　別にあんこの小豆が好きだからってわけじゃないんだ。

タクミ　いや、実はそうなんだよ。

シンゴ　ダッフンだあ。

タクミ　おい、おれはタッくんで「だっふん」じゃないんだよ。

ふたり、笑うが、シンゴはその後、二度三度咳をする。
あずき、中央の出入口から現れる。

あずき　（シンゴに）風邪ひいてらっしゃるんですか？
シンゴ　いえ、昔から笑うと何故か咳が無遠慮に。ゴホンゴホン（と、いかにもわざとらしく）
あずき　（笑って、タクミに）あっちとこっち、どっちにする？
タクミ　なにを？
あずき　お食事なさる場所でございますよ。
タクミ　ごめん。松崎の駅前でヒレカツ定食、食べて来たから。
あずき　あ、そう。（シンゴに）カレーライス作ったんですけど、お食べになります？　イカとエビを使ったシーフードカレー風なんですけど。
シンゴ　すみません。四、五年ほど前からわたし、朝と昼しか食事をしない極々小食野郎なんで。
あずき　アララあ。
タクミ　どうぞおひとりでたらふくお食べになって。
あずき　フン。（シンゴに）もうお話はお済みになったんですか？
シンゴ　いえ、それはまだ……
タクミ　？　わたしになにか？
あずき　時計修理のほかになにがあるのよ。
タクミ　おい。修理はとりあえずストップしたって言ってるだろ。
あずき　だってこちらさん、あなたが昔働いてた名古屋から、わざわざいらっしゃったのよ。
シンゴ　（カバンから目覚まし時計を取り出し）この目覚まし時計の修理をお願いしたいんですが。
タクミ　（受け取ってあちこち見て）……
シンゴ　二十年ほど前、仕事でイギリスにいた時に上司から頂いたものなんです。
タクミ　Jazの目覚ましですね。……五十年ものかなあ。
あずき　（それを見て）高そう！
シンゴ　五、六年前からまったく動かなくなったんで、修理してもらおうと名古屋の時計屋にあちこち持ってったンですけど、どこからも無理だ、

SNS?

出来ないって断られて。

あずき　十日ほど前にこちらさん、ツイッターで時計の修理は米子の「コスモス」が最高だって書かれていたのをご覧に（なって）

タクミ　（食い気味に）折角来ていただいたのに申し訳ないんですが、数年前から修理の仕事が急増して、だからご覧の通り、時計屋なのに時計の販売は去年の暮れに止めてしまったンです。それに、ここにきて視力の衰えが日に日に進行していて、お引き受けしてもモノによっては修理を完了させるのに一年以上かかってしまうこともあるんで、今年から修理の依頼はしばらくお断りすることに……。

シンゴ　仕上がりが三年かかっても、たとえ四、五年後になろうとわたしは全然かまいませんから。

あずき　お受け取りします。わたしが責任をもってお預かりいたしますので。

タクミ　おい。なんなんだ、お前は。

シンゴ　よろしくお願いします。（と、時計を差し出す）

あずき　どうも。（と言って受け取り、タクミに）二階のいつものあそこに置いておけば（いいんでしょ）。

タクミ　駄目だ、種類別の区分けがあるんだから。（と、時計を奪い取り）毎度毎度勝手なことを言いやがって、もう！（と言いながら中央の出入口に消える）

シンゴ　（あずきに）ありがとうございます。

あずき　商売商売。（と、笑って）…ご連絡先、教えていただけます？

シンゴ　？　こちらに来た時に確か名刺を…

あずき　ああ、そうだ。ごめんなさい。（と、ポケットから名刺を取り出し）名古屋市中区金山　安藤シンゴさん。電話番号もメアドもありますね。ありがとうございます。

シンゴ　いえ、お礼を言わなきゃいけないのはわたしの方で…

あずき　すみませんけど、そこのテーブルをこっちに戻していただけます？

シンゴ　合点承知の助。

あずき　なに？　それ。

ふたりは笑いながらテーブルを部屋の中央に運ぶ。

あずき　（椅子に座って）ああ、疲れた。あ、いえ、いまこれを運んで疲れたわけじゃないのよ。この前の通りを左に行くと商店街があるんですけど、うちはそこでブティックをやってるんです。娘のゆうきが小学校に入る前の年に始めたから、もう二十年。それからほぼほぼ休みなしで朝の十時から夜の八時まで。お客さんにはね、本当に服を売る気があるのかってくらいお店でお茶を出したり、お客の旦那の愚痴を聞いてあげたり、一日の大半をお客さんのサービスに費やして、それで常連さんを作って来たんですけど。でも、二、三年前あたりから一日の疲れ具合がひどくなってきて、週三日は娘のゆうきに店を任せてるんですけど、その分、タッくんのお世話の時間が増えてしまって。

シンゴ　ご苦労様です。

あずき　頼まれてるわけじゃないの。だけど、いつも「あれしてくれ、これしてくれ」って顔でわたしを見るから。

シンゴ　それで毎日こちらに来て彼のお世話を？

あずき　いくらなんでも毎日は……。ああ、すみませんけどちょっと腰のあたり、もみもみしていただけます？

シンゴ　もみもみ?!

あずき　虫にでも咬《か》まれたのかしら？　ちょっと痒《かゆ》いんです。

シンゴ　？　うまく出来るかどうか分かりませんけど。

（と、あずきに近づくが）

あずき　やめて。冗談よ、冗談。

シンゴ　な、なにゆえにそんなおふざけを?!

あずき　これぞ、見慣れぬお客に近づくわたしの裏技。

シンゴ　クーッ！

ふたり、笑う。

あずき　あなた、タッくんが昔働いてた、名古屋の「エリタージュ」ってお店に入ったことあります？

シンゴ　「エリタージュ」？　聞いたこともないですね、そんなこじゃれた名前の時計屋なんて。

あずき　時計屋じゃなくてフランス料理店なんですッ！

シンゴ　フレンチレストラン?!

あずき　彼はお父さんと一緒に働くのが嫌で、だから高校を卒業してからずっと神戸とか大阪とか、あちこちのフランス料理店で働いていて。わたしが二十歳《はたち》になった時に、大人になったお祝いをって電話してきて、いま話した「エリタージュ」に招待されたんだけど、その時出された香ばしいバタージンジャーソースでいただいた、「スズキのポワレ」がもう、まるで失神してしまいそうな美味しさで。

中央の出入口にタクミ、戻っている。ふたりはそれに気づかない。

あずき　（先に続けて）わたしとタッくんはいとこ同士で、歳が十《とう》も離れてるのに、子どもの頃から仲良しだったんだけど、その日を境《さかい》に自分でもびっくりするほど親シン密ミツになって、ほとんど毎日、夜の十時を過ぎると電話をかけたりかかってきたり、時々冗談めいて「結婚する？」なんて言ったり言われたりしてたんだけど……

シンゴ　？　結婚出来なかったということは、おふたりのどちらかに恋人が出来て？

あずき　そうじゃなくて、タッくんがちょっとした事件を起こしたんです。それで

タクミ　ちょっとした事件じゃないよ、小学生の女の子を誘拐したんだから。

シンゴ　（驚いて）オー、ガール　アブダクト?!

タクミ　京都の「サヴォア」って知る人ぞ知るフランス料理の名店から、うちに来ないか？　って誘いがあって。それで京都に出かけて、店のトップと面談して十分後にOKを出して、そのあと、まだ時間があったから近くにあった名画座に入って、映画を見終わって帰ろうと

あずき　したら、出口のところで女の子が、「さっき泣いてましたよね。どうして?」なんて声をかけてきたから
タクミ　おい。
あずき　(食い気味に)それからふたりで喫茶店に入って、
　(無視して)翌日、レンタカーで車を借りて、ふたりであちこち出かけて、最後に鳥取まで足を伸ばして、境港の「水木しげるロード」で警察に逮捕された(んです)。
タクミ　相変わらずよく喋るな、お前は。それも適当に。
あずき　適当?　どこがよ。
タクミ　逮捕されたのは水木ロードじゃなくて、あの子がフランス料理を食べたいって言うからネットで店を調べて、そこに向かって歩いてたら、もの凄い勢いで追いかけてきたパトカーに捕まったんだよ。
あずき　(シンゴに)ふたりがどうして京都から境港までわざわざ足を延ばしたのか、分かります?
シンゴ　(食い気味に)ス、すみません、わたし帰ります。今日中にやらなきゃいけないことを思い出したんで。
あずき　アララ。名古屋までの電車、まだあったかしら?
シンゴ　なければバスで。どうも長いことお邪魔しました。失礼します。(と、そそくさ出ていく)
あずき　(出口まで行って)安藤さん、お気をつけてエー。
　…どうしたんだろ、急に。なンか気に障ることでもあったのかしら。
タクミ　今のお前の話を聞いて、なんでこんな男に時計修理を依頼してしまったのかって、後悔したんだよ、きっと。
あずき　だって二十年以上も前の昔の話なのよ、刑務所に入って罪も償ったじゃない。なんで?
タクミ　知らないよ。彼に聞け、あいつに直接。
あずき　…ワッ、怒ってる。
タクミ　(時計を見て)七時チョイ過ぎか。いくらなんでも寝るのはまだ早いから…(と、座っていた椅子から立ち上がる)

あずき　さっきが初めてだよね、あの事件のこと、タっくんからじかに聞いたの。一時期、一週間くらいだったかな、テレビや新聞が連日とりあげてたけど、わたし、それを見るのが嫌だっていうより、なんか怖くて。だから、うちの店のお客がナンダカンダあの事件のことを話し出すとテレビをつけて、あの頃、毎日お昼にやってたタモリの『笑っていいとも!』なんか見て、そんなに面白くもないのにわたし、いつもゲラゲラ大声出して笑ってた。

タクミ　…あの時おれがあんなことをしたのは多分、二十世紀の最後の年だったからなんだ。二十一世紀になる前に、何年たっても永遠に記憶に残るような出来事に立ち会いたい、なんて思ってたんだよ、きっと。

あずき　だからって、女の子を誘拐してやろうなんて思ってなかったんでしょ。

タクミ　…あの時の彼女は小六だったから十一、二歳で、俺は三十半ばだったから殆ど親子の年齢差だったんだ。なのに俺もあの子も、何故か初対面とは思えないほど話がはずんで。近くの喫茶店に入って、あの時見た『ミツバチのささやき』って映画の感想を話し合ってて、気が付いたら八時を過ぎてたんだ。俺はビックリして、家まで送ろうかって言ったら、「うちは北海道なんだけど…」って言うからまたもっと驚いて。

あずき　エッ？　彼女は名古屋の小学生で、京都には修学旅行で来てたんでしょ。

タクミ　それは翌日、レンタカー借りて天橋立に行く途中に、彼女の自白で知ったんだけどね。

あずき　なによ、自白って。犯罪者は彼女じゃなくてタッくんでしょ。

タクミ　…犯罪者か。確かに俺はあの時、車を走らせながら、ノンストップで面白おかしい話を続ける彼女と、一分一秒でも長く一緒にいたいと思ってたんだけど、まさかこれが犯罪になるとは思ってなかったンだ。だって彼女はことあるごとに、嬉しい楽しい、これ夢じゃないよね、なんて言葉を、これでもかとばかり連発してたんだから。

あずき　ひょっとして、京都から遠く離れた境港まで行こうって言ったのも？

タクミ　彼女だよ、勿論。大好きな『ゲゲゲの鬼太郎』に会いたいからって。俺も十年くらい家に帰ってなかったから、ついでに米子まで足を延ばしてもって思ってたんだけど、……フフ。（と、笑う）

あずき　なにがおかしいの？　境港で警察に捕まったんでしょ。

タクミ　いや、到着前に彼女からの提案で、水木ロードに着いたら、彼女は猫娘だから「ニャン子」で、俺は鬼太郎だから「キタさん」って呼びあうことになったんだ。

あずき　そんなこと、二十年以上も経ってるのにまあだ覚えてるんだ。

タクミ　悪かったたな。

あずき　キタさん。念のため、お聞きしますけど。

タクミ　なにを？

あずき　まさか彼女とエッチなことは（してないよね）。

タクミ　バカなこと言うな。彼女は小学生だったんだぞ。

あずき　キッスも？

タクミ　するわけないだろ！

あずき　でも、わたしが小三でタッくんが高三の時、

タクミ　？　俺がおまえにナ、なにしたんだよ。

あずき　誕生日おめでとうって、わたしのこっちの頬にキスした（でしょ）。

タクミ　アレは、アレはお前が、お前の方から迫ってきたんじゃないか。だからしょうがなく

：

あずき　ウフッ。覚えてくれてたのね。

タクミ　言われたから思い出したんだよ。

あずき　おありがとうございます。

タクミ　ほんと疲れるよ、お前とふたりでいると。

あずき　フフフ。さてと。用は済んだし、そろそろ帰りますか。（と、椅子から立ち上がる）

タクミ　雲ふたつ、合はむとしてはまた遠く、分れて消えぬ春の青ぞら［注②］

あずき　？　はあ？

タクミ　昨夜おそく街を歩いていると、向こうから青く光ったものが尾を曳いてやってくるのさ。

あずき　なに、それ。

タクミ　よく見るとホーキ星なんだよ。

あずき　ホーキ星？

タクミ　ところがそのホーキ星がぼくにタバコを一本くれたんだ、タバコをね。で、ぼくはマッチを擦ったが、いくらつけてもだめなんだ。よく調べてみると、タバコは石筆《せきひつ》なんだよ。

あずき　セキヒツ？

タクミ　石の筆のこと。こりゃ一杯くわされたと思ってふり向くと、ちょうど街かどでこちらを見ていたホーキ星の奴が、

あずき　ホーキ星のヤツ?!

タクミ　ぼくがうしろを振り返ったのと同時に、あわててそこに転がっていたビール瓶の中へかくれたのがチラっと見えたのさ。これは面白いと思って、僕はそーと近づいて、そしてかたくコルクをつめて持って帰ってきたんだ。（手に瓶を持った風を見せ）これがそれだよ。このびんの中にはホーキ星が入ってるんだ。

［注③］

あずき　（それを両手のひらで受け取り？）ほんとだ、ほうきみたいな星ィ。（と言って、ほうき星？　で頬をくすぐり）ああ、気持ちいい。

タクミ　（笑って）馬鹿か、おまえは。

あずき　いまの話はどこで仕入れたの？

タクミ　明日の昼は俺、今日お前が作ったカレーを食べるから来なくていいよ。

あずき　もう！　また質問に答えない。

タクミ　今朝、東郷池に行く電車の中で読んだ稲垣足穂の小説だよ。

あずき　了解。おやすみなさ～い。（と言って、出ていこうとする）

タクミ　さっきも言っただろ、俺はまだ寝ないって。

あずき　ハイハイ。頑張ってちゃぶ台。（と言って、出ていく）

タクミ　（フフフと笑って）…それにしても、よく思いついたよな、俺がキタさんで、彼女がニャン子なんて。…ああ　…（と、溜息ではなく感嘆

でもなく)

ゆっくりと暗くなる。が、十数秒後。店内がうっすらと明るくなり、上手の出入口にシンゴが立っていて、時計修理を始めたタクミを見ている。タクミはそれに気づかず、コツコツ仕事を。十数秒後。再度、ゆっくりと暗くなる。

S2 時計修理店「コスモス」店内

(夜の九時過ぎ)

シンゴがテーブル脇の椅子に座って、ノートを開いて読んでいる。

少し間。中央出入口の方に顔を向け、そして、ノートを閉じてテーブルに置く。

タクミが中央の出入口から、シンゴの時計を手に現れる。

シンゴ (立ち上がって)どうも。

タクミ わざわざ遠くから来ていただいたのに、ご希望にそえず申し訳ない。(と、時計を差し出す)

シンゴ (それを受け取り)いやあ、さきほどもお話ししたように、これを返していただくためにお邪魔したわけじゃないんですが。……あずきさんはもう？

タクミ　二時間ほど前に帰ったんだけど、あいつになにか？

シンゴ　いいえ、わたしが再度こうしてこちらにお伺いしたのは、タクミさんとおふたりだけで、じっくりお話が出来ればと思ったからなんです。

タクミ　てことは、ひょっとして時計修理とは関係なく？

シンゴ　修理をしていただければありがたいのですが、とりあえず、それはまあ二の次三の次の話で。実はわたし、こういうものなんです。（と、名刺を取り出し、タクミに差し出す）

タクミ　（受け取って読む）国家情報部・分局　釜石拓郎。カマイシタクロウ？　お宅、安藤というんじゃ（なかった？）

シンゴ　釜石拓郎は上司に命名された仮の名前で。

タクミ　どうして本名を隠さなきゃいけないんですか。

シンゴ　公にされたら困るからです、国家情報部の一員であることを。

タクミ　（再度、名刺を見て）コッカジョウホウブ。……見たこともなければ聞いたこともないな。

シンゴ　秘密組織なんです、現政府の。

タクミ　分からん。そんな公にされたら困る秘密組織の話を、よりによってどうしてこの俺に？

シンゴ　ズバリ、あなたにご協力をお願いしたいことがあるからです。

タクミ　（食い気味に）無理だよ。いったいなにを頼もうとしてるのか分からんが、さっきも話したように、わたしは時計修理に日々忙殺されてるんだ。そんな手間暇かかりそうな仕事が（出来るわけないだろ）

シンゴ　（被せて）おっしゃってることはよく分かりますが、とりあえずわたしの話を聞いていただいて。

タクミ　いったいどういう組織なんだ、この国家情報部というのは。

シンゴ　それについてはおいおい。いずれにせよ、誰にも出来ないが、おそらくあなたなら出来るはずだと思ってわたしはこちらに。

タクミ　…じゃ、一応聞くだけ聞いて　…

シンゴ　ありがとうございます。（と、脇に置いたノートを開き）とりあえず、お願いしたい仕事の話の前に、二、三、お伺いしたいことがあるんですが、よろしいですか？

タクミ　手短によろしく。

シンゴ　合点承知の助。

タクミ　な、なんだ、それ。

シンゴ　すみません、わたしの好きなwordsで。（と言って笑い）…では。さきほどあずきさんとお話されてた、少女誘拐の件についてなんですが。

タクミ　その話と俺に頼もうとしてる仕事と、なにか関係があるのか。

シンゴ　以前のあなたがどういう方で、今のあなたとどこがどう違うのか、それを確認させていただきたいのです。

タクミ　（首をひねって）…

シンゴ　その少女とふたりで名古屋のホテルにお泊りになったんですよね。借りたのは一部屋だったんですか、それとも？

タクミ　それは　…、初めての部屋にひとりで寝るのは怖いって彼女が言うから、それで

シンゴ　ということは、ふたりはひとつのベッドで？

タクミ　（食い気味に）ベッドが二台ある部屋を借りたんだ。知り合ったばかりの小六女子と抱き合って寝るなんて、そんな馬鹿なことするはずないだろ。

シンゴ　マル。（と言って、ノートの開いたページに○を書く）

タクミ　どうしてそんな昔の話を掘り返したいんだ。

シンゴ　あなたの過去の動向、人柄、好き嫌い等々の確認をさせていただきたいんで。

タクミ　だったらアウトだろ、俺は。懲役三年の刑を食らうような犯罪をやらかしたンだから。

シンゴ　でも、実際は二年半で出所されたんでしょ、仮釈で。

タクミ　な、なんでそんなことを（知ってンだ）

シンゴ　いやいや、この件に関してはアレコレ調べさせていただいたので。

タクミ　…いったい何者なんだ、お前さんは。

シンゴ　いま現在は、佐藤シンゴではなく釜石（拓郎と）

タクミ　名前を聞いてるんじゃないんだよ！

シンゴ　（笑って、そして咳をして）…失礼。それで、こちらへ戻ってこられたのは出所後すぐに？

タクミ　（食い気味に）半年後だったかな、戻って来たのは。出所してすぐに、名古屋の店の同僚が東京で店をやってると聞いて、働かせてくれと頼みに行ったんだけど、ケンモホロロに断られて。しょうがないから、その店近くのパチンコ屋で半年ばかりバイトしてたらおふくろから、親父が癌にかかって仕事がしんどくなってるから家に帰って手伝ってくれって電話がきて、それで　…

シンゴ　親父さんは癌で？

タクミ　亡くなって十二年になるのかな、今年で。

シンゴ　ありがとうございます、結構なお話を聞かせて頂いて、〇。（と、ノートに書く）

タクミ　結構な話？

シンゴ　うちのオヤジも癌で亡くなったんです。

タクミ　ほう。

シンゴ　相見互いで。

タクミ　久しぶりだな、ここで見知らぬ御仁と仕事以外のこんな話をするのは。酒でも飲むか。（と、立ち上がる）

シンゴ　座って下さい、まだ話の途中なんです。（と、語気強く）

タクミ　…えらそうに。（と、言って座る）

シンゴ　もう一点、お尋ねします。境港で逮捕された後、一緒に旅した女子とお会いになったことは？

タクミ　ないな。彼女の母親とは何度か、刑務所に面会に来てくれたんで会ってるんだけど、彼女とは一度も。

シンゴ　やっぱり。

タクミ　なんだ？　やっぱりって。

シンゴ　どうして彼女は母親と一緒に面会に行かなかったンですかね。

タクミ　さあ。母親は何度か一緒に行こうって彼女を誘ったらしいんだが、黙って首を横に振って、理由を聞いても「知らない」と言って部屋から出てったらしい。

シンゴ　…どうしてだろう？

タクミ　忌まわしい記憶を消したかったんだよ、きっと。

シンゴ　（食い気味に）そんなはずないでしょ。だって彼女はあなたとふたりでいるのが楽しくて、だから延々境港まで（足を延ばした）

タクミ　もういいだろ、こんな昔の話は。俺に頼みごとがあるんならそれをさっさと。イソガシイんだよ、俺は。

シンゴ　分かりました。では、簡潔に申し上げます。（おもむろにゴホンと咳をして）異星人せん滅のご協力をお願いしたいんです。

タクミ　？　イセイジン・せん滅?!

シンゴ　某国立大学病院からの依頼がありまして。HNYという、これまで使われてきた薬よりも圧倒的な効果を発揮する、画期的な麻酔薬を二年前に作ったらしいんですが、動物実験での成功率は未だに十パーセントにも満たないので、病人に使用するにはあまりに危険度が高すぎる、実用化を早めるためにはもう人体実験をするしかない、ということで（と、時々、開いたノートを見ながら）

タクミ　だからその、なんとかって薬を異星人に使って？

シンゴ　誤解のないように。これは異星人のせん滅が目的ではなく、その薬の人体実験の対象が、通常の人間ではなく異星人であれば、運悪く半身不随になったり、たとえ殺してしまっても、罪には問われませんから。

タクミ　（食い気味に）殺しても罪にならない？　何故だあぁぁ！

シンゴ　国家情報部の見解では、異星人は熊、虎、ライオン等の肉食動物と同等らしいんです。それにまあ、異星人は国の法律の外を生きているわけですから。

タクミ　？　分からん。熊やライオンなら見れば分かる。しかし、異星人は。幸か不幸か、俺は

シンゴ　今まで映像以外で見たこともないし。

タクミ　確かに。異星人の見分けは難しいと言えば難しいんですが、簡単と言えば実に簡単で。年齢・男女を問わず、異星人の首のここらあたりには（と、首の後ろ中央辺りを指で指し示し）、直径三ミリ前後の、赤や青やいろんな色の星が刻まれているんです。（と、時々、開いたノートを見ながら）

シンゴ　首筋に色付きの星?!

タクミ　（笑いながら）ありがたいことに、綺麗な色付きのイボやホクロが首の後ろに付いてる人間はまあ、おりませんからね。

シンゴ　…とりあえず、異星人の見分け方は分かったことに（しよう）。

タクミ　ありがとうございます。因みに、HNYという薬の名前は、どういう意味だか分かりますか？

シンゴ　アイ・ドント・ノー！

タクミ　Hはハッピー、Nはニュー、Yはイヤー。ハッピー・ニュー・イヤーだから、明けましておめでとうございますって意味なんですよ。（と、言ってまた笑う）

シンゴ　（憮然として）…

タクミ　誤解なさらないで下さい。イセイジンとは、（以下、指で机に書きながら）異なる・SEXの・人・という意味では（なくて）。

シンゴ　分かった。分かったからもう帰ってくれ。

タクミ　（笑いながら）すみません、また下らない冗談を（言ってしまって）。

シンゴ　お前みたいなおフザケ野郎に付き合ってる暇なんかはないんだ、俺には！

タクミ　いやあ、あなたとお話ししているとついつい冗談を繰り出したくなって（しまって）

シンゴ　黙れッ！

タクミ　！

シンゴ　俺は高校の時、一年だけだがボクシング部にいたんだ。十秒以内にここから出ていかないと、…殴るゾ。（と、構える）

タクミ　ま、ま、待ってください。（と、慌てて机の上にカバンを置き、中から薬瓶と針を取り出して）この薬瓶に針を差し入れて薬に浸し、異星人の首筋の星をちくりと（刺すんです）。

タクミ　…（黙ったまま、右手をシンゴに差し出す）

シンゴ、薬をつけた針をタクミの手のひらに刺そうとする。

タクミ　（慌てて手を引っ込めて）な、なにするんだ！（と、立ち上がり）

シンゴ　エッ？　とりあえず実験してみようと思われたのでは？

タクミ　バカ言うな。視力減退で目の近くまで寄せないと、それがどういうものだか分からないいんだよ。だから

シンゴ　ごめんなさい。（と、薬瓶、針を机のタクミ側に置き）どうぞ、ご確認を。

タクミ、薬瓶と針を手に取り、匂いをかいだり目の近くに寄せてそれを見る。

シンゴ　それは刺されても痛くない、特殊な針なんです。首筋に刺したときに「痛〜い！」なんて悲鳴を上げられたら、とんでもない騒ぎになりかねませんからね。

タクミ　…一体どれだけ頂けるんだ。

シンゴ　？　ハア？

タクミ　これを使って異星人をこの世からあの世に送ったらだよ。

シンゴ　とりあえず、今はひとり消したら五十万となっておりますが。

タクミ　百人やったら五千万！　出来るわけないだろ。

シンゴ　（笑って）…これはあくまで推定の数字ですが、いま現在の異星人の数は、地球の全人口の〇・五パーセントだと言われています。

タクミ　ということは、…千人いるうちの五人は異星人ということに。ということはあなたもわたしも、これまで少なくとも異星人の十人や二十人には会ってるはずなんです。

タクミ　信じられん。だって、首筋に色付きのホクロがある御仁なんてこれまで一度も見たことな

いし。

シンゴ　それはそうですよ。通りすがりの他人はもちろん、親しい友人知人、こちらの店に来たお客の首筋だって、じっくりジロジロ見たことなんてありますか？

タクミ　ない。時計の部品はどれも非常に細かくて、一番小さなネジは〇・五ミリ以下。そんなの使って月二回の休み以外は毎日、目を酷使しながら時計修理の仕事をしてる。だから、仕事に関係のないヒトもモノも、店に来たお客の顔だってほとんど見ないで、声だけ聞いて注文を受けてるんだ。

シンゴ　ああ、だからお休みの今日は、朝早くから遠くのなんとかって池に行かれて……

タクミ　しかし、なんで俺みたいな男にそんな仕事を……？

シンゴ　ズバリ、あなたはこの世のものとは思えない、〈尋常ならざる指先〉の持ち主だからです。

タクミ　尋常ならざる指先？　どこがだ?!（と、両手指をシンゴの目の前に差し出し）

シンゴ　わたしがそう感じたのは、あなたのお仕事ぶりを見てしまったからです。あなたの存在は、あずきさんもお話しされてたツイッターで知って、そんな時計修理の名人なら指先の器用さは尋常ではないはずだから、「異星人せん滅」が出来るかも？　と思って、それでこちらにお邪魔したんですが、せっかく米子まで足を運んだのにあなたのお仕事ぶりを拝見することが出来ず、「まあ、いいか」と一度は諦めて帰ることにしたものの、もしかしたらお仕事されてるかも？　と思ってこうして再度のお邪魔をしたのですが、あそこの入口でほんの数秒、あなたのお仕事ぶりを目の当たりしていやあ驚いたのなんの。指先はほとんど微動だにしていないのに、その指先の針は実に微細に動いていてほとんど神業！　こりゃなにがなんでも、と思ってこうして……

タクミ　フン。お世辞だと分かってても、そこまで褒めちぎってくれたら嬉しいよ。これまでも多くのお客から電話や手紙で感謝の言葉をもらったが、しかし、今まで一度も聞いたことはなかったよ、今のお前さんの「神業」なんて言葉は……

シンゴ　亡くなられた親父さんからも？

タクミ　あるわけないよ、褒められたことなんて一度も。修理が終わった時計を手渡すと親父はいつも黙って受け取って、必ず小一時間はそれを見て、「……まあ、いいか」とため息まじりにつぶやいて俺に返すんだ。その度に俺は腹が立って腹が立って。だから、いつここから出ようかって毎日そんなことを考えてたんだ。

シンゴ　親子喧嘩をされたことは？

タクミ　一度もない。親父と一緒に働いてた時には殆ど休みはなかったが、毎日二時間ほど仕事をしたら、必ず交代でここを出てたからな。親父は二十分ほど歩いて米子城跡に行って、押し寄せる波やカモメが飛び交うのを見て疲れ目を休ませ、親父が帰ってきたら代わりに俺がここを出て、

シンゴ　どちらに？

タクミ　いつもパチンコ屋に行ってたんだ。

シンゴ　この野郎！（と言って立ち上がる）

タクミ　ごめんチャイ。

二人、競うように笑う。が、シンゴは途中でかなり激しく咳をする。

タクミ　おい、大丈夫か。

シンゴ　ああ……。すみません。ちょっとトイレを貸していただけますか。

タクミ　こっちだ。（と、中央出入口を差し、歩き出す）

シンゴ　えっ？　まさかわたしと一緒にトイレに入って……

タクミ　抱き合うのか？　バカ野郎！　酒を取りに行くんだよ。

シンゴ　冗談だったのに。また怒られちゃった。

タクミの後を付いて行くシンゴ。部屋には誰もい

なくなる。

少し間。シンゴが小走りで戻って来て、カバンに手を入れ、中からアレコレ取り出し、やっと目的の抗がん剤を見つけ出す。

シンゴ ああ、あった、よかったあ。（と言って、トイレに戻ろうとすると）

「こんばんは」と言って、出入口からこだまが現れる。

シンゴ あっ。ええっと、きみは確か『東京物語』のブレーキ役をやってた …

こだま そうです。改めまして。わたし、大玉こだまといいます。

シンゴ おおたま・こだま？ まるで漫才コンビの（名前だ）。

こだま 芸名です。ほんとの苗字は安達なんですけど。まだこちらにいらっしゃったんですか？

シンゴ ここのご主人にお願い事があって、それで … （咳をして） …ごめん、ちょっと急いでるんで … （と、急いで中央出入口に消え）タクミさん、こだまさんが来られてますよ〜。

こだま ……ああ、どうしたらいいンだろ。生きるべきか死ぬべきか …。（と、椅子に座り、机に置かれたシンゴのノートを開き、読む） …私たちヒトの場合は、非常に複雑な有機体なので、死ぬときはかなり劇的である。ウイルスの生活サイクルが、階段を一段上がったり下ったりを繰り返している状態だとすれば、私たちの死は四階から飛び降りるようなものだ。だから、死ぬことが大問題になるのだろう。おそらく、私たちは複雑に … ［注④］

タクミ、ビール、カップ、酒の肴等を持って現れる。こだま、それに気づき、慌ててノートを閉じて机に置く。

こだま （立ち上がって）今晩は。

タクミ おお。まだ九時を少し過ぎたばかりなのに。

店は？　もう閉店したのか？

こだま　辞めたんです、わたし。

タクミ　店を辞めた？

こだま　店長がうるさいのはいつものことなんですけど、今日はとりわけ、「なんでまた首にそんなもの巻いてるんだ、なんべん言わせるんだ。外せ、捨てろ！」って大声で怒鳴られたんで、わたしもうアタマに来て、「だったらやめてやるよ！」ってお客にも聞こえるくらいの大声で怒鳴り返して、店から飛び出してきたんです。

タクミ　それはそれは。お疲れさんでした。（と、笑う）

こだま　そんなに面白いですか？

タクミ　ああ、いや、ごめん。

こだま　…

タクミ　しかし、なんでここへ？　まさかうちで働かせてくれって言いに来たんじゃないよな。

こだま　えっ、そう言ったら働かせてもらえるんですか？

タクミ　残念だが、今は俺ひとりでやってた方が仕事ははかどるからな。

こだま　…はあ　…（と、ため息をつく）

タクミ　酒でも飲むか？

こだま　いただきます。

タクミ　お安いワインだけど　…（と、ふたつのコップにワインをつぎ、そのひとつをこだまに）

こだま　ありがとうございます。

タクミ　（飲んで）…なにかお悩み事でも？

こだま　タクミさんにはお子さん、いないンですよね。

タクミ　幸か不幸か、結婚もしてないからな。

こだま　結婚はしなくても、子どもが欲しいと思ったことは？

タクミ　う〜ん。この年になると、きみみたいな子どもがひとりふたりいたら、日々の生活も今より楽しくなるかも？　なんて思ったりもするけど　…。

こだま　わたし、妊娠したみたいなんです。（と言って、ワインを飲む）

タクミ　？　はあ？

こだま　十日くらい前から、なにも食べてないのに吐き気がしたり、逆に、なにか食べていないと気持ち悪くなったりするんで、「これ、どういうこと?」と思ってスマホで調べたら、どうも妊娠初期症状みたいで。

タクミ　いやあ、また思わぬ話が……

こだま　産婦人科に行って中絶すれば、七月の公演に支障はなくなるはずなんですけど、でも……

タクミ　相手の男に相談は?

こだま　してません。するつもりもないし……

タクミ　ど、どうして?

こだま　だってこのこと話して、結婚しようなんて言われたらウザイじゃないですか。

タクミ　当たらずと雖《いえど》も遠からずだが。だけど、産みたいんだ。

こだま　いえ、子どもが出来たらしばらく芝居が出来なくなるし、そもそも子どもが欲しいなんて、少なくとも今は思ってもいないから……

タクミ　じゃあ、とりあえずオヤジさんにでも(話してみたら?)

こだま　(被せて)無理ですよ。父にこんなこと話したら、結婚しろって言うに決まってるから。

タクミ　……う〜ん。

こだま　モー! どうしたらいいのオー! (と、声を張り上げ、首に巻いたスカーフをクリクリ回す)

タクミ　?! ……ま、まさか、彼女は異星人……?! (と、つぶやく)

こだま　イセイジン? なんの話ですか?

タクミ　ああ、いや。(と言って慌てて酒を飲み)……どうしたのかな、シンちゃんは。(と、席を立ち)ちょっとあいつ見てくる。(と言って、中央出入口に消える)

こだま、立ち上がって、部屋の中を歩き回り……

こだま　(いきなりブレーキの台詞を語りだす)オリーブ、風にはなびけ。さもないと折れるぞ。お前が折れたらお前のママも必ず折れる。病人にとって、なによりの薬は明日《あした》という字を希望という字に変えてやることさ。もちろん、お前が脱獄したということを聞いて、おまえのママは心配しているに違いない。でも、まさにお前の言う通り、出たということはいつか会えるかもしれないということだ。

上手の入口にゆうきが現れるが、こだまはそれに気づかない。

こだま　それを頼りに、お前のママは必ず頑張る。絶対に死なない。おまえが権力の手に落ちない限りはな。

ゆうき　ありがとう、ブレーキ！

こだま　！　なによ。あんた来てたの？

ゆうき　只今到着。おっちゃんは？

こだま　いるよ、もちろん。ああ、ビックリした。

ゆうき　なに？　もう閉店したの、「かなり屋」さん。

こだま　ううん、今日は早引きしたの、な〜んか疲れちゃって。

ゆうき　そうか。だったらあんたも一緒に行く？

こだま　どこへ？

ゆうき　米子城跡に出かけて星空を見るの。どう？　ふたりで行こうって言ってるんじゃないのよ。そもそもこれを提案したのはうちのアズ姉で、ここのおっちゃんも誘おうって言うから呼びに（来たのよ）

タクミ　（戻ってきて）オッ、プラスワンになってる。

ゆうき　今晩は。おっちゃん、今日はお休みだから時間はたっぷりあるんですよね。

タクミ　なくはないけど、きみたちの芝居の稽古に付き合う暇は

ゆうき　違いますよ。

こだま　これから一緒に米子城跡に星を見に行こうって。

ゆうき　アズ姉曰く、空気が澄んでいて天気が良くて雲が少なく、月明かりも少ない今夜に、米子城跡に行かなければ一生後悔することになるんだって。

シンゴも戻ってくる。

ゆうき　あっ、先生も！

シンゴ　（驚いて）ひょっとして「先生」というのは…？

タクミ　あんただよ、あんた。

シンゴ　いやあ、どうしましょ。ありがたいやら恥ずかしいやらで　…（と言って、また咳をする）

タクミ　（ゆうきとこだまに）こいつ、トイレに入ってなかなか戻ってこないし、何度も咳をしてるから、なにかあったんじゃないかと思ってトイレのドアごしに、大丈夫か？　って聞いたら

シンゴ　そうなんですよ。何度トイレの水を流してもウンコが流れず居座って。こんなンですよ、こんなに大きなもんだから　…（と、ありえないウンコの大きさを両手で示す）

皆、「嘘だあ」などと言いながら、笑う笑う。まるでそれを待ってたかのように、食べ物、飲酒等を入れたバッグを手に、あずきが登場。

あずき　お待たせしましたあ。アララ、名古屋の安藤さんがいておたまちゃんもいて。そうか、一緒に米子城跡に行って星を見ようって、タックんが声をかけてくれたんだ。

タクミ　そんな訳ねえだろ。

あずき　いいのいいの。さあ、早く行きましょ、いいわよお。山に登って足元を見下ろせば一面に広がる米子の夜景、空を見上げればそこには星空が広がっていて。そんなの見ながら食べたり飲んだり、唄なんか歌って騒いだりしたら、嫌なことなんかみ〜んな忘れてしまうから。さあ、行きましょ、早く。

タクミ　分かった、行くよ。だけどこちらさん（シンゴ）と、早く詰めておきたい話があるんで。だから後で行く、必ず行くから。

あずき　了解デ〜ス。じゃ、わたしたち先に行って場所をとっとくから。さあ、急いで急いで。（と、ゆうきとこだまを急き立て、出ていく）

少し間。

シンゴ　わたしになにかお話が？
タクミ　今の今まで気がつかなかったんだが、いたんだよ、ごくごく身近に異星人が。
シンゴ　えっ、異星人が?!　いったいどこに？
タクミ　さっきまでここにいただろ。
シンゴ　ええっ？
タクミ　首にスカーフを巻いた可愛い女子が。
シンゴ　おおたまこだまさんだ。
タクミ　どうする？　彼女はさっき俺の目の前で、スカーフで首をゴシゴシこすって見せたんだ。きっと首の後ろにイボかホクロがあるんだよ。
シンゴ　なんと彼女は異星人?!
タクミ　だから、例の仕事を俺にやってほしければまず、どうやればいいのか、あんたにやって見せてほしいんだ、俺の目の前で。
シンゴ　わたしが彼女の首に?!　いやあ、そ、それは……
タクミ　彼女はいま思いもよらない悩み事を抱えてるんだ。やってみて彼女が異星人でなければ、画期的な麻酔薬を刺されたら心地よい眠りに誘われるという幸運にひたれることになるわけだろ。
シンゴ　う〜ん。分かりました、やってみましょう。異星人でなければ彼女はもっと芝居がうまくなるかもしれないし。
タクミ　よし。じゃ、俺たちも行くか、米子城跡に。
シンゴ　すみません、ちょちょっと待っててもらえますか。
タクミ　まさかまた?!
シンゴ　そうです、トト・トイレに。
タクミ・シンゴ　（声をそろえて）ダッフンだあ！

ふたり、笑う笑う。

暗くなる。

S3

時計修理店「コスモス」店内

前シーンの約二ヶ月後の夕方。部屋中央のやや左側に机と椅子二脚。
その脇でゆうきがひとり、体操をしながらオリーブの台詞を語り出す。

ゆうき　…ここは山に囲まれた海辺の温泉だ。文句あっか？　文句あるんだ、俺は。昼間はふたり、「静かな海じゃのう」「ええ気持ちですなあ」なんてニコニコしながらのんびりお茶なんか飲んでたンだけンどよ、それがてめえ、夜になってさあ寝ようって床についても、他の泊り客たちがうるせえのうるさくねえの、若い奴らがバカ騒ぎしてやがるから眠れやしねえんだ。バカヤロー！　年寄りをいったいなんだと思ってンだ。可哀そうに、ふたりは寝不足で疲れ切っちまって、翌朝、「もう田舎に帰ろうか」、なんて情けねぇ気持ちになっちまうんだ。ここでちょっとした事件が（起きるんだが）

電話が鳴る。

ゆうき　（ポケットからスマホを取り出し）もしもし。どうも、ゆうきです。えっ、今度の公演には来ていただけるんですか？　日曜の回・三枚を先生のお名前で。ありがとうございます。そうです。劇場はこれまでと同じ駅前商店街にあるライブハウスの「ネイビーブルー」で…。あ、いえ、来週ではなく今週なんですけど。今週の金・土・日で、金土は十四時と十八時の回があって、

トイレの水洗の音が流れ、中央出入り口からこだまが現れる。以前と変わらず首にスカーフを巻い

ている。

ゆうき　（前に続けて）日曜は十四時の回のみなんで全五ステージなんですけど、出来ればまだ予約が少ない土曜の夜の回に来ていただけると…、そうですね、同伴される生徒さんに確認していただいて。はい、お待ちしています。失礼します。（と、電話を切る）

こだま　今の電話、ひょっとして

ゆうき　そう、井上先生。公演は来週だと思ってたみたいで　…

こだま　（大きな声で）あ〜〜。

ゆうき　なに？　まだ体調よくないの？

こだま　違うよ、今のは発声の練習。おかげさまで体調は万全。もう出血しないし生理もきてるから。

ゆうき　よかったあ。そうだよね、今月に入って稽古で会うごとに顔色もよくなってるし、背骨もピンピン伸びてるし。

こだま　本番まであと三日か。緊張するなあ。今回は三年ぶりにまゆみさんも来るって言うし。

ゆうき　まゆみさんって、えっ、おかあさん来るの？

こだま　そう、はるばる大阪から。メールで、今回はわたし達ふたりとも男役をやる芝居だって伝えたら、面白そうだから行くよって、昨日返信が来たの。

ゆうき　いつ来るの？　お母上。

こだま　オヤジは初日に来るって言ったら、じゃ、わたしは楽日に行くって。

ゆうき　アララ。どうなるんだろ？

こだま　なにが？

ゆうき　オタクの親父さん、打ち上げには毎回欠かさず参加するじゃない。もしも母上が打ち上げに出たいなんて言ったら　…

こだま　そうね。久しぶりに殴り合いの大喧嘩が始まったりして？

ふたり　（声を合わせて）ヤッタあ！（と言って笑う）

店の出入口からあずきが、ふたりの衣裳を持って現れる。

あずき　ああ、疲れた疲れた。

こだま　お疲れ様です。

ゆうき　（食い気味に）遅いよ。今日の通し稽古は五時半に始めて二回やる予定なのよ。

あずき　だから、五時前には来るつもりだったのよ。だけど、例のシゲちゃんが三十分ほど前に店にまた来て、いつもの調子で亭主の悪口をなんだかんだ話し出すから、もう。

ゆうき　ご苦労さまでした。

あずき　はい。こっちがおタマちゃんで、こっちがゆうきの衣裳。

　　ふたり、手渡された衣裳を受け取って自分の体にあてる。
　　ゆうきの衣裳は半袖シャツに半ズボン、こだまの衣裳は襟付き・長袖のシャツに長ズボン。

あずき　どう？　いいでしょ。それぞれそこそこのお値段だけど、おふたりとも三千円ぽっきりにまけとくから。

こだま　（ゆうきに）三千円?!

ゆうき　大丈夫大丈夫。公演の入場料は三千円で、こちらさんは初日と楽日と二度見に来るから差し引きゼロになるでしょ。

あずき　大当たりィ。（と言って笑い）……タッくんは？　どっか遊びに行ってるの？

ゆうき　お葬式に。ここの常連だったひとが交通事故で亡くなったんだって。

あずき　誰だろ？

ゆうき　大山町のひとで、名前がおっちゃんと同じ「タクミ」だったから、それで親しくなったんだって。

あずき　ああ、あの、髭ぼうぼうなのに頭はツルツルだったひとだ。

ゆうき　ひどいなあ、亡くなったひとをそんな言い方して……

あずき　（食い気味に）南無阿弥陀仏南無阿弥陀仏（と、両手を合わせてお念仏）。はい。ちょっとその衣裳を着てみてくれる？　多分大丈夫だとは思うけど、手直ししなきゃいけないとこがあるかもしれないから。

ふたりがそれに応えて着替えようとすると、「失礼します」と、ショルダーバッグを肩に掛けた、女性（まりあ）が店に入ってくる。ふたりは着替えを止める。

あずき　いらっしゃいませ。
まりあ　すみません、こちらのお店のご主人に（お会いしたい）。
あずき　いまちょっと急用で出かけてるんですけど、もしも時計修理をご希望でしたら……
まりあ　いえ、そうではなくて、ご主人に直接お渡ししたいものがあってそれでこちらに……あっ。（と、驚いて口に手を当て）
あずき　なに？　口の中にハエでも入ったの？
まりあ　ひょっとして、あずきさんとおっしゃる方ですか。
あずき　どうしてわたしのこと知ってるの？
ゆうき　有名なのよ、お母さまは。
あずき　黙らっしゃい。
まりあ　（笑って）そちらのおふたりは多分、お芝居やってる……

ゆうきとこだま、驚いて互いの顔を見合う?!

まりあ　わたし、五月の半ばにこちらにお邪魔した、安藤の娘です。
あずき　?!　安藤さんってあの、名古屋からいらっしゃった？
まりあ　そうです。皆さんと一緒に米子城跡に出かけて、食べたり飲んだり歌ったりした
こだま　先生の娘さん?!
あずき　聞いてなかった、安藤さんに娘さんがいるなんて。えっ。てことはひょっとして……。ピーン！
ゆうき　なに？　ピーンって。背筋が伸びたの？
こだま　きっとなにかひらめいたのよ。
あずき　失礼なことをお聞きするけど、間違ってたら

まりあ　ごめんなさいね。あなた、もしかして昔々このタッくんと京都の映画館で出会って、
ゆうき・こだま　そうです。一緒に天橋立やゲゲゲの鬼太郎に会いに行って、彼を誘拐犯に（してしまった）
あずき　（驚いて）ヒェー！
まりあ　ニャン子さんだ。
あずき　よくご存じで。
まりあ　事件の話はあれこれタッくんから聞いてるから。それで、彼は知ってるの？　あなたが今日こちらに（来るって）
ゆうき　いえ。こちらに来るのは今朝わたしが急に思いついたことなんで　…
あずき　（あずきに）おっちゃんに電話すれば？　お知り合いの方がいらっしゃってるって。
まりあ　（食い気味に）そうだ。京都で知り合ったあの子が来てるから急いで帰って来いって。（と、スマホを取り出し、三人から少し離れて電話する）
ゆうき　ありがとうございます。
　　　　わたしたちのこと、お父さんはどんな風に…

まりあ　若い女の子がふたり、学生時代に父がやった芝居の稽古をしてたから、（父の物言いを真似て？）「演技のイロハを教えてあげたんだよ」って。
こだま　（笑って）先生には今週金曜が初日の『東京物語』のこと、十日ほど前にメールでお伝えしたんですけど。
ゆうき　いらっしゃいます？
まりあ　…お芝居も観たい、タクミさんや皆さんにも会いたいとは言ってたンですけど　…
ゆうき　ああ、お忙しいんだ。
まりあ　いえ、そうではなくて　…
あずき　（電話を切って）出ない。出ないんだよね、タッくんはわたしの電話にはいつも。どうして？
まりあ　三日前に亡くなったんです。
あずき　？　亡くなったって、誰が？
こだま　まさか、あの先生じゃないですよね。
ゆうき　当たり前でしょ。
まりあ　うちの父です。

ゆうきとこだま、驚いてまたまた互いの顔を！

あずき あの安藤さんが亡くなられた？（笑って）嘘だあ。こちらにいらっしゃった時には確かに何度も咳をされてたけど、でも、だってだって、みんなで一緒に米子城跡に出かけた時なんか、この子たちが唄を歌うとそれに合わせて、頼んでもいないのにひょいひょい飛び上がりながら踊ってたし、ねえ。（と、ゆうきとこだまに）

ゆうきとこだま、うんうんと合わせて頷く。

まりあ わたし、六、七年前からずっとロンドンに住んでるんです。今年の四月の初めに、母が亡くなったって父から連絡がきた時も、葬式に出かけて三、四日ですぐにロンドンに帰ったんですけど、その時、久しぶりに会った父が繰り返し何度も咳をしてたので、「どっか悪いの？」って聞いたら、「最近の癖だよ」って笑いながら言うからわたし、ああ、そうなんだって思って。だから、まさか癌にかかってるなんてまったく……

あずき 彼、癌だったの?! てことは、そうか。だから何度もガンガン咳してたんだ。

ゆうき、思わずあずきの物言いに笑ってしまうが、こだまが彼女の口を塞ぐ。

まりあ だから、十日前に父から電話で「ちょっと体の調子が芳しくないから……」って、すぐに名古屋に帰って来るよう言われた時も、話半分だと思って……

ブラックスーツを着たタクミが、店の出入口に現れる。

ゆうき あっ、お帰りなさい。

まりあ （出入口の方を見て再度驚き）……！

あずき　遅いなあ。遅いよ、お帰りになるのが。

タクミ　いつもいつも、なんでお前にそんなこと言われなきゃいけないんだ。

あずき　名古屋から会いに来られてるのよ、こちらの可愛い子ちゃんが。

タクミ　（まりあを見て）名古屋から？

まりあ　お久しぶりです。

タクミ　…ええっと、きみは…

まりあ　ニャン子です。覚えていらっしゃいますか？

タクミ　ああ、やっぱりそうか。見てすぐに「ひょっとしてあの時の…？」とは思ったけど、あれから二十年以上経って、まさかこんなに見た目が変わらないはずないなと思って…

あずき　（ゆうきとこだまに）念のため言っとくけどこれ、芝居じゃないからね。

タクミ　（食い気味に）あずき、うるさい。

あずき　（笑って）はいはい、失礼つかまつりました。（ゆうきとこだまに）今日の通し稽古は五時半開始でしょ。もうあんまり時間ないから衣裳に着替えて。ほら早く、急いで急いで。（と、中央出入口へ）

ゆうきとこだま、タクミとまりあに「失礼します」と言って、あずきの後を追って消える。

タクミ　…驚いたなあ。

まりあ　わたしも。だって、二十二年前に会ったキタさんといま目の前にいるお方は、まるで双子の兄弟みたいに瓜二つだもん。

タクミ　嘘つけ。

ふたり、笑う。

タクミ　きみ、幾つになったの？

まりあ　八月の誕生日が来ると二十一に。キタさんは？

タクミ　恥ずかしながら先月の誕生日で四十一に。

まりあ　嘘つけ。

タクミ　きみが適当なことを言うから真似したんだよ。

ふたり、また笑う。

タクミ　まあ、当たり前だけど、ずいぶん大きくなったよな。あの頃のきみは俺の肩までくらいの背だったのに、今は……

まりあ　ニャン子が大きくなったんじゃなくて、きっとキタさんが縮んだのよ。

タクミ　この野郎、またなめたこと言いやがって。（構えて）…殴るゾ。

まりあ　やってみろ。やられたら倍返しだあ。（と、タクミを襲うように構える）

タクミ　怖いよォ。

ふたり、また競うように笑う。

タクミ　ああ、疲れる。きみも座れ！（と、言って椅子に座る）

あずき、中央出入り口から手に雑巾を持って現れるが、しばしストップして、ふたりのやりとりを聞いている。

まりあ　（椅子に座らずクスッと笑って）…京都のホテルでも同じこと言われた。テレビを見てたキタさんの背中にわたしが枕投げたら、「殴るゾ」って。

タクミ　？　…覚えてないなあ。

まりあ　うちの父も言ってた。タクミさんに「殴るゾ」って脅かされたって。

タクミ　うん？　誰だよ、きみのオヤジさんて。

あずき　アノヒトよ。

タクミ　（驚いて）いたのか。お前は忍者か。

あずき　シンゴさん。

タクミ　シンちゃんがどうしたンだよ。

あずき　このひとのオヤジさんでしょ。

タクミ　！　あいつが彼女の？

あずき　すみませんけど、もうじき芝居を始めるから、これで机と椅子を綺麗に拭いといてくれます？　ヨロシコ。（と、雑巾を机に置き）ああ、忙しい忙しい。（と、足早に引き返す）

まりあ　…黙っててごめんなさい。
タクミ　いや、娘がいるなんて彼からそんな話は一度も聞いてなかったから。
まりあ　父はきっとわたしのことなんか眼中になかったんです。七、八年前に日本を飛び出して外国のあちこち行ってて、家にはわたし、ほとんど帰ってなかったから。
タクミ　とりあえずはそういうことにして。しかし、わたしが入ってた刑務所に一度も来なかったきみが、今日はどうしてここに？
まりあ　ごめんなさい。
タクミ　文句を言ってるんじゃないよ。ただ、どうしておふくろさんと一緒にきみは来ないのかな、と思ってただけで……
まりあ　わたしのせいで刑務所に入れられたキタさんに、なんて謝ったら、なにをどう話したらいいのか分からなくって……
タクミ　そうか。俺に謝る必要なんてなかったってのに。
まりあ　だって、ふたりで車に乗ってどこかに行こうと言ったのは……
タクミ　確かにそれを言い出したのはきみだけど、俺も二つ返事でOKしたんだから。
まりあ　……
タクミ　話を変えよう。ところで、どうなの？　親父さんの体の具合は。二週間くらい前だったかな、彼から電話をもらって、その時は一度も咳なんかしないで、なんだかんだ調子のいいことをほざいてたんだけど。（と言いながら、雑巾で机から拭き始める）
まりあ　…まだご存じないンですね。
タクミ　なにを？
まりあ　さっき、あずきさんにはお話ししたんですけど、
タクミ　だからなにを？
まりあ　あのひと、わたしの父は三日前に亡くなったんです。
タクミ　（驚いて机拭きを止め）父ってまさか。…シ、シンゴが亡くなった？
まりあ　彼とはもう、会いたくても話をしたくてもな

にも出来なくなって　…

タクミ　あいつが亡くなった　…。ああ、そうか、それできみが。　…きみがここに来たのは俺に会うためではなくてそれを伝えに　…（と、独り言のように）

まりあ　（バッグからノートを取り出し）これ、亡くなる前の日に父から、タクミさんに渡してくれって言われて　…（と、タクミさんの前に差し出す）

タクミ　（ノートを無視し、独り言のように続ける）…信じられないな。　…

いや、信じられないよ。だって二週間ほど前に電話で話した時は、ここに来た時とほとんど変わらない調子で、「ダッフンだあ」とか、「合点承知の助」とか、お得意のギャグを連発してたのに　…

まりあ　これを渡された時にはわたし、「自分で持っていけばいいでしょ」ってすぐに返したら、「ほんとにお前は幾つになっても変わらんなあ」って父に笑われて　…（泣きそうになる）

タクミ　……今日は俺、この店の常連客の葬式に出かけて、お棺の中で眠ってる彼の寝顔を見て、思わずホロッとしてしまったんだけど　…。会いたかったな。見たかったよ、亡くなった彼の寝顔も。

まりあ　父の意向でお葬式はやってないんです。（と、言って涙を流す）

タクミ　泣かないでくれるかな。（と言って、拭き掃除を再開し）…笑ってくれよ。俺たち、久しぶりにこうして会ったんだ。ニャン子に泣かれたら、鬼太郎もきっと泣いてしまうから。

まりあ、無理して笑う、笑って見せる。

タクミ、拭き掃除を終えて　…

タクミ　ダッフンだあ！（と、大声で叫び）……ヨーシ。折角こうしてお久しぶりにキタさんがニャン子と会ったんだから、楽しい話をしよう、二十二年前のあの時みたいに。

まりあ　（涙をぬぐって）ヨッシャー。

タクミ　…う～ん。そうだ。きみ、『瞳をとじて』って映画、見た？

まりあ　『瞳をとじて』？　ああ、『Close Your Eyes』ですよね、見ました。三月の始めだったかな。監督は、『ミツバチのささやき』のビクトル・エリセですよね。

タクミ　いや、そうだけど。なんだよ、クローズなんとかって。

まりあ　さっきお話ししたでしょ、わたしずっと外国にいるんだって、だから…。いまはロンドンのケニントンに住んでるんです。

タクミ　じゃ、『瞳をとじて』はスペインの映画だから、そっちでも台詞は英語の字幕が流れるわけだ。

まりあ　正直、英語で会話はかなり出来るようになったんですけど、文字はまだスラスラとは読めないンで、字幕つきの外国映画はいつもアワアワしながら見てるんです。

タクミ　（笑って）…しかし、『瞳をとじて』はよかったなあ。始まって小一時間近くは俺、時々うつらうつらしてたんだけど、以前は映画監督だった主役の男が、撮影中にいなくなった彼の親友で元俳優だった男と久しぶりに再会したあたりから、心臓がバクバクしだして…

まりあ　その、行方不明だった彼の妹を、『ミツバチのささやき』で主役のアナをやったアナ・トレントが、『瞳をとじて』でもアナって役名で。

タクミ　そう。だから俺も、アナがあったら入りたい、なんて思ったりして。

まりあ　ハア？　なんのことだかゼ〜ンゼン分かりませ〜ん。

ふたり、笑う。

タクミ　そうだ。『瞳をとじて』で久方ぶりに会ったあのふたりみたいに、俺たちも椅子を並べてそこに座って話をしよう。

まりあ　車に乗った時もわたしたち、運転席に並んで座ってましたよね。

と、言いながら椅子を二脚、ふたりで後ろの出入り口の脇に並べてそれに座る。

まりあ　元映画監督と、心を病んでてうまく話が出来ない元俳優だったひとと、わたしはどっちの役を？

タクミ　主役を演じられるのは俺しかいないだろ。

まりあ　なんてうぬぼれオヤジだろ。

ふたり、また笑い……。

タクミ　…きみのオヤジさんともよく笑ったな。特にみんなで米子城跡に出かけた時は何度も何度も。

まりあ　（食い気味に）やめましょ、父の話は。わたしまた泣いてしまうから。

タクミ　そうだな。ごめんチャイ。

まりあ　『瞳をとじて』も面白かったけど、わたしはやっぱり『ミツバチのささやき』の方が好きだな。小六の時に名古屋で見た時からテレビや映画館で、七、八回は見てるし、十年くらい前かな。『ミツバチ～』の舞台になってたスペインのオユエロス村に行ったんです。驚くほど小さな農村で、アナが住んでた家がわたしの記憶のまま立ってて、アナがフランケンシュタインと出会った川のほとりに行った時には、驚いたというより感激してボロボロ泣いてしまって。

タクミ　そうだ、思い出した。ふたりで「『ミツバチ～』の話をあれこれしてた時、俺が、「いちばん好きなシーンは？」ってきみに聞いたら、アナとフランケンが出会うところだって言うから、俺、ちょっとビックリしたんだ。ひょっとしてこの子は俺のこと、フランケンシュタインに似てると思って、だから声をかけてきたんじゃないかって。

まりあ、またまた笑う。

タクミ　なにが可笑しい！

まりあ　だって、いまのお話、天橋立に行く車の中でも。だからわたし言ったでしょ。そうじゃなくて、映画を見終わった後、涙を流してるキタさんを見て、可愛いおじさんだなと思ったから声をかけたんだって。

タクミ　ほんとにそんなこと言った？　覚えてないな。そうか。俺の脳みそはもうきっと半減してるんだ。

まりあ　でも、二十二年ぶりに会ったわたしのことは覚えててくれたから。

タクミ　当たり前だろ。きみと過ごしたあの三日間は、最後に警察に捕まったところでエンドになったから余計に、忘れられない思い出になってるんだ。

まりあ　ダッフンだあ！

タクミ　やめろ！　ひとのギャグを使うのは。

まりあは笑い、それにつられたようにタクミも笑って、机に置かれた「シンゴのノート」を手に取る。

タクミ　きみ、このノートの中身は……？

まりあ　ごめんなさい、読みました、こちらに来る電車の中で。でも、最初のページの最初の一行だけ読んでページを閉じたんです。

タクミ　なんて書いてあったの？

まりあ　「ごめんなさい。わたしはタクミさんに大嘘をつきました。」って。

タクミ　シンゴが俺に大嘘を？（と言って、ページを開くと）

「はーい。間もなく『たま・ゆき』の通し稽古が始まりま～す」と言いながら、あずきが中央出入り口から現れる。

あずき　（タクミに）それ、今座ってるその椅子、芝居で使うからこっちに移動して。あ、その前に、机を部屋の真ん中に移動してくれる？

あずきとタクミがふたりで机を部屋中央に移動し、

まりあが二脚の椅子を机の両脇に運ぶ。

あずき　はい、ご苦労さん。（と、ふたりに言って、出入り口奥のふたりに向かって）始めるよお～。

奥から、ゆうきとこだまが「よろしくお願いしま～す」と叫ぶ。

パチっと部屋の明かりが消え、暗くなる。数秒後に音楽が流れ始め、更に十数秒後。まだ暗い中でふたりの声のみが聞こえる。

ブレーキ　オリーブ！
オリーブ　だってしょうがないでしょ。お湯を沸かすのにほかにどんな方法があるの。
ブレーキ　お湯が沸いたって紅茶が飲めるわけではないンだろ。

本番の舞台のように、明るくなる。演じるふたり以外に、舞台（＝部屋）には誰もいない。いや、タクミは自分の仕事場で、あのノートを読んでいる？

オリーブ　そうね。紅茶の葉がないし　…
ブレーキ　砂糖もないんだ。
オリーブ　カップもないわ。
ブレーキ　スプーンもない。
オリーブ　ミルクもレモンも。
ブレーキ　ブランデーもなにもないんだ、この部屋には。
オリーブ　そうよ、あるのはわたしの愛だけ。
ブレーキ　…オリーブ。俺はナマコも食べた、万引きもした、ウンコをもらしたことだってある。しかし、オカマに惚れたことはないんだ。
オリーブ　ブレーキ　…
ブレーキ　（手を差し出し）さあ、早く鍵を出せ。
オリーブ　駄目。

ブレーキ、強引にオリーブが手にした鍵を奪い取る。

オリーブ　（ブレーキにすがりつき）ブレーキ、待って。片思いでもいいの、わたし、二人分愛するから、だから行かないで。

ブレーキ　オリーブ。いま俺が欲しいのはこの部屋を出ていける自由なんだよ。（と、オリーブを引きはがす）

オリーブ　どうしても行くのね。

ブレーキ　仲間が待ってる。

オリーブ　ひとをさんざんオモチャにしておいて、なにが仲間よ、革命よ。

ブレーキ　オリーブ、そういう悪しき敗北主義は捨てろ。そうすれば、いつかまた俺たちは手を取り合うことが出来る。じゃ、元気でな。

オリーブ　この部屋から一歩でも外へ出てごらんなさい。わたし、あなたのこと電話するから、警察に。

ブレーキ　…オリーブ。

オリーブ　恋する女に理性はないの。知性は最低の状態でしか働かないの。

ブレーキ　本気か。

オリーブ　いつだって本気よ、わたしは。

少し間。

ブレーキ　…ゲバラはキューバ革命を回想してこんなことを言ってる。理由の如何を問わず、革命を裏切る者は何人《なんぴと》といえども、有無を言わさず処刑しなければならなかった、と。

オリーブ　あなたに殺されるのなら本望だわ。

ブレーキ　もう一度聞く。俺を権力の側に売り渡すことになんの抵抗もないというンだな。

オリーブ　そうよ。あなたが捕まればわたしたち、またいつか刑務所で会えるわ。でも、もしもあなたが仲間のところに行ってしまったら、もう二度とわたしたち　…

ブレーキ　オリーブ。わたしは革命家の熱情をもってきみを抱擁する。

官能的な音楽が流れる。
ブレーキ、ゆっくりとオリーブに近づき、両手を伸ばして彼女の首を絞める。

オリーブ　ブレーキ、ブレーキ、ブレーキ、ブレーキ……

まるでそれは性的な交わりのようにも見える。
ゆっくりと、暗くなる。
が、タクミの仕事場にはぼんやりと明かりがともり、彼が机に臥せって眠っているのが分かる。いや、泣いているのかも？

S4　時計修理店「コスモス」店内

前シーンから一週間後。夏の夜。
部屋の中央に机と、その周りに椅子が数脚。あずきが椅子に座って電話している。彼女の他にこの部屋には誰も？　いや、タクミの薄暗い仕事部屋には、亡くなったはずのシンゴが、椅子に座って時計修理の真似をしている?!

あずき　えっ、オヤジさんには黙って？　じゃ、彼が帰ってくる前に荷物をまとめないと。ああ、それで慌てて……。でも、そういうことになったらあんた達の芝居は……

部屋中央の出入口からタクミが現れる。

あずき　へえ。もうそんな話もしてるんだ。やっぱりタマちゃん、見かけによらずしっかりしてるゥ。だけどそれはそれとして、早くコスモに来てくれる？　わたしとタッくん、オビレじゃなくてクビレじゃなくて、そう、しびれを切らしてお待ちしておりますので。えっ？　こちらにはあと五分で？　ヨロシコー。（と、笑って電話を切る）

タクミ　おい、うちは「コスモ」じゃないんだ、スを抜くなスを。

あずき　すみませんでスー。

タクミ　ああ、ほんとに疲れる。（と、言って椅子に座る）

あずき　このところのタッくんはいつも落ち込んでる風だから、たまには笑いをと思ってわたしなりに頑張ってンのに。どうして分かってくれないかなあ。（と、机に置かれたシンゴの手紙を手にして）まあ、とりあえずそれはそれとして。

タクミ　また来た、ソレハソレトシテ。

あずき　このシンゴさんからの手紙、ちゃんと読んだ（んだよね）

タクミ　（被せて）読んだよ、当たり前だろ。確かに手書きの字面はヨロヨロしてるけど、それは多分、文字を書く手が指が思うように動いてくれなくなったからだよ。だからそれを想像するだけで　…（と、俯く）

シンゴ、タクミが戻ってきたことに気づいたのか、仕事部屋から一歩二歩外に出て、黙してタクミに挨拶するが、勿論、タクミは彼に気づかない。シンゴは以下の自分に関するやりとりに一喜一憂の動きを示す。

あずき　だって彼は、タッくんが刑務所を二年半で出所したことが許せなくて、だからもう一度刑務所に送ってやろうと思って、それで異星人殺しなんて無茶なこと頼んだわけでしょ。そんな彼をどうして許せるの？

タクミ　だから彼は謝ってるじゃないか、申し訳ありませんでしたって。

あずき　なによ、「ごめんチャイ」って。

シンゴ　ギャグですよ、ギャグ。

　　と、シンゴは初めて声を出したが、ふたりにはまったく聞こえない？

タクミ　（シンゴの声にかぶせて）ギャグだよ、俺があいつに何度も使った。

あずき　そうか。彼は媚《こ》びてンだ。だからタッくんのギャグを真似して。

タクミ　（被せて）媚びて悪いか。彼は自分がもうじき死ぬって分かってて、なのにこんなふざけたことを書いてるんだぞ。

シンゴ　その通り。

タクミ　こんな健気な奴、お前の知り合いにいるか？　いないだろ。

あずき　気持ちが落ち込んでる時に、励ましの言葉を投げかけてくれたひとでしょ。昔はいたわ、ひとりだけ。わたしがまだ小学五年生の時に。

タクミ　どこの誰だよ、そいつは。

あずき　この手紙の最後の、「山のあなた」をわたしに教えてくれたひと。

タクミ　？　ひょっとしてそれ、俺じゃないのか？

あずき　覚えてたんだ。

タクミ　忘れたよ、もう。

あずき　わたし、今でも一言一句すべて完璧に覚えてる。

タクミ　（時計を見て）…ああ、もう七時を二十分過ぎてるのに。遅いなあ、ニャン子は。

あずき　山のあなたの空遠く
幸《さいわい》　住むと人のいふう
噫《ああ》、われひとと、尋《と》めゆきて
涙さしぐみ　かへりきぬ
山のあなたの　なほ遠く
幸住むと人のいふ　［注⑤］

タクミ　ちょっと違うよ、それ。

あずき　どこが？

タクミ　最初は「山のあなたの空遠く」で始まるけど、終わりの方は、「山のあなたノ」じゃなくて「山のあなたニ　なほ遠く」だよ。

あずき　なによ、細かいとこまでちゃんと覚えてンじゃない。

シンゴ　ワハハ。（と、大笑いする）

タクミ、シンゴの笑い声が聞こえたのか、立ち上がって辺りを見回すが……

あずき　なに、どうしたの？

タクミ　いま聞き覚えのある笑い声が……

シンゴ　わたしは今ここに。

あずき　いないわよ、わたし達ふたり以外はどこにも誰も。

タクミ　……気のせいか……。

あずき　そうか。シンゴさんがどこかで笑ってるような気がしたのね。

タクミ　……多分。

あずき　どうして彼のことが忘れられないんだろ？一緒に過ごしたのはたった一度で、それもせいぜい数時間だったのに。

タクミ　だからこれからみんなと一緒に、山のかなたの空遠くに行ってしまったシンゴを尋《と》めゆく、つまり探しに行くんだよ。

シンゴ　クーッ。（と、泣く真似？）

タクミの台詞の終わりに被せて、店の出入り口の向こうから笑い声が聞こえ、ゆうきと、相変わらず首にスカーフを巻いたこだまがドアを開けて登場。ふたりは両手に荷物を抱えている。

ゆうき　お待たせしましたあ。

こだま　すみません、遅くなりまして。

あずき　あらら、ずいぶんな手荷物量ねえ。

ゆうき　だから電話で話したでしょ。たまちゃんはしばらく家に帰らないから、とりあえず夏・秋の服やその他アレコレ持っていかなきゃいけないんだって。

あずき　ゆうきから聞いたんだけど、たまちゃん、大阪に引っ越してお母さんの仕事を手伝うんだって？

こだま　ええ。この間、私たちの芝居を見に来た母親に「かなり屋」を止めたこと話したら、だっ

あずき　たらうちに来て働かないかって言われて。
ゆうき　お母さん、どんな仕事してるんだっけ？
あずき　パタンナーって仕事、知ってる？
ゆうき　パタンナー？　ボタンナベーなら知ってンだけど。
こだま　全然違うじゃない。
　実は、他の人には黙っててほしいんですけど、（声を潜めて）母がやってるのは、ヤミ金融で借金地獄におちいったひとをさらにカモにする、ヤバい仕事なんです。
あずき　ほんとに?!
ゆうき　冗談に決まってるでしょ。ファッションデザイナーが作成したデザイン画をもとに、型紙作りの仕事をするひとをパタンナーって言うの。
タクミ　じゃあ、しばらくきみとは会えなくなるわけだ。
こだま　いえ、来年のいつ頃になるかまだ決まってないんですけど、またこっちでゆうきとふたりで、笑えて泣けるお芝居をお見せしますから。
ゆうき　大阪に行っても、出演依頼の声がかかったらやるンだよね。
こだま　芝居を？　う〜ん。面白そうだったら考えるけど、あるかな、そんな芝居が大阪に。
あずき　ダッフンだあ。

　あずき以外の三人は皆、無表情。

あずき　あれ？　誰も笑ってくれない。

　シンゴ、大笑いしながら拍手する。と、タクミはここに至って初めてシンゴの存在を実感し、驚く??

あずき　はいはい、オチが決まったところで出かける準備を致しましょ。台所になんだかんだ置いてあるからお二人さん、お早くこちらへ。

　ゆうきとこだま、あずきに続いて中央出入り口に入って行く。

タクミ　（辺りを見回し）…シンゴ、いるんだろ？　どこにいるんだ。
シンゴ　えっ？　わたしはここに。見えないんですか？
タクミ　見えないから探してるんだよ。
シンゴ　やっぱり。声はすれども姿は見えず、ほんにわたしは屁のような？
タクミ　そうだ、握手をしよう。いや、ガッチリ抱き合おう。
シンゴ　よろこんで。（と、言ってタクミをガバと抱く）
　タクミ、「オー」と驚きの声を上げ、シンゴの両手を振り払って離れる。
シンゴ　ごめんなさい、喜びのあまり力を入れすぎました。
タクミ　いや、抱かれて痛かったから叫んだンじゃない、驚いたンだ。俺もがっちり抱いたはずなのに胸にも腕にも、この指先にだってその実感がまったくなくて…
シンゴ　ああ、俺は不在かあ?!…。（と言って、大きなくしゃみをする）
タクミ　…シンゴだ。（と、呟くように）
シンゴ　えっ？　見えるんですか？　わたしが。
タクミ　見えた。見えてる。だから逆に信じられないんだ、亡くなったはずの、ほんのさっきまでは見えなかったシンゴがいまそこにいることが。
シンゴ　信じられないです、わたしも。
タクミ　まさかあいつの、シンゴの兄弟とか従弟じゃ（ないよな）
シンゴ　違います。わたしは三ヶ月前にここであなたと出会った安藤、安藤シンゴです。
タクミ　生きてたのか。
シンゴ　いえ、残念ながら…
タクミ　死んでる風には見えないが…
シンゴ　それはそうでしょ、死人とこうして話をするなんて、そもそもありえないはずの（ことですから）

タクミ　何故だろう？　死んでしまったはずのシンゴがどうしてまたここに……？

シンゴ　（ゴホンと咳をし）……死が無に帰するという考えは、はなはだしい錯覚です。世の中に無は存在しないンですから。この世とあの世を分け隔てせずに行き来するような、あるいは、過去・現在・未来も、自由に行き来するような、そういう考え方にわたしはひかれて［注⑥］

タクミ　もういい。俺がお前に聞きたいのは、どこからどうやってここに来たのかって話（なんだよ）

シンゴ　それがわたしにも分からないんです。そもそも時間経過がさっぱり分からなくて、気がついたら宇宙船に乗ってて、眠くなったんで横になり、目が覚めたら、何故かこのあなたの店の前にわたしは（立っていた）

「お邪魔しま～す」と、出入り口からまりあが現れる。

シンゴ　マリリンが……！

タクミ　ニャン子、遅かったなあ。ほかのみんなはしびれを切らせてもう先に行ってしまったよ。

まりあ　ごめんなさい。米子にはお昼過ぎに来たんですけど、それから電車で境港に行って

タクミ　水木ロードに？

まりあ　ええ。ふたりで行った時に比べると、道に置かれた妖怪の数が倍以上になってて。あっちにもこっちにも鬼太郎さんの銅像があって、何度も行ったり来たりしてたんで、それで遅くなってしまったんです。

タクミ　そういえば、俺が警察の車に乗せられた時、きみ、ニャン子の銅像抱えてガーガー泣いてたよな。

まりあ　子どもだからってわたしそんなことしてませんよ、ガーガー泣くなんて。

タクミ　じゃ、どうやって俺を見送ったんだ？

まりあ　拍手しました、パトカー、カッコいいって。

タクミ　嘘つけ！

三人、競うように笑うが、まりあはなにを感じたのか、笑いを止めて部屋のあちこちを見回る。

タクミ　なにか探してるのか？

まりあ　多分、気のせいだと思いますけど、今さっき、亡くなった父の笑い声が（聞こえて）

タクミ　よく分かったな。いるんだよ、そこにきみの親父さんは。（と、シンゴを指さす）

まりあ　（一瞬驚くが、すぐに笑って）…どこに？　いるわけないでしょ、亡くなって灰になってしまったあのひとが。

タクミ　（シンゴに）なんだってさ。

シンゴ　クーツ。（と、泣き声を上げげる）

「ハイハイハイハイ」というあずきの掛け声とともに、あずき・ゆうき・こだまの三人が、食べ物・飲み物等を持って現れる。

まりあ　お久しぶりです。

あずき　なによ。十日前に会ったばかりじゃない。

まりあ　日本には、こちらの皆さん以外にお知り合いはどこにも誰もいないんで。

あずき　あらあ。じゃ、ずっと名古屋の実家に？

まりあ　ええ。亡くなった父は病気だったからだと思うんですけど、家の中のアレコレどこもかしこもゴミの山また山で、

あずき　毎日お掃除してたんだ。

まりあ　いいえ、ハウスクリーニングに頼んだんで、それは。

全員　（声をそろえて）ハー。（と、驚きの声？）

まりあ　でも、父の部屋の机には彼の日記が十数冊も置いてあって、毎日それを読んでたから食事を作る時間もなくて。

あずき　じゃ、これから米子城跡に行って、二ヶ月前にわたし達と一緒に行ったシンゴさんみたいに、まりあちゃんも歌って踊って笑わせてチョンマゲ。

まりあ　合点承知の助。

あずき　なによ、オヤジさんの真似なんかして。

みんな笑う、タクミとシンゴ以外は。

あずき　さあ、行こ行こ。出発チンコー。

ゆうき　止めて、そんなしょうもないギャグかますのは。

あずき　ダッフンだあ。…あ、また誰も笑わない。

女性三人大笑いして、「行こう」「走ろう」「飛んでいこう」などと言いながら、部屋から出ていくが、まりあはすぐに戻ってくる。

まりあ　キタさんは？　行かないんですか？

タクミ　行くよ、ちょっとここらへんを片づけてから。

まりあ　うちの父も一緒に？

タクミ　えっ。やっぱり見えてたのか、オヤジさん。

まりあ　いえ、見えないです、彼の声も聞こえないし。でも、この部屋のどこかにいるんですよね。

タクミ　（シンゴに）呼んでやれ、「マリリン」って。

シンゴ　……いや　…

まりあ　じゃ、わたし先に行きます。待ってますから、父と一緒に米子城跡に来られるのを。（と、足早に部屋から出ていく）

少し間。ゆっくりと部屋の明かりが落ちていき　…。

タクミ　（呟くように）山のあなたの空遠く

シンゴ　幸《さいわい》住むと人のいふ

タクミ　噫《ああ》、われひとと、尋《と》めゆきて

シンゴ　涙さしぐみ　かへりきぬ

タクミ　…さあ、行くか。

シンゴ　ああ、地球から見る月は、なんてきれいなんだ。

タクミ　ダッフンだあ。（と、叫ぶ）

優し気な音楽が流れて、暗くなる。

少しすると、ゆっくりと明かりがともり、すると部屋の壁が消えて、向こうにポッカリと大きくきれいな月が輝いている！

おしまい

［引用・参考資料］

注①　『東京物語』は、一九八七年に「桃の会」で上演された、竹内作の戯曲。

注②　若山牧水・作の短歌。

注③　稲垣足穂『一千一秒物語』より。

注④　更科功『ヒトはなぜ死ぬ運命にあるのか』より。

注⑤　カール・ブッセ「山のあなた」上田敏訳。

注⑥　佐野史郎がＮＨＫのインタビュー番組『ここから』（二〇二四年三月二十日放映）で語った言葉を一部引用。

竹内銃一郎さんのこと

佐野史郎

ＪＩＳ企画公演『チュニジアの歌姫』の千秋楽、幕が下りスタッフが撤収を始める中、竹内さんはかつての銀幕の大スター、マルグリット役の河内桃子さんに、それでもダメ出しを続けていた。

娘のナディーヌを諫《いさ》める時、スッと歩み寄り「ちゃんと（ほっぺたを）叩け」と言うのだ。

ナディーヌ役は当時まだ十九歳の華奢な菅野美穂さん。心優しい河内さんの所作がどうしても叩くフリに見えてしまう。何も暴力的に殴れとは言っていない。母親が娘に抱く愛憎まみえた状態で、ただ叩いてくれと言っていたのだろう。

大女優の河内さんに対してもそうなのだから、私を含む一座の役者たちには況やをやであった。

『チュニジアの歌姫』はビリー・ワイルダー監督の『サンセット大通り』を下敷きにしている。

私は映画監督を名乗るカール役。

世界の映画史に残る『ゴジラ』の主演女優を前にして、芝居とはいえリアルな設定だ。

ちなみに竹内さんはゴジラや幽霊、ＵＦＯといった訳のわからないものが嫌いだ。そんなものが現実に現れたらたまったもんじゃないという。

それに反し、竹内作品にはよく訳のわからないものが現れ、訳のわからない状態が描かれる。そして、それらを巡って物語が展開するものの、その実態が何であったかという結論が出されることはなく、答えは観客に委ねられる。モヤモヤとしたまま劇場を後にする観客は釈然としないとボヤくか、想像力を働かせて余韻を楽しむか……。

けれど稽古場では、訳のわからない状態は許されない。具体的な指示が成されるまで容赦なくダメ出しは繰り返される。

「どういうつもりかは、どうでもいいから、ただ（台詞を）言ってくれる？」と、現象をその場に提示する作業だけが求められた。

「役の気持ちになって」「役になりきって」だの「気持ちを込めて」などという、あらかじめ登場人物が存在しているかのように促し、演出家が抱いている役柄のイメージにその役者を近づけようとでもするかのような演出とは無縁。役者が登場し、あるいは去り、何事かを語り、あるいは沈黙して初めて登場人物が立ち現れることなど自明のはずなのに、〝役を生きる〟ということがどういうことなのか、その見解が演出家や俳優同士で定まらないことは多い。

だが「～風に見えるように、雰囲気を醸し出して」とでもいうようなクソ気持ちの悪い演出とは正反対の、竹内演出は明快である。

カールの台詞「厳密であること、そして、非合法であることを恐れないこと」こそが〝役を生きる〟上での、〝劇空間を立ち上げる〟上での秘訣なのかもしれない。

「セリフの最後のところで椅子に座ってくれる？」とか、「三歩歩いたら止まって、相手をしばらくじっと見ていてくれる？」というような具体的な指示。

けれど時には抽象的なダメ出しもなされる。「良い音を出してくれる？」とは度々伝えられた。

「良い音とは何か？」ということになるのだが、脚本に書かれている世界に役者の身が置かれた時、例え虚構空間とはいえ、その虚構は舞台の上では現実なのだから、普段、生きているように、正確に、その通りの正確な「良い音」を出してくれ……ということなのだろう。

音だけではない、正確な位置、正確な距離、正確な音質、音量を何よりも求められた。

「相手を見下ろして立っている人間に向かって、座っている人間がいくら見上げて攻撃しても、座っている人の方が弱い立場に見える」は、その時まかせの、あてにならない感情を頼りにするのではなく、人はどんな状態の時に、どういう位置に身を置き、どういう姿勢を取るのかを探れという指示とも受け取れた。トリュフォーがヒッチコックに取材し記した『映画術』に於ける画面構成の力学のこととも重なるかもしれない。


竹内さんは演出する時、椅子に座ってひと処にじっとしていることは少ない。稽古場の壁に張り付くようにして、上手から下手へと絶えず移動しながら演出する。目の上に手をかざし、遠くの方を見やるような仕草で役者たちの演技や構図を確認していた。

世阿弥を引用して「離見の見」のこともしばしば語られた。

「(舞台に立つ役者自身の体を)客観的に見るというのは、客席側から見るのではなく、舞台の後ろから、出演者全員、客席も含めて全体を捉える」という感覚を掴めというように受けとめた。

「上演中、セリフを忘れようが停電になろうが、地震で照明器具が落ちてこようが、客席で携帯電話の着信音が鳴ろうが、現実に起きる予期せぬ出来事も含めて劇空間という現実なのだ」と理解した。

言うは易し行うは難し……ではあるけれど。

そこで竹内さん一言。

「人生で一番愚かなことは焦ることである」

人生訓としても座右の銘だ。

有事に焦らず、泰然自若として対処する。

JIS企画公演『マダラ姫』の千秋楽、オーデンの詩を引用した美しい長台詞を朗々と語っていた小日向文世さんがセリフを忘れ、何を思ったか出演者を置き去りにして平然と舞台袖に引っ込んでしまったことがあった。

ダメ出しを活かしたのだろう。

セリフを確認して何事もなかったかのように戻り平然と芝居を続けたのは流石だったが、舞台上に残された我々はたまったもんじゃない。

けれど、そこでも焦りは禁物。

世阿弥からは「もとより、己が身が年寄ならば、年寄に似せんと思う心あるべからず」。

竹内さん、どこぞの芝居を観に行って「おじいさんの役者が、おじいさんぽく喋ってるんだよ〜！」と大笑いしながら話してくれたのだが、おじいさんに限らず、若者が若者風に、可愛い子が可愛いらしく……と、どんな役にも当てはまることなのかもしれない。

「人は一人でいる時、二人でいる時、三人、あるいはそれ以上でいる時、体の状態、態度は違う」とも竹内さんはよく話していたので、一概に善人だの悪人だのと決めることは避けなければならないとは思うけれど、悪人が悪人らしく、善人が善人らしく振る舞ったとしたら、その途端に悪人は小心な善人となり、善人は腹黒い悪人となってしまうだろうし。

だから、きっと、そんな滑稽なやりとりから解放され、誰もいない時間というのが、舞台において、もしかしたら、最も演劇的なのかもしれない。

「相手の問いに答えるか、反論するか、答えないかのいずれかだ」ともよく語られた。体の状態を常に自覚せよということなのだろう。

竹内さんは脚本だけ提供し、自分で演出しない公演でも容赦はしなかった。

とある芝居に出演していた役者から聞いたのだが、竹内さん、稽古を観に行ったところ、演出家や役者たちを前にして「全然ダメ！」と、何が違うかを滔々《とうとう》と説いたという。

竹内さんと一緒に竹内脚本作品を観に行った時も容赦しなかった。これまた千秋楽の打ち上げで、出演していた役者に懇々《こんこん》とダメ出しをし続けた。

脚本家が稽古場を覗く場合、差し入れでも持って行って労をねぎらい、賛辞の言葉を残して笑顔で去り、稽古場を後にした途端、顔が曇る……なんてことも少なくないかもしれないだろうから、竹内さんが正直なだけなのだろうけれど、思ってることをそのまま口にするのは子供とみなされる〝社会〟では、異物なのかもしれない。

確かに竹内さんは演劇界に於いて異物だろう。演劇が好きではないと公言するし。だから信用する。演劇が目的なのではない、演劇を通して劇的なるものと出会いたいのだ。

竹内さんとは一九九五年から二〇〇四年までJIS企画という演劇ユニットで芝居を続けていた。解散を宣言していたわけではないが、活動休止。ところが二十年の時を経て、当時、新作用にと構想されていた『コスモス』を最後の公演として上演するという。

『ラメラ』『コスモス』共に竹内さんの嫌いな宇宙人が登場(?)するが、以前『月ノ光』の旅公演の宴席で、宇宙人を信じる小日向さんと竹内さんとで大真面目に言いあいになったことがあった。わからないことをはっきりさせようとすると厄介である。

JIS企画は「銃一郎と史郎の愛の企画」あるいは「品質保証された演劇」の意味らしいが、真に受けてはならない。自主企画なのかもしれないし。

想えば竹内さん、斜光社の頃は純一郎だった。秘法零番館になってから銃一郎と改名したのは、劇団員の名前に皆数字が入っていて足すと十一になるからだというのだが、これも怪しい。

竹内さんの作品には『あの大鴉、さえも』に見られるように、ちょいちょい駄洒落や言葉遊びが出てくるが、目先の遊戯に惑わされてはならない。

初期の作品には唐十郎の影響を隠していないと竹内さんの恩師、大和屋竺《あつし》さんは指摘したという。もしかしたら十郎を超えようとしての、当時アングラ演劇と云われていた舞台の、唐十郎的な作風とみなされることから離れるための銃一郎ではなかったか？

少なくとも私にとっては、唐十郎率いる紅テント〜状況劇場を去った後に身を置くこととなった一座ではある。

状況劇場時代、滅多に他人を褒めることのない唐さんが、稽古場で「竹内銃一郎がいいんだよ」と漏らした時のことをよく覚えている。

唐さんは、よくアンドレ・ブルトンの『ナジャ』を引用して「自分が誰かと問われたら、誰と付きあっているかを知れば良い」と言った。

状況劇場の劇中歌で構成されたコンサート『四角いジャングル』のレコードにも残されているが、「唐ッ！」と客席から声を掛けていたのは竹内さんだったというし、ブルトンを因数として『食卓《てえぶる》㊙《ま》法《なあ》・溶ける魚』が生まれたように、数字の名前の方程式を解く鍵はシュルレアリスムにありそうだ。

史郎の四ではどちらも割り切れないけれど。

唐さん、竹内さん共に……いや、六〇年代から七〇年代にかけてベケットの『ゴドーを待ちながら』の影響を受けた戯曲は、別役実を始めとして少なくないだろう。

不条理劇と呼ばれた芝居。描かれた世界を解明しようと会話や物語の意味を読み解き、結末に向けて設計図通りに組み立てることに血道をあげたところで、決して成立しないように仕組まれていたのではないか？

図面通りに組み立てたところで目の前の劇空間という現実で交わされる言葉の向こうには、何が待ち受けているかわからないではないか。現実に於いて先に何が待ち受けているのかがわからないのと同じように。

わかるのは、瞬間瞬間の体の状態、周囲の気配だけである。

そうして、振り返った時に初めて、確かに何かが立ち現れていたように見えるのかも知れないけれど、それさえ信じることは危うい。

竹内さんの戯曲には、冒頭、しばしば長台詞が用意されている。

「作家も探っているんだよ」

竹内さんは言った。

俳優が、あらかじめ決められた世界をなぞって生きるのではなく、常に探り続けていなければ劇空間という現実を生きていけないのと同じように、脚本家もまた、設計図をトレースしてみたところで生きた言葉、息遣いなど生まれ出てこないのであろう。

竹内さんは元々映画のシナリオ作家志望で、大和屋竺の愛弟子である。私も竹内さんとの初仕事は黒木和雄監督『TOMORROW明日』の脚本家の先生としてであった。

劇中、小津安二郎の『父ありき』が上映されるシーンがあるが、小津もまた竹内作品に於いて重要なモチーフである。タイトルもそのものの『東京物語』や、『晩春』を軸とした中川安奈さんとの二人芝居『東京大仏心中』も忘れがたい。

大和屋家の書架にはカフカ全集が収まっていたそうだ。

竹内さんの戯曲にも『月ノ光』など、カフカが時折引用される。カフカの作品もまた解釈を試みれば試みるほど、その世界からははぐれてしまうだろう。

カフカ、ベケット、ブルトン、ポー、小津安二郎……。

生きるべき世界を知るには、その世界に描かれている背景と向きあうことからしか始まらないのかも知れない。

あるいは、目の前のことだけを信じて生きるか。

夢物語ではない、あまりにも度が過ぎた現実という意味での〝超現実〟と向きあいながら。

「嘘じゃないんだ」

『月ノ光』のKの台詞。

劇空間は〝嘘じゃない〟〝超現実〟なのだ。

さの・しろう（俳優）

あとがき

『チェニジアの歌姫』の冒頭は、本作を書く半年ほど前に見た、映画『サンセット大通り』（監督・ビリー・ワイルダー）のワンシーンをベースにしている。物語的には殆ど無関係だが、椅子にゆったり座っている年配の元大女優を前に、緊張して彼女に対応する若いシナリオライターという〈図柄〉を、引用させていただこうと思ったのだ。プロローグの「母と子」からエピローグの「快晴」まで、各章に付されているタイトルはすべて、パウル・クレーの絵のタイトルから選んだもの。物語の舞台として選んだチェニジアもこの時期、クレーが若い頃に行った旅日記を読んでいたからだ。なにがきっかけになったのかは不明だが、昔も今もわたしは彼のファンなのである。

本作はＪＩＳ企画の二作目で、一作目の『月ノ光』がかなりの評判となり、数多の受賞をしたことも大きなプラスになったのだろうが、それよりなにより、菅野美穂さんの出演が大きく、本多劇場での公演も、地方でのいくつかの公演もすべて満席になって。しかし、明らかに戯曲の出来はイマイチ。それで今回、この戯曲集成に入れるにはと、かなり改訂したのだが、お陰でかなり上級の作品に変身！

そうだ、菅野さんといえば。年末だったか年明けだったか、戯曲がなかなか書き上がらず、稽古を数日休みにしたので彼女が帰っていた実家に、二度三度とＦＡＸで原稿を送り、そのたびに彼女は、「ありがとうございます」と電話をくれて……。

全てではないが、わたしの戯曲の大半は、最初にタイトルを決め、そこから話の中身を考えたものだ。『溶ける魚』というタイトルは、Ａ・ブルトンの小説のタイトルからの借用だが、彼の存在を初めて知ったのは、わたしが大学一、二年生の頃。よく通っていた本屋に置かれてあった、彼の『秘法十七番』を目にした時だった。本を手に取りパラパラと頁を開くと、実になんとも色鮮やかで。斜光社を解散して新しい劇団名を「秘法」としたのも、A・ブルトンからの借用だったのである。

本作の手塚（俊一）さんの舞台美術は、わたしの演出作品の中では最高傑作だ。三方の壁一面には、出演者、スタッフが彼に頼まれて持ち込んだ、種々の雑誌に掲載された数多の写真が幾重にも貼ってあり、それらが当てられる照明によって、貧乏くさい室内がまるで〈高貴な海底〉のように、様々にその表情を変えるのだった、ああー！

「笑い男」を演じた小出修士の怪演も忘れられない。彼が出演するのは全体の六割くらいだが、笑い男＝小出が登場している時間の大半はほとんど彼の「独り芝居」になっていて、ボケてはツッコミ、ツッコんではまたボケる、こんな役を軽々と楽しく演じた小出のような〈怪優〉は、当時も今もそんなにはいないはずだ。彼はこの作品上演の翌年に劇団を辞め、その翌年に（？）田舎に帰ってしまった。今はどこでなにしてる？

『月ノ光』は、読売文学賞、紀伊國屋演劇賞・個人賞、読売演劇大賞・優秀演出家賞と数多の賞を受賞。当時は、嬉しいことは嬉しいがこれでこんなに頂けるのなら、これまで書いたあれやこれやも受賞していいはずと思っていた。しかし今回、最後の『竹内銃一郎集成』に入れるというので、数年ぶりに本作を読んだのだが、やっぱりこれはわたしの最高傑作だと思った。他の作品は多かれ少なかれ旧作に手を入れたのだが、本作には書き換えたくても全くと言っていいほどそんな箇所はないのだ。

おそらく佐野史郎さんと立ちあげたＪＩＳ企画の最初の作品だからだったのだろう、これまで書いた作品の倍以上と思われる量の小説、評論等を読んだのだった。因みに、広岡由里子さんが演じた俳優志望のグレーテが最初の登場時、KとKの愛人を相手に語る話の内容は、淀川長治等が映画についてアレコレ語り合う書『映画千夜一夜』からのいただきである。稽古始めには多分、全体の三分の一か四分の一くらいしか書かれていなかったが、稽古をしながら結構スラスラと書き上げられたのは、おそらく出演者たちからの刺激が大きかったからだ。佐野さん他、出演者いずれも今でも記憶に残る〈嬉しく楽しく切ない演技〉を見せてくれたのだが、ヨーゼフを演じた谷川昭一朗くんは台詞まわしに独特の味わいがあり、想定していた以上の演技を見せてくれて、いやあ、面白かったなあ。

『コスモス　山のあなたの空遠く』は、今年の八月に東京・下北沢のザ・スズナリで上演される。おそらく本作がJIS企画の最後の作品となるだろう。いや、もしかしてわたしの最後の戯曲・演出作品になるかも？　それはさておき。本作は、東京乾電池、カメレオン会議、茂山トリオ出演の「伝統の現在」、そしてJIS企画等、わたしが作・演出として関わった多くの作品の制作を担当してくれた大矢亜由美さんが、制作を引き受けてくれるというので公演可能となったのだった。

今から二十年ほど前、島田紳助が司会をしていたTV番組で、瀬戸内海の大崎下島にある世界的に有名な時計修理店の存在を知り、ここを舞台にする戯曲を書こうと思って、計三度この島に出かけたのだが、なかなか物語が思い浮かばず。しかし、二年前、前述した大矢さんがキノG・7公演『モナ美』を見に来てくれた時、彼女にJIS企画公演の制作を頼んだところ、OKの返事を貰い、それから前述の時計修理店を舞台にした物語を四苦八苦しながら考えて……。当初は戯曲完成を去年の八月としたのだったが、まったく書けず、結局今年の四月末にようやく完成。ふう。

二〇二四年六月六日　　サヨナラ三角また来て四角

竹内銃一郎

［初演の記録］　※初演演出はすべて竹内銃一郎が担当

『食卓㊙法・溶ける魚』秘法壱番館公演

一九八一年七月八日〜十五日
於：大塚ジェルスホール
スタッフ　舞台美術：手塚俊一
　照明：吉倉栄一
　音響：野口和明
　演出補：和泉静伍
　宣伝美術：園原洋二
　制作：坂本敬子
キャスト　うなぎ壱：森川隆一
　うなぎ弐：木場克己
　笑い男：小出修士

『月ノ光』ＪＩＳ企画公演

一九九五年二月十七日〜二十八日
於：本多劇場
スタッフ　舞台美術：島次郎
　照明：吉倉栄一
　音響：藤田赤目
　衣裳：鈴木ミサ
　舞台監督：青木義博
　宣伝美術：扇谷正郎
　制作：（株）ファザーズ・コーポレーション／三股亜由美
キャスト　Ｋ・カール：佐野史郎
　兄・グラックス：小日向文世
　妹・グレーテ：広岡由里子
　愛人・レイン：中村久美
　良人・ヨーゼフ：谷川昭一朗
　刑事・ブルームフェルト：木場勝己

『チュニジアの歌姫』ＪＩＳ企画公演

一九九七年一月十九日〜二月二日
於：本多劇場

スタッフ　舞台美術：川本清子
照明：吉倉栄一
音響：藤田赤目
衣裳：岡本孝子
舞台監督：青木義博
宣伝美術：扇谷正郎
制作：大矢亜由美／森崎一博

キャスト　K（カール）：佐野史郎
マルグリット：河内桃子
マリア：広岡由里子
ダーク：益岡徹
ナディーヌ：菅野美穂
オワール：伊藤正之
テオ：谷川昭一朗

『コスモス　山のあなたの空遠く』ＪＩＳ企画公演

二〇二四年八月三日〜十二日
於：ザ・スズナリ
スタッフ　舞台美術：長田佳代子
照明：岩品武顕
音響：高塩顕
舞台監督：清水浩志
宣伝美術：坂本志保
制作：大矢亜由美
製作：（株）M&O plays

キャスト　タクミ：佐野史郎
あずき：広岡由里子
シンゴ：佃典彦
ゆうき：土本燈子
こだま：北澤響
まりあ：佐々木春香&北村優衣（Wキャスト）

著者略歴

竹内銃一郎（たけうち・じゅういちろう）

1947年、愛知県半田市生まれ。早稲田大学第一文学部中退。

1976年、沢田情児（故人）、西村克己（現・木場勝己）と、斜光社を結成（1979年解散）。1980年、木場、小出修士、森川隆一等と劇団秘法零番館を結成（1988年解散）。以後、佐野史郎とのユニット・JIS企画、劇団東京乾電池、狂言師・茂山正邦（現・十四世茂山千五郎）らとの「伝統の現在」シリーズ、彩の国さいたま芸術劇場、水戸芸術館、AI・HALL、大野城まどかぴあ等の公共ホールで活動を展開。2008年、近畿大学の学生6人とDRY BONESを結成（2013年解散）。2017年よりキノG-7を起ち上げ現在まで活動を継続している。

1981年『あの大鴉、さえも』で第25回岸田國士戯曲賞、1995年『月ノ光』の作・演出で第30回紀伊國屋演劇賞・個人賞、1996年同作で第47回読売文学賞（戯曲・シナリオ賞）、同年JIS企画『月ノ光』、扇町ミュージアムスクエアプロデュース『坂の上の家』、劇団東京乾電池『みず色の空、そら色の水』『氷の涯』、彩の国さいたま芸術劇場『新・ハロー、グッバイ』の演出で第3回読売演劇大賞優秀演出家賞、1998年『今宵かぎりは…』（新国立劇場）、『風立ちぬ』（劇団東京乾電池）で第49回芸術選奨文部科学大臣賞を受賞。

著書に、『竹内銃一郎戯曲集①～④』（而立書房）、『Z』『月ノ光』（ともに三一書房）、『大和屋竺映画論集　悪魔に委ねよ』（荒井晴彦、福間健二とともに編集委員、ワイズ出版）などがある。

2004年、紫綬褒章を受章。

竹内銃一郎集成 全5巻ラインナップ

Volume			
I	花ノ紋	『恋愛日記'86春』『風立ちぬ』他2篇	2021年5月（既刊）
II	カップルズ	『今は昔、栄養映画館』『氷の涯』他4篇	2022年1月（既刊）
III	耳ノ鍵	『マダラ姫』『満ちる』他2篇	2023年5月（既刊）
IV	引用ノ快	『酔・待・草』『ラストワルツ』他3篇	2024年2月（既刊）
V	コスモス狂	『チュニジアの歌姫』『月ノ光』他2篇	2024年8月（既刊）

竹内銃一郎集成《たけうちじゅういちろうしゅうせい》

Volume V

コスモス狂《きょう》

発行日　2024年8月31日　初版第一刷

著者　竹内銃一郎

発行者　松本久木

発行所　松本工房

住所　大阪府大阪市都島区網島町12-11

雅叙園ハイツ1010号室

電話　06-6356-7701

FAX　06-6356-7702

URL　https://matsumotokobo.com

編集協力　小堀　純

装幀・組版　松本久木

印刷　シナノ書籍印刷株式会社

製本　誠製本株式会社

表紙加工　太成二葉産業株式会社

カバー製作　株式会社モリシタ

ISBN978-4-910067-21-6 C0074